Thommie Bayer
Die gefährliche Frau
Der langsame Tanz

SERIE PIPER

Zu diesem Buch

Vera schläft mit Männern – im Auftrag von deren Frauen, die wissen möchten, ob ihr Mann sie betrügt. Bisher hat sie jeden in ihr Bett bekommen, doch dann wird sie auf den Schriftsteller Axel Behrendt angesetzt, der offenbar gar nicht auf einen Seitensprung aus ist. Ihre Treffen werden zu einem Ringen um Nähe und Distanz, zu einem Spiel um Vertrauen und Betrug ... Mit seinem makellosen Körper ist Martin das beliebteste Aktmodell der Akademie. Zwischen ihm und der Künstlerin Anne entspinnt sich eine ungewöhnliche Beziehung: Anne ist wie besessen von ihm und macht ihn zum ausschließlichen Motiv ihrer erotisch aufgeladenen Bilder, und er träumt sich immer intensiver in die Rolle ihres Liebhabers hinein – ohne jedoch zu ahnen, was sie eigentlich mit ihm vorhat ... In seinen erfolgreichen Romanen »Die gefährliche Frau« und »Der langsame Tanz« erzählt Thommie Bayer von fatalen Abhängigkeiten, von Leidenschaft und von bedingungsloser Hingabe.

*Thommie Bayer*, geboren 1953 in Esslingen, studierte Malerei an der Kunstakademie in Stuttgart. Seit 1985 veröffentlicht er Stories und Romane und wurde 1993 mit dem Thaddäus-Troll-Preis ausgezeichnet. Seine Romane »Spatz in der Hand« und »Andrea und Marie« wurden fürs Fernsehen verfilmt. Zuletzt erschienen die erfolgreichen Romane »Das Aquarium«, »Die gefährliche Frau« und »Singvogel«. Weiteres zum Autor: www.thommie-bayer.de

Thommie Bayer

# Die gefährliche Frau
# Der langsame Tanz

Zwei Bestseller in einem Band

Piper München Zürich

Von Thommie Bayer liegen in der Serie Piper vor:
Spatz in der Hand (4068)
Der Himmel fängt über dem Boden an (4069)
Der langsame Tanz (4070)
Die gefährliche Frau (4614)
Einsam, Zweisam, Dreisam (4658)
Singvogel (4793)
Die gefährliche Frau / Der langsame Tanz (Doppelband, 4954)

FSC

Dieses Taschenbuch wurde auf FSC-zertifiziertem Papier gedruckt. FSC (Forest Stewardship Council) ist eine nichtstaatliche, gemeinnützige Organisation, die sich für eine ökologische und sozialverantwortliche Nutzung der Wälder unserer Erde einsetzt (vgl. Logo auf der Umschlagrückseite).

Taschenbuchsonderausgabe
Mai 2007

Erstausgabe von »Der langsame Tanz«:
Eichborn AG, Frankfurt am Main 1998
Umschlag / Bildredaktion: Büro Hamburg
Heike Dehning, Charlotte Wippermann,
Alke Bücking, Daniel Barthmann
Umschlagfoto: folio-id.com
Autorenfoto: Peter von Felbert / Anne Eickenberg
Satz: Uwe Steffen, München (»Die gefährliche Frau«)
und IBV Satz- und Datentechnik GmbH, Berlin (»Der langsame Tanz«)
Papier: Munken Print von Arctic Paper Munkedals AB, Schweden
Druck und Bindung: Clausen & Bosse, Leck
Printed in Germany ISBN 978-3-492-24954-6

www.piper.de

SERIE PIPER

Die gefährliche Frau

*Für Jone*

I’ve looked at love from both sides now
From give and take, and still somehow
It’s love’s illusions I recall
I really don’t know love at all

*Joni Mitchell*

In Wirklichkeit tut Liebe weh. Das wissen alle, aber alle träumen weiter. Von dem Mann, dessen Leidenschaft nie versiegt, ebensowenig wie sein Verständnis und seine Zärtlichkeit, der nach zwanzig Jahren Ehe noch immer behauptet, er wolle jetzt, in diesem Moment, gern wissen, was durch ihren Kopf geht. Nach zwanzig Jahren Ehe weiß er noch immer nicht, daß es sich um Schuhe dreht, die zwar weh tun, aber größer machen, oder darum, ob die beiläufige Bemerkung einer Bekannten vielleicht eine versteckte Gemeinheit enthielt. Er sieht gut aus, genießt hohes Ansehen und hat nur Augen für sie.

Ich träume nicht mehr.

✧

# 1

Es war Ende August. Die Strahlen der Nachmittagssonne drangen nur vereinzelt, gefiltert vom Laub der Linden, zu mir durch, ich genoß die schläfrige Spätsommerstimmung – meine Nachbarn waren noch in den Ferien, ihre Kinder gingen sonstwem auf die Nerven, das Verkehrsgebrumm wurde gedämpft von den Gärten ringsum, und die Katzen dösten, jede in ihrem eigenen Sonnenfleck. Nur Valentino lag wie immer auf dem Schreibtisch, eine Pfote lässig auf mein Mauspad gelegt, als wolle er noch im Schlaf sagen: Das gehört mir, so wie *du* mir gehörst und jeder Platz, auf dem du sitzt oder liegst oder stehst. Er träumte vielleicht, vergaß das Schnurren, atmete flach und hatte den zufriedenen Ausdruck auf seinem Gesicht, um den ich ihn, seit er bei mir ist, beneide.

Ich starrte auf den Bildschirm, sah den blauen Kästchen zu, die sich zielstrebig vermehrten, während das Programm meine Festplatte aufräumte. Ich lasse es jede Woche laufen. Mir gefällt der Anblick.

Ich *lebe* hier im Büro. Alles, was ich brauche, und fast alles, was ich liebe, ist hier. Hunderte von Fotos an den Wänden, die meisten selbst geknipst, vor Jahren, als ich eine Zeitlang dieser Leidenschaft verfallen war, die CDs, die ich höre, die Kleider, die ich trage – Jeans, Pullover, T-Shirts und drei verschiedene Dufflecoats –, die Gewürze, die ich zum Kochen benutze, und, im Flur vom Boden bis zur Decke, die Bücher, die ich nach dem Lesen nicht verschenkt habe. Hier in diesen drei Erdgeschoßzimmern hat jede Katze ihren Platz, ein Kissen, eine Decke, einen reservierten Sessel oder die Lehne des zerkratzten Sofas – die Möbel sind ein stilistisches Durcheinander, manche von Geburt an häßlich, manche ehemals elegant, aber jetzt alle mit Patina, Wunden und Geschichte. Und alle von mir geliebt. Kein Stück dürfte fehlen.

Hier, in dieser Höhle, fühle ich mich sicher, hier weiß ich, wer ich bin, und außer mir und den Katzen setzt höchstens mal ein Handwerker seinen Fuß über die Schwelle. Und einmal im Jahr der Tierarzt.

Meine Wohnung nebenan ist das glatte Gegenteil: Designermöbel, Marmorbad und High-Tech-Küche, aus deren Kühlschrank ich allenfalls mal eine Flasche

Champagner nehme. Die Kühlschranktür schließt mit dem satten Geräusch einer Mercedestür. Ich mag übrigens keinen Champagner. In der Wohnung bin ich nur, um meinem Beruf nachzugehen. Ich habe einen abseitigen Beruf: Ich schlafe mit Männern. Wenn ihre Frauen das wollen.

✧

Sie rufen mich an, wenn sie meine Anzeige sehen: *Ist Ihr Mann treu? Finden Sie es heraus.* Ich schalte den Text einmal im Monat hier in der Stadt und in einer überregionalen Tageszeitung. Man sollte nicht glauben, wie viele Frauen sich bei mir melden. Manche aufgelöst, manche von vornherein feindselig, manche verlegen und beschämt, weil sie glauben, paranoid und im Unrecht zu sein, manche forsch, als müßten sie mich für einen Putzjob examinieren, und manche, das sind die wenigsten, sprühend vor guter Laune und aufgesetzter Lässigkeit, weil sie wollen, daß ich das Ganze für einen Witz oder eine Wette unter Freundinnen halte. Und fast alle brechen zusammen, wenn sie kriegen, was sie wollten: ihren Mann auf Video. Mit mir.

Ich bin keine Privatdetektivin, eher eine Art Lockvogel. Ich stelle den Männern Fallen, verführe sie, biete mich an, bin der Traum, den sie längst schon nicht mehr zu träumen wagten, die Frau für eine Nacht, die aus dem Nichts kommt, keine Forderungen stellt und am nächsten Morgen wieder im Nichts verschwindet. Sie gehen verjüngt und stolz nach Hause, wo sie vielleicht schon vom Inhalt ihres Kleiderschranks auf der Straße erwartet werden, mitsamt der Eisenbahn, der Videokamera und dem zerschmetterten Computer. Oder von einer leeren Wohnung mit der Nummer des Anwalts auf dem Küchentisch. Oder ihrer Frau, die mit ausdruckslosen Augen einem Handwerker beim Austauschen der Schlösser zuschaut.

Und man sollte nicht glauben, wie gut ich verdiene. Tausend bar im voraus und tausend nach Vollzug. Ich brauche dem Geld nicht nachzulaufen, bisher hat noch jede Frau bezahlt. Vielleicht, weil sie nie wieder mit mir zu tun haben wollen. Der Gedanke, ich könnte vor ihrer Tür stehen, die Frau, die ihren Mann geritten hat, der Inbegriff ihrer Demütigung, dieser Gedanke muß sie so ängstigen, daß sie umgehend bezahlen. Auch wenn sie mich für den Rest ihres Lebens hassen. Genau wie ihre Männer.

Obwohl, das ist nicht immer so. Einer stand mit einem Strauß Rosen vor der Tür und wollte mit mir ein neues Leben anfangen, und ein anderer, einer der Netteren, brachte mir seine Katze und bat mich, für sie zu sorgen. »Meine Frau haßt das Tier«, sagte er, »sie würde es einschläfern lassen.«

»Warum nehmen Sie es nicht zu sich?« fragte ich, aber bevor er noch erzählen konnte, daß er gekündigt und eine Asienreise gebucht hatte, strich die Katze mir schon um die Beine und hatte mich um den Finger gewickelt. Das geht leicht bei mir. Wenn man eine Katze ist. Der Mann gab mir einen Hunderter, ging in die Knie, küßte die Katze auf den Kopf und trollte sich. So kam Valentino zu mir. Er war der letzte.

Natürlich hat man mir auch schon die Scheiben eingeworfen, Pakete mit ekelhaftem Inhalt geschickt oder versucht, mich mit Telefonterror zu quälen, aber das betrifft alles die Wohnung, und dort bin ich nicht. Von meinem Büro wissen die Herren nichts. Niemand weiß davon.

✧

Und man sollte nicht glauben, wie einfach es für mich ist, die Männer reinzulegen. Hätte ich, bevor ich diesen Beruf ergriff, noch an das Gute im Menschen, speziell im Manne, geglaubt, dann wäre ich bitter enttäuscht worden. Aber ich wußte, worauf ich mich einließ, denn die Zeit, in der mich ein Mann ohne Gier angesehen hatte, lag auch damals schon lange zurück. Der letzte, der mich als Menschen betrachtet hat, war mein Vater. Ich vermisse ihn.

Ich glaube, er hat mich vergöttert. Und mich, seit ich denken kann, wie eine Erwachsene behandelt. Meiner Mutter paßte das nicht. Wie ihr überhaupt nichts paßte, was zwischen ihm und mir vor sich ging. Wäre sie nicht zu feige dazu gewesen, dann hätte sie mich umgebracht. Ihn umzubringen war leichter. Sie ging immer den leichteren Weg.

✧

Ich war sechzehn, als ich begriff, was mit mir nicht stimmte. Bis dahin war ich ein Mädchen wie jedes andere gewesen, das seinen Körper zu plump, die Augen zu schmal, den Mund zu breit und die Haare zu dünn fand – sah ich in den Spiegel, dann war ich so unglücklich wie alle, die ich kannte. Von meinen Fehlern und Mängeln besessen, kam ich mir dumm, häßlich und ausgestoßen vor und sehnte den Tag herbei, an dem ich endlich aus dem Madenkörper schlüpfen und als entzückender Schmetterling hinaus ins glamouröse Leben schwirren würde. Ich hatte nicht mitbekommen, daß das längst geschehen war. Während ich noch darauf wartete, daß meine Beine länger und mein Haar kräftiger werden sollten, bemerkte ich nicht, was mit den Männern vor sich ging, wenn sie mich sahen. Die waren von der Made hypnotisiert.

Als sich meine Schulnoten in den Fächern, die von Lehrerinnen gegeben wurden, immer weiter verschlechterten, schrieb ich das noch meinen eigenen Leistungen zu und gab mir Mühe, meine Schwächen mit Fleiß zu kompensieren. Und daß die Jungs sich mir gegenüber noch ekelhafter aufführten als bisher, hielt ich für eine Folge meiner Häßlichkeit. Ich beneidete die Mädchen, deren Verehrer ihnen mit Scheu und Zartgefühl nachstellten, und verabscheute mich selbst dafür, nur von den Verächtlichen, Aggressiven und Zudringlichen verfolgt zu werden. Sie fixierten mich und griffen sich in den Schritt oder ließen ihre Zungen aus den Mündern schnellen wie Eidechsen beim Fliegenfang, sie benutzten gemeine Vokabeln und betatschten mich einfach, als müsse man eine wie mich nicht vorher fragen. Sie waren ein pulsierender, glitschiger Brei mit Gesichtern, der auf mich einblubberte und mich verschlingen wollte.

Anders die erwachsenen Männer, die waren so nett und zuvorkommend wie ihre Frauen feindselig. Ich weiß nicht, wie lange ich gebraucht hätte, um zu verstehen, was da vor sich ging, wenn ich nicht eines Tages mit meiner Mutter und Herrn Öhlmann zusammengestoßen wäre, als sie angeregt plaudernd um den Stadtsee schlenderten und ich mit meinem Fahrrad in einer unübersichtlichen Kurve fast in sie hineinraste. Ich kam vom Querflötenunterricht, in meinem Kopf dudelte eine schwierige Stelle mit Oktavierungen, die ich beim Üben zu Hause geschafft, aber in der Stunde natürlich wieder versiebt hatte, und auf einmal standen die beiden vor mir. Ich bremste so scharf, daß mein Vorderrad auf dem Kies zur Seite rutschte und ich mit Geschepper und einem Schrei in der Böschung landete.

Herr Öhlmann kümmerte sich nett um mich, half mir auf und sah sich die Schürfwunde an, die ich mir am Knöchel zugezogen hatte. Ich sagte: »Nicht schlimm«, und lachte, und als meine Mutter mich ihm vorgestellt hatte, fragte er dies und das, was ich auf der Flöte spiele, was ich beruflich vorhabe, ob ich studieren wolle, solches Zeug eben, die übliche Fragerei von Erwachsenen. Meine Mutter stand stumm dabei mit ihrem typischen Maskengesicht, auf dem sich immer dann, wenn Herr Öhlmann zu ihr hinsah, blitzartig ein Lächeln ausbreitete. Sie hatte es eilig wegzukommen. Von mir. »Ich brauch einen Kaffee«, trällerte sie mit schriller Fröhlichkeit, »du auch?« Er war so nett, mich einzuladen, aber noch bevor ich selbst antworten konnte, bellte sie: »Vera muß los.«

Herr Öhlmann richtete mir noch den Lenker, der sich verzogen hatte, und ich fuhr meiner Wege.

Außer daß meine Mutter diesen Mann, der erst vor kurzem eine Villa am Hang bezogen hatte und sein Leben als wohlhabender Müßiggänger genoß, duzte und ganz offenbar mit ihm befreundet war, dachte ich nichts weiter und fuhr nach Hause, um zu duschen, mich umzuziehen und ein Pflaster auf die Schürfwunde zu kleben.

✧

Ich stand am Fenster und übte dieses vertrackte Überblasen, als meine Mutter zur Tür hereinkrachte und mir wortlos eine Ohrfeige gab, deren Wucht die Flöte aus meinen Händen und nach draußen schleuderte. Noch bevor ich den Schmerz spürte, hörte ich die Flöte unten im Hof mit einem ekelhaften Geräusch aufschlagen und meine Mutter zischen: »Mach das noch einmal, und ich vergesse mich!«

»Was denn?« schrie ich, aber sie war schon aus der Tür und trampelte die Treppe hinunter, ohne mir zu antworten.

Ich ließ die Flöte liegen, wo sie war, und ging nicht mehr zum Unterricht. Die Flöte war ein Geschenk gewesen. Von meinem Vater.

Ich lag fast die ganze Nacht wach, betastete mein geschwollenes Gesicht und schmiedete Fluchtpläne. Aber der einzige Mensch, zu dem ich hätte gehen können, war Murmi, die Mutter meines Vaters in Berlin, und dort würde mich die Polizei sofort wieder abholen. Es war ausweglos. Ich war meiner Mutter ausgeliefert, die mich nie gemocht hatte und nun auch noch schlug.

Und dann kam mir zu Bewußtsein, was geschehen war: Herr Öhlmann hatte sich für mich interessiert! Deshalb war sie so ausgerastet. Daß ich ihm gefallen hatte, war der Grund! Ohne die Ohrfeige hätte ich nichts bemerkt, er schien mir nett wie alle Männer, ich hatte damals keine Augen für das, was in ihnen vorgeht. Meine Welt waren die Jungs, der blubbernde Brei – ich wußte nichts von Männern. Ich schlief todunglücklich und zufrieden ein. Ich gönnte meiner Mutter, daß sie sich neben mir wie ein Schluck Wasser vorgekommen war. Ich malte mir Szenen aus, in denen das wieder und wieder geschah, und genoß das festgezurrte Angstlächeln auf ihrem Gesicht, während ich in den Schlaf glitt. Draußen fingen schon die Vögel an zu singen. Ich vergaß zum erstenmal seit einem Jahr, mit meinem Vater zu reden. Das tat ich damals immer. Das war meine Art Gebet.

✧

Am nächsten Morgen schenkte ich meiner Mutter ein strahlendes Lächeln. Sie saß in der Küche mit einer Gesichtsmaske, sah mich erstaunt und mißtrauisch an, ich sagte nichts, kein Wort, ging an ihr vorbei nach draußen und wußte: Unter der Maske ist sie alt. Und sie kann es nicht ertragen. Und das gönne ich ihr.

Eine Menge mehr wußte ich von diesem Tag an. Dinge, die ich bisher wohl wahrgenommen, aber nicht verstanden hatte: warum das Gesumm der Stimmen, immer wenn ich einen Raum betrat, entweder lauter oder leiser wurde, warum ich in Mathe bei Herrn Lehner eine Zwei plus hatte und in Englisch bei seiner Frau eine Vier, warum ich nicht mehr per Anhalter fuhr, nachdem ich immer und immer klebrige Hände von mir wischen, klebrige Sprüche an mir abgleiten lassen mußte oder an der klebrigen Luft im Wageninnern fast erstickt wäre, warum nichts in meinem Leben mehr zart und schön und liebevoll war und warum ich seit Stefanie keine Freundin mehr gehabt hatte.

Das tolle Gefühl, der Glaube, ich sei eine Art Königin und könne nun, da ich wußte, daß die Männer auf mich flogen, über mein Leben selbst bestimmen, währte nur so lange, bis ich begriff, daß der Brei einfach größer geworden war. Die Männer gehörten jetzt auch dazu. Das war alles. Nichts war besser. Nur gegenüber meiner Mutter verschaffte es mir die nötige Verachtung, die ich ihr gnadenlos zeigte, aber die war eigentlich schon vorher dagewesen. Ich hatte das nur bis zur Nacht nach der Ohrfeige nicht gewußt. Jetzt wußte ich's und freute mich daran, sooft sich die Gelegenheit ergab.

✧

Arlette saß in der Tür und gurrte. Sie hatte Hunger. Als einzige will sie ihr Essen gegen fünf Uhr nachmittags, die anderen frühstücken ausgiebig und sind den ganzen Tag zufrieden. Sie nicht. Sie ist was Besonderes. Obwohl, wir sind hier alle was Besonderes. Arlette mit ihrem Fünfuhrtee, Tino mit seinem Schreibtischplatz, Josef mit dem eifersüchtig verteidigten Privileg, an meinem Kopf zu schlafen und seine Pfoten in mein Haar zu wühlen, Sabinchen mit ihrem luxuriösen Speiseplan (Thunfisch und eine rare Sorte amerikanisches Trokkenfutter immer abwechselnd) und Fee mit ihrer strikten Beschränkung auf das Sommersche Rosenbeet als Toilette.

✧

Letzten März, keine sechs Wochen nach ihrem Einzug, stand Frau Sommer schon vor mir, ganz Vorwurf und Mißbilligung: »Könnten Sie Ihrer Katze beibringen, daß sie woanders hinmacht? Die Rosen leiden unter dem scharfen Urin.«

»Bringen Sie einer Katze mal was bei«, sagte ich, »das geht nicht. Wie wär's mit robusteren Rosen?«

Wir brauchten nur ein paar Sätze, bis die Luft brannte. Sie wollte sich über mich beschweren, ich fand, das solle sie ruhig tun, sie wollte sich was einfallen lassen, wie sie die Katze von dem Beet fernhielte, ich fand, das solle sie besser lassen …

Seither reden wir nur noch das Nötigste. Der Pfeffer, den sie großzügig um die Rosensträucher verteilte, hatte nur den Effekt, daß Fee ihr Geschäft jetzt eben niesend erledigte, und von einem Fernhaltespray hält Frau Sommer nichts. Es kostet Geld und ist Chemie. Beides kommt für sie nur im Notfall in Frage. Sie beschwerte sich bei der Hausverwaltung und verlangte, man solle mich abmahnen, aber der Verwalter zuckte nur mit den Schultern und sagte wie immer in solchen Fällen: »Frau Sandin hat lebenslanges Wohnrecht, sie kann machen, was sie will.« Er lügt in meinem Auftrag. Das Haus gehört mir. Das brauchen die Mieter nicht zu wissen. Sonst kann ich mich dreimal in der Woche um tropfende Wasserhähne oder klappernde Fensterläden kümmern. Diesen kleinen Trick habe ich von Murmi geerbt. Zusammen mit dem Haus.

✧

Murmi hat mich damals gerettet. Irgendwann stand ich mit meiner Reisetasche vor der Tür und sagte, ich will bei dir bleiben. Da war ich achtzehn, hatte das Abitur, und meine Mutter konnte mich mal. Murmi ging schnurstracks in ihr Schlafzimmer und schob ihre Sachen im Schrank zur Seite, damit der Inhalt meiner Tasche Platz fand. Seither lebe ich hier.

Sie führte ein bescheidenes Leben von ihrer Pension. Daß ihr das Haus gehörte, wußte ich nicht. Die Mieteinnahmen sparte sie, damit ich später, falls es notwendig würde, renovieren konnte. Das erfuhr ich alles erst nach ihrem Tod. Als ich zu ihr zog, schien sie gerade so über die Runden zu kommen, und ich sah mich sofort nach einem Job als Bedienung um, damit ich ihr nicht auf der Tasche lag.

Ich studierte ein bißchen, brach aber alles wieder ab, was ich angefangen hatte: Psychologie, Germanistik, Theaterwissenschaft, länger als zwei Semester hielt ich es nirgendwo aus, und dann ließ ich es ganz, denn meine Trinkgelder waren üppig, und ich gewöhnte mich daran, die Nächte hinter irgendeiner Theke mit dem Zapfen von Bier und dem Gelaber betrunkener Männer zuzubringen. Und hin und wieder, wenn es mich juckte oder das Geld knapp war, auch in irgendwelchen Hotelzimmern mit einem, dem die Augen übergingen, wenn ich mir die Bluse über den Kopf zog. Das Folgende ging immer schnell – ich hatte nach kurzer Zeit den Dreh raus, manche kamen sogar, trotz Alkohol, bevor ich sie anfassen konnte oder sie in mich eindrangen; danach war ich um hundert Mark reicher und stieg zufrieden ins Taxi.

Immer wenn meine Arbeitgeber mitbekamen, daß ich nebenher anschaffte, flog ich entweder, weil sie Ärger mit der Sitte fürchteten, oder kündigte selbst, weil sie ihre Duldung in Naturalien bezahlt haben wollten. Und irgendwann verpfiff mich einer von ihnen an einen Zuhälter, der mich so unter Druck setzte, daß ich Angst bekam und von der Szene verschwand.

Ich hatte mich an das leichte Geld gewöhnt. Es fiel mir schwer, mich wieder einzuschränken und mit dem Gehalt einer Schreibkraft auszukommen, aber es ging. Wir aßen ein paar Delikatessen weniger, ich kaufte meine Kleider und Bücher secondhand und gab das Rauchen auf.

✧

In dieser Zeit starb Herr Sutorius, ein pensionierter Orchestermusiker, Fagottist, der die kleine Wohnung nebenan mit seiner Katze Fee bewohnt hatte und für Murmi so etwas wie ein Freund gewesen war. Die Katze trauerte um ihn. Sie bekam von uns Wasser und Futter, aber sie miaute ein paar Wochen lang vor der leeren Wohnung, es klang hoffnungslos. Und eines Tages war sie weg.

»Nimm du doch die Wohnung«, schlug Murmi vor, »dann hast du deine eigenen vier Wände.«

Die Miete strapazierte mein ohnehin schon schmales Budget, aber es reichte so eben hin. Wir kochten und aßen immer noch zusammen und sahen uns Murmis Lieblingsfilme im Fernsehen an, aber dann, wenn sie schlafen ging, konnte ich weiterleben, lesen, Musik hören oder Gedichte schreiben, die ich hinterher immer wegwarf.

✧

Eines Morgens saß ein kleiner zerzauster Kater vor dem Fenster. Er hatte riesige Ohren und schrie zum Gotterbarmen mit schiefgelegtem Kopf. Er war winzig, vielleicht sechs oder sieben Wochen alt. Murmi öffnete das Fenster und holte ihn herein. Sie gab ihm mit Wasser verdünnte Milch und schickte mich los, ein paar Dosen Futter zu kaufen.

Als ich zurückkam, hatte der Kater schon auf den Teppich gepinkelt, seinen Namen bekommen, Josef, und schlief eingerollt im Sessel mit einem entspannten Lächeln auf dem Gesicht. Ich kniete mich hin und sah ihn an.

»Warum streichelst du ihn nicht?« fragte Murmi von der Küchentür, »der will hierbleiben, das seh ich genau. Er mag uns.«

Ich stand auf und ging nach nebenan. Mich hatte das Elend gepackt, und ich warf mich heulend aufs Bett.

Irgendwann stand sie da und fragte: »Was ist denn los?«

✧

Ich war damals sechs. Mein Vater hatte die Katze von einem Kollegen bekommen, sie war gestreift und winzig, so wie Josef, kaum von der Mutter entwöhnt, und piepste mit einem ebenso winzigen Stimmchen. Er setzte sie mir in die Hände und sagte: »Sie wollte zu dir.« Ich schlief kaum in dieser Nacht, stand immer wieder auf, um nach der Katze in ihrem Schuhkarton zu sehen, sie anzufassen und mir zu überlegen, wie ich sie nennen würde. Entweder Urmel oder Minou. Urmel war meine Idee, ich durfte damals die Augsburger Puppenkiste im Fernsehen anschauen, Minou war der Vorschlag meines Vaters, weil er meinte, sie sähe wie eine kleine Französin aus.

Am nächsten Tag nach dem Kindergarten rannte ich den ganzen Weg, fiel zweimal hin und kam außer Atem zu Hause an, und die Katze war verschwunden. Meine Mutter hatte sie zu einem Bauern gebracht. »Da geht's ihr besser«, sagte sie, »ich kann hier kein Vieh gebrauchen.«

»Das war aber *meine* Katze.« Ich stotterte und hyperventilierte vor Entrüstung. »Die kannst du doch nicht einfach weggeben. Die hat mir Papa doch geschenkt.«

»Ich hab hier immer noch was mitzureden«, sagte sie zu der Pfanne, in der sie rabiat herumrührte, und damit war die Diskussion beendet.

Ich brauchte fast eine Woche, um herauszufinden, welcher Bauer das war, meine Mutter weigerte sich, seinen Namen zu nennen. Schlag dir das Vieh aus dem Kopf, sagte sie immer, wenn ich fragte. Mein Vater half mir nicht. Er war wütend, aber machtlos. Er versuchte, mich aufzumuntern, entschuldigte sich für sein vorschnelles Handeln und nahm alles auf sich. Er hätte es mit ihr besprechen müssen, sagte er, dann wäre mir die Enttäuschung erspart geblieben.

Ich fragte so lange bei den Nachbarn, meinen Kindergartenkameraden und in den Läden, wo wir einkauften, bis ich auf dem dritten Bauernhof, zu dem ich geradelt war, von einem schmutzigen Jungen die Auskunft bekam, meine Mutter sei hiergewesen und sein Vater habe die Katze gleich ersäuft.

✧

»Das ist ja unerträglich«, flüsterte Murmi in meinem Rücken. Sie legte eine Hand auf meinen Hinterkopf und schwieg. Dann hörte ich sie wieder: »Und damals hast du dir vorgenommen, keine Katze mehr gern zu haben? Ich hab mich schon gefragt, wieso du Fee immer links liegenlassen hast.«

Ich nickte.

»Und jetzt hörst du auf damit. Diese hier hast du gern, und wenn sie schlau ist, lebt sie lange und macht uns lange Freude.«

»Meine Mutter ist eine widerliche Sau«, sagte ich, »sie ist bösartig von Geburt an.«

»Nein, Schätzchen, das ist sie nicht. Sie hat nur so furchtbar viel Angst, daß man ihr Verhalten nicht mehr von Bösartigkeit unterscheiden kann.«

»Angst? Vor was denn?«

»Davor, nicht bewundert zu werden, nicht geliebt zu werden, nicht geachtet zu werden. Wie jede Frau. Wie jeder Mensch. Das wird bei den Männern nicht anders sein.«

Sie schloß die Tür und ließ mich in Ruhe. Ich nahm ein Bad, legte mich ins Bett und mußte bald eingeschlafen sein, denn das nächste, was ich mitbekam, war Mondlicht im Zimmer und ein Rasseln an meinem Ohr. Josef lag hinter mir, die Pfoten in mein Haar vergraben, und schnurrte. Ich zupfte an den Haaren auf seinem Kopf und schlief wieder ein.

Und am Morgen war Sabinchen da. Seine Schwester. Sie hatten es gemacht wie zwei schlaue Tramper. Nur andersherum. Das Mädchen stellt sich an die Straße, und wenn einer hält, schlüpft der Junge aus dem Gebüsch. Und eine Woche vor dem ersten Schnee saß auch Fee wieder vor der Tür und ging schnurstracks zu dem dunkelroten Sofa, das ich als einziges Möbelstück von Herrn Sutorius behalten hatte. Seltsam: Weder Josef noch Sabinchen hatten sich's je darauf gemütlich gemacht. Es war reserviert.

✧

Ein weißes Auto hielt vor dem Tor, und ein Mann mit Glatze stieg aus, nahm etwas vom Beifahrersitz und klingelte. Bei mir. Ich höre die Wohnungsklingel hier, ich habe sie mir ins Büro legen lassen. Ich ging dem Mann entgegen. Blumen.

Nein, eine einzelne Rose. Auf dem Kärtchen stand: Sie sind unglaublich gemein, aber ich werde Sie bestimmt nicht vergessen. Mit stocksaurem Gruß. Roland Semmig.

Ich mußte lächeln. Der Mann hat Stil. Er war mein jüngster Fall, ich hatte ihn am Samstag zuvor erlegt. Auf einem Ärztekongreß. Er tat mir fast leid.

Seine Frau war das typische teuer eingekleidete Püppchen, das sich den Eintritt in die bessere Gesellschaft über eine Arzthelferinnen- oder Krankenschwesternausbildung verschafft und jetzt, da sie Haus und Kind beisammen hat, den Kerl nicht mehr braucht. Sie saß vor mir und sagte: »Er kommt nächste Woche hierher zum Kongreß, und man weiß ja, wie's da zugeht.«

»Wie denn?« fragte ich zu patzig, einfach weil sie mir unsympathisch war und ich es ihr nicht leichtmachen wollte.

»Ich bin seine zweite Frau«, sagte sie kühl, »mit uns hat es auch auf einem Kongreß angefangen.«

Und dann bist du ganz schnell schwanger geworden, dachte ich, während sie den Sitz ihrer Strümpfe kontrollierte und artig einen Schluck Mineralwasser nahm, hast ihn in allem, was er sagte, verstanden, dich für alles, was er dachte, interessiert und ihn so richtig den Unterschied zwischen dir und seiner Frau spüren lassen, hattest immer Lust, wenn er wollte, hast einen Irrsinnslärm dabei gemacht und ihm das Gefühl gegeben, er sei der Größte. Und jetzt hast du ein Haus und die Aussicht auf saftigen Unterhalt. Jetzt reicht es dir mit seinem öden Gequatsche, den immergleichen Geschichten aus der Klinik oder Praxis, von Aktienfonds, Kollegen, Golf oder was auch immer dich vorher so brennend interessiert hat. Jetzt könnte dann langsam der Prinz mit Haaren und ohne Bauch übernehmen.

Sie legte tausend Euro und ein Foto auf den Tisch – ich hatte richtig geraten, der Mann war wesentlich älter als sie und fast kahl, nur ein dünner Kranz von Haaren fusselte um seinen Kopf –, erklärte mir noch, wofür er sich am meisten interessiert: Theater und Architektur, und bestellte das volle Programm. Ich sollte nicht nur ausprobieren, ob er vielleicht geneigt wäre, sondern wirklich mit ihm schlafen, und sie wollte das Video als Beweis. Das wollen die meisten.

Anfangs hatte ich gedacht, die Frauen würden sich

damit begnügen, daß ich ihre Männer in Versuchung führte, damit sie ihnen dann ein Ultimatum stellen oder gehörig die Leviten lesen konnten, aber fast alle wollten den Vollzug. Und sie wollten es sehen. Ihre Alpträume bis zur Neige auskosten.

Dabei waren die Berechnenden seltener, als ich erwartet hatte. Die meisten saßen vor mir als zermürbte, verzweifelte Wracks und wollten sich den Schmerzen, die auf sie zukamen, ausliefern, um nicht an der Angst davor zugrunde zu gehen.

Und die meisten regeln alles per Post und Telefon. Sie schicken den Vorschuß und ein Foto und wollen den Kontakt mit mir so schnell wie möglich hinter sich bringen. Frauen wie diese hier, die mich persönlich aufsuchen und sich's auf meinem Sofa mit meinem Mineralwasser gemütlich machen, sind die Ausnahme.

Ich zeigte ihr noch die winzigen Kameras, die ich in den Lampen und Heizkörperverkleidungen installiert habe, und sie verabschiedete sich mit Handschlag. Ich war ihre Gefährtin auf dem Weg zu einem angenehmeren Leben.

✧

In stilleren Momenten, wenn meine Familie um mich herumliegt, döst, schnurrt oder irgendwas zerkratzt, wenn ich vor lauter Am-Leben-Sein am liebsten selbst schnurren möchte, dann wundere ich mich über meine Skrupellosigkeit. Warum tu ich Frauen, die mich nichts angehen, den Gefallen, ihre Männer zu verarschen?

Warum tun mir die Männer nicht leid? Nur weil die meisten von ihnen Langweiler oder Schmierlappen sind? Das geht mich doch auch nichts an. Aber ich komme mit diesen Gedanken nie weiter als bis zu dem Punkt: Ich bin eine Hure mit Spezialgebiet, ich mache meinen Job, und die Kerle sind für sich selbst verantwortlich. Sie bräuchten mich nur abblitzen zu lassen. Sie tun, was sie tun wollen, ich bin nur das Agens, mit dem man den Versuch startet. Weiter nichts.

✧

Dr. Semmig mit seinen gutmütigen Lefzen, dem teuren Sakko und der schlichten Krawatte war nicht schwer zu knacken. Ich hatte mich am Büfett neben ihn manövriert und überlegte noch, ob ich ihm Suppe übers Hemd schütten oder ihn dazu bringen sollte, daß er mich bekleckerte – das ist die sicherste Methode zur Kontaktaufnahme –, da kam mir der Zufall zu Hilfe: Er nahm das letzte Hühnerbein, und ich starrte enttäuscht auf seinen Teller. Natürlich hatte er mich schon bemerkt, es dauerte nur Sekunden, bis er mich ansprach: »Hätten *Sie* das gewollt?«

»Ja«, sagte ich, »aber Schicksal ist Schicksal. Manchmal ist es eben grausam.«

»Hier, nehmen Sie.« Er streckte mir seinen Teller hin.

»Aber nein. Das ist unmöglich.«

»Frau Kollegin, ich bitte Sie, nehmen Sie's. Ich könnte mit der Schuld nicht weiterleben.«

»Ich bin keine Kollegin«, sagte ich, »falls Sie nicht zufällig am Theater arbeiten.«

»Sie sind am Theater?«

»Na ja. Ich bin Souffleuse.«

Und so weiter, und so weiter. Es dauerte keine Viertelstunde, da saßen wir im Borchardt, und er schwelgte im Glück. Natürlich wollte er mich dann ritterlich nach Hause bringen, und natürlich bat ich ihn herein, natürlich nahm er gerne noch einen Schluck – ich vergoß den Champagner auf meine Kleider, zog mich um, kam im Bademantel zurück, bückte mich, um die Flecken vom Tisch zu wischen, und achtete scheinbar nicht darauf, daß der Bademantel aufklaffte.

»Seh ich da Stielaugen?« Ich hatte zu schnell aufgeschaut – er konnte den Blick nicht mehr rechtzeitig von meinen Brüsten wenden.

»Entschuldigen Sie. Tut mir leid. Sie haben recht. Ich sollte gehen.«

»Sie sollten sich gehen*lassen.*«

Ich setzte mich rittlings auf ihn, legte meine Beine über die Sessellehnen und senkte mich langsam auf ihn herab. Für einen Mann seines Alters – er war an die Sechzig – hatte er eine erstaunliche Erektion.

Bevor er meine Brüste in die Hände nahm, fragte er: »Darf ich?«

Und ich sagte: »Sie dürfen alles. Gehen wir nach nebenan?«

»Wenn es Ihnen nichts ausmacht, bleiben wir hier.«

Ich stand auf, um das Kondom aus der Bademanteltasche zu nehmen, und er zog sich aus.

Sein Penis war groß, das mag ich eigentlich nicht, aber ich bin eine Hure, es geht nicht darum, was ich mag. Es tat auch nicht weh, und weil er so höflich war, nicht schlecht über seine Frau geredet, seinen Ehering nicht versteckt und mich sogar beim Essen ein paarmal zum Lachen gebracht hatte, ließ ich ihm Zeit, bewegte mich langsam und gönnte ihm den sichtlichen Genuß. Es dauerte fast eine Viertelstunde, und er behandelte mich so gut und erfahren, daß ich selbst irgendwann mitging und mich dem Ritt überließ. Als er soweit war, brauchte ich nur ein paar Handbewegungen, um selbst zu kommen, und wir sanken mit Geschrei, er mit einem Brüllen, ich mit meinen albernen Quietschern, ineinander und umarmten uns wie ein frisch verliebtes Pärchen.

»Das war so wunderbar«, murmelte er irgendwann in meinen Hals, »das schreit nach einer Fortsetzung.«

»Alle Lust will Ewigkeit«, hauchte ich. »Aber ich will schlafen.«

»Darf ich Sie anrufen?«

»Das wollen Sie heute, das werden Sie morgen nicht mehr wollen.«

Als ich aus dem Bad kam, war er angezogen und wollte gerade diskret einen Zweihunderteuroschein irgendwo verstecken, er suchte noch nach einem geeigneten Ort, aber ich sagte: »Das lassen Sie bitte. Kein Geld.«

Er steckte verlegen den Schein in seine Tasche und murmelte: »Entschuldigen Sie. Ich will Sie nicht verletzen. Ich will Ihnen eine Freude machen.«

»Danke, das haben Sie schon. Ihnen müßten noch die Ohren davon klingen.«

Er lächelte und küßte meine Hand. »Sie sind unglaublich. Ich freue mich auf ein Wiedersehen.«

»Gute Nacht«, sagte ich und öffnete ihm die Tür. Sein Taxi stand schon auf der Straße.

Die Rose warf ich weg.

✧

Eine ironische Wendung: Ich hatte mich entschlossen, als Callgirl zu arbeiten, mir schwebte so eine Art Edelhurenexistenz vor mit höchster Diskretion, viel Freiheit und wenig Arbeit – Murmi hätte das Wort Kurtisane dafür verwendet. Also richtete ich ihre Wohnung mit Ikea-Möbeln als Arbeitsplatz ein und gab meine erste Anzeige in der Rubrik »Kontakte« auf. Da standen nur das Wort »Exquisit« und meine Telefonnummer. Ich erwartete Anrufe von Männern und war heiser vor Überraschung, als ich das erstemal den Hörer abnahm und eine Frauenstimme hörte: »Kann ich Sie besuchen?«

»Wieso denn? Ich meine, wissen Sie, was für eine Nummer Sie gewählt haben?«

»Sie sind doch eine Professionelle, nein?«

»Ahm, ja. Sicher.«

»Also, darf ich Sie besuchen? Ich möchte etwas mit Ihnen besprechen.«

Ich nannte ihr meine Adresse und hatte ein mulmiges Gefühl im Bauch. War das eine Lesbe? Das wäre ja ein schöner Anfang. Ich hatte in meiner Verwirrung vergessen, zu fragen, was genau sie von mir wollte.

So fing alles an: Sie saß vor mir, eine beeindrukkende, schöne Frau, die eine Zigarette an der anderen anzündete, einen Schnaps von mir erbat, den sie mit zitternden Händen austrank, und mir erklärte, daß sie es nicht mehr aushalte, im Ungewissen zu sein. Alles in ihren Gefühlen sage, daß ihr Mann sie betrüge, aber nichts in der Wirklichkeit beweise, daß sie recht habe. Sie wollte ein für allemal Klarheit. Ich sollte versuchen, ihren Mann zu verführen, und ihr hinterher berichten.

Sie tat mir leid. Alles an ihrem Habitus war souverän, und nichts in ihrem Verhalten paßte dazu, so aufgelöst und nahe der Hysterie, wie sie vor mir saß und zitterte und rauchte und nicht wußte, wohin mit ihrem Blick. »Ich geb Ihnen tausend Mark«, sagte sie, »ist das in Ordnung?«

Ich ließ die Männer, die anriefen, einfach abblitzen, erledigte den Auftrag und hatte meinen Beruf gefunden. Das war vor knapp drei Jahren. Schon die nächste Anzeige hatte den Wortlaut wie heute: *Ist Ihr Mann treu? Finden Sie es heraus.*

Nach einem halben Jahr hatte ich so viel Zutrauen zu diesem Geschäft, daß ich einen Kredit aufnahm, die Wohnung renovierte und komplett neu einrichtete, schon damals mit allerdings noch teuren und vorsintflutlichen Videokameras, die ich nach und nach durch immer kleinere, billigere und leisere ersetzte.

Die Arbeit paßt mir wie angegossen. Ich mag Frauen

nicht und Männer ebensowenig – ich tu ihnen weh, weil sie es wollen. Perfekt. Und gut bezahlt.

Murmi mochte ich. Sie ist tot. Und Stefanie, die jetzt eine Apotheke in Husum besitzt. Das weiß ich, weil ich vor einigen Jahren in einem Anfall von Nostalgie nachgeforscht habe. So, daß sie nichts davon mitbekam. Sie ist die letzte, die ich wiedersehen wollte. Nein, meine Mutter ist die letzte. Stefanie kommt direkt danach.

✧

Wir waren dreizehn. Sie kam neu in die Klasse und wurde neben mich gesetzt. Ein blonder Engel mit Zöpfen, blauem Trägerkleidchen und weißer Bluse. Schon in der zweiten Stunde schob sie einen kleinen Zettel zu mir herüber und flüsterte: »Weißt du, was das ist?« Es war ein schnell, aber gut erkennbar hingekritzelter Penis.

»Ja«, flüsterte ich zurück.

Sie gab mir unter der Bank eine Handvoll Gummibärchen. Ich hatte die Prüfung bestanden. Schon ab der großen Pause waren wir unzertrennlich. Die beiden Frühreifen.

Das erste Gummibärchen, ein gelbes, war noch nicht mal in meinem Mund gelandet, da stand schon Frau Forst neben mir und hatte ihre Hand auf den Zettel gelegt. »Was ist das?«

Ich schwieg. Dies war keine Prüfung, jedenfalls keine, bei der es auf die richtige Antwort angekommen wäre. Ich duckte mich und starrte auf mein Pult.

»Ich höre!« Jetzt hatte sie die andere Hand in meine Schulter gekrallt und drückte zu. Es tat weh.

»Das ist von dem Jungen da drüben«, sagte Stefanie und deutete auf Roman. Sie log. Ich hatte sie den Penis kritzeln sehen.

Der arme Roman wurde an den Haaren zum Direktor gezerrt, verwarnt und von den Lehrern fortan wie ein Aussätziger behandelt. Er bekam kein Bein mehr auf den Boden, bis er nach drei Jahren wegzog. Die Schule war katholisch und das Städtchen klein. Und ich war die Tochter des Direktors. Ausgerechnet Roman mußte Stefanie sich aussuchen. Ich war seit einem halben Jahr in ihn verliebt.

Seit sechs Monaten hatte ich meine Tage, aus der Bravo wußte ich, wie Männer und Frauen es miteinander treiben, in den Sommerferien hatte ich meine Eltern dabei gesehen, und seit ein paar Wochen wußte ich auch, wie sich ein Orgasmus anfühlt und wie man ihn bekommt. Ich mußte nur die Beine zusammenkneifen und den Hintern hin und her bewegen. Dann wuchs es in mir und erfaßte meinen ganzen Körper. Es war unglaublich toll. Und ich wußte, daß ich es nicht erzählen durfte. Nicht meinem Vater und schon gar nicht meiner Mutter.

✧

Wir hatten eine Ferienwohnung in Spanien gemietet. Mein Zimmer war durch eine Verbindungstür von dem meiner Eltern getrennt, es hatte seinen eigenen Eingang, so daß ich kommen und gehen konnte, wie es mir gefiel.

Ich war nachmittags am Strand eingeschlafen und hatte einen Sonnenbrand, deshalb ging ich zurück, um mich einzucremen und dann im Schatten zu bleiben. Ich war leise, weil meine Eltern um diese Zeit immer ihre Siesta hielten. Diesmal nicht. Das Bett quietschte, und meine Mutter stöhnte. Ich sah durchs Schlüsselloch. Mein Vater kniete hinter ihr, den Blick auf den Spiegel am Schrank gerichtet, und sie machten es wie Hunde. Es war ekelhaft. Ich ging zurück zum Strand und verbrannte mir auch noch die andere Seite.

✧

Die Jahre mit Stefanie waren vielleicht die schönsten in meinem Leben. Ihre Eltern hatten eine der drei Apotheken im Städtchen übernommen. Sie besaßen zwei Autos, das war damals bei uns noch eine Seltenheit, und waren froh, daß ihre Tochter so schnell eine Freundin gefunden hatte. Sie waren nett zu mir.

Stefanie hatte einen Bruder, der nur hin und wieder am Wochenende zu Hause war. Er war geistig und körperlich behindert, saß im Rollstuhl und konnte sich nicht koordiniert bewegen. Er sprach nicht, gab nur muhende und schmatzende Laute von sich und mußte gefüttert und angekleidet werden. Immer wenn er da war, durfte Stefanie nicht raus. Ihre Eltern hatten eine Art Alarmplan für den Fall, daß mit Markus, so hieß der Bruder, irgendwas wäre und man ihn sofort ins Krankenhaus oder ins Heim fahren müßte. Dann sollte Stefanie das Telefon hüten. Sie haßte ihren Bruder. Nannte ihn Matschkopf, Buttermann und Wackelpudding, wenn ihre Eltern es nicht hörten.

Mir machte es nichts aus, stundenlang bei ihr zu sein, denn sie besaß sieben Barbies, mit denen wir spielen konnten. Anfangs das übliche – Essen, Einkaufen, Heiraten, Ausgehen, Familienkrach, immer verbunden mit Umziehen, Frisieren und Schminken, aber nach einiger Zeit ging es immer mehr um Sex. Manche wurden lesbisch, Ken war ein Casanova großen Stils, alle machten es durcheinander und lieferten sich fürchterliche Szenen, weil sie einander regelmäßig dabei erwischten. Stefanie wollte alles wissen. Sie war besessen von dem Thema.

Ich eigentlich nicht. Meine heimliche Beinarbeit verschwieg ich ihr ebenso wie die Schwärmerei für Roman. Sie war zwar meine Freundin, eigentlich hätte ich ihr alles sagen müssen, aber seit ihrem ersten Tag wurde sie von Roman mit nicht nachlassender Rachsucht verfolgt, deshalb haßte sie ihn inbrünstig, und was mein schönes Gefühl anbelangte, hatte ich noch keine Verbindung hergestellt zwischen dem ekligen Getue meiner Eltern und meinem ozeanischen Glückszustand, den ich Stefanie offenbar voraushatte. Ich machte ihre Spiele bereitwillig mit, ohne mich groß dafür zu interessieren.

Sie sah nicht nur wie ein Engel aus, sondern wurde von den meisten Leuten, vor allem ihren Eltern, auch für einen gehalten. Ihre weißblonden Locken fielen ihr, wenn sie sie offen trug, bis auf die Schultern, ihre Stupsnase ragte niedlich aus dem Porzellangesicht mit den grünen Augen und der weichen Stirn, und sie war zart. Ganz anders als ich, das dunkelhaarige Trampel, über das sich wohl mancher Erwachsene gewundert haben mochte: Was findet die reizende Stefanie nur an dem faden Pummel? Dabei war es so einfach: Jede Prinzessin braucht eine Zofe.

# 2

Telefon. Eine Frau. Sie wollte wissen, was genau die Anzeige bedeutet. »Sind Sie ein Detektivbüro?«

»Nein«, sagte ich, »ich bin auch nicht die Sekretärin.«

»Dann sind Sie so was wie eine Prostituierte.« Eine Feststellung, keine Frage.

»Genau so was. Ja.«

»Könnten wir uns treffen? Ich bin bis morgen abend in der Stadt.«

»Ich muß Sie vorher etwas fragen«, sagte ich hastig, »der Mann, um den es geht. Ist er Anwalt, Richter, schwerreich oder Politiker? Dann müßte ich nämlich gleich ablehnen.«

»Nichts von alledem«, sagte sie trocken. Ich hatte das Gefühl, sie weiß sofort, worum es mir geht. Was ich tue, ist illegal, und wer sich auskennt, auf den eigenen Ruf pfeift oder sich das Geld für einen Anwalt leisten will, kann auf die Idee kommen, mich anzuzeigen. Und an Politiker kommt man nicht heran. Das habe ich ein einziges Mal versucht und mich komplett lächerlich gemacht. Politiker sind die treuesten Ehemänner oder die mißtrauischsten Betrüger der Welt. Wenn es nicht gerade Provinzbürgermeister, Landtagsabgeordnete oder Hinterbänkler sind.

Wir verabredeten uns bei einem Italiener in meiner Nähe. Ich wollte nicht kochen und bekam langsam Hunger. Das ist ein Reflex bei mir. Eine halbe Stunde nach Arlettes Fünfuhrsnack knurrt mein Magen.

✧

Für Frauen ziehe ich mich anders an als für Männer. Flachere Schuhe, weich fallende Stoffe, wenig Farben, nichts Enges. Ich lüftete, während ich das Angebot im Kleiderschrank sondierte, auch gleich die Wohnung, und ein Schwall heißer Spätsommerluft füllte die unbelebten Räume. Es roch schon nach Herbst. Staubigfeucht und faulig.

Ich legte Lippenstift auf – auch das tue ich für Männer nicht, außer ich rechne mit einfacheren Gemütern, die eine Frau ohne Lippenstift für eine Akademikerin halten und sich unterlegen fühlen könnten. Aber die einfacheren Gemüter sind selten. Meine Klientel rekrutiert sich fast nur noch aus den besser verdienenden Schichten. Früher waren auch mal Busfahrer oder Mechaniker dabei. Ich bin wohl zu teuer geworden für normale Leute.

Ich entschied mich für einen eher maskulin geschnittenen dunkelgrauen Hosenanzug und ein weites rostrotes T-Shirt.

Nachdem ich meiner Familie den Wassertopf gefüllt

hatte, ging ich zu Fuß durch die Zehlendorfer Wohnstraßen und kam fünf Minuten zu früh beim Italiener an. Sie war schon da.

Ich wußte nicht, ob ich mich amüsieren oder ärgern sollte – sie war fast genauso gekleidet wie ich. Der Anzug ein bißchen dunkler, das T-Shirt helles Taubenblau. Sie war gerade dabei, das Erkennungszeichen, ein Buch von Axel Behrendt, aus ihrer riesigen Tasche zu nehmen und vor sich auf den Tisch zu legen, als sie mich sah und den Mund zu einem Lächeln verzog, von dem ich nicht sagen könnte, ob es ironisch, selbstironisch oder säuerlich war. Sie stand auf und winkte mit dem Buch.

»Ich bewundere Ihren Geschmack«, sagte ich als erstes, um sie aus der Reserve zu locken.

»Eigenlob«, sagte sie und lächelte noch immer. Sie streckte mir die Hand hin, ich ergriff sie und fühlte, wie sie mich ein bißchen zu sich herzog, als wolle sie mich umarmen oder küssen, aber sie beugte sich nach vorn über den Tisch, um einen Blick auf meine Schuhe zu werfen.

»Na, wenigstens die nicht«, sagte sie erleichtert und setzte sich auf ihren Stuhl zurück.

Ich mußte wohl unverständig dreinblicken, denn sie rückte ein Stückchen zur Seite, stellte ihr Bein vor mich hin und zeigte auf ihre Turnschuhe. »Die Schuhe und die Frisur«, sagte sie, »das ist doch schon was.«

»Wenn Sie an Astrologie glauben, dann ist es der Aszendent«, sagte ich.

»Tu ich nicht. Sie?«

»Manchmal.«

Wir schwiegen eine Zeitlang, sie studierte die Karte. Legte sie hin, schlug sie wieder auf, schlug sie wieder zu, nahm das Buch in die Hand – sie war nervös und wollte es nicht zeigen. Ich gab mir Mühe, meine Arme nicht vor der Brust zu verschränken, und dachte: mal wieder eine künstlich Lockere. Abwarten, bis sie endlich weiß, wie sie anfangen soll.

Sie nahm das Buch und hielt es mir vor die Nase. »Haben Sie schon mal was von ihm gelesen?«

»Nein.« Ich verschränkte nun doch die Arme vor der Brust. Verdammt. Das wollte ich doch nicht. Aber ihre Nervosität war ansteckend, und ich mußte mich an mir selbst festhalten, um nicht, wie sie, das Fummeln anzufangen, Knoten in irgendwas zu machen oder Fransen in die Papiertischdecke zu reißen.

»Es geht um ihn«, sagte sie und legte das Buch wieder hin.

»Den Autor?«

»Ja. Er ist mein Mann.«

✧

Ihr hektisches Wedeln mit der Speisekarte hatte den Kellner auf den Plan gerufen, und wir bestellten. Sie Fisch und Spinat, ich Nudeln. Ich esse immer Nudeln, wenn ich mit Frauen zusammen bin. Ich mag es, wenn sie neidisch auf meinen Teller schielen, während ich scheinbar unbekümmert alles verputze, was vor mir liegt, und am Ende noch die Soße mit Brot austupfe.

Daß ich mir danach gelegentlich den Finger in den Hals stecke, wissen sie nicht.

»Seit wann betrügt er Sie?« fragte ich, als wir für einen Moment allein waren. Das frage ich meistens am Anfang.

»Er tut es gar nicht, zumindest glaub ich nicht, daß er es tut.«

»Was wollen Sie dann von mir?«

Sie überlegte einen Moment, spielte mit ihrem Mineralwasserglas, das der Kellner vollschenken wollte, aber er konnte nicht, weil sie es nicht aus den Händen ließ, also stellte er die Flasche auf den Tisch und ging.

»Ich habe es satt … nein, anders: Er spielt ein Spiel mit mir, das mir nicht gefällt. Seine Treue, seine Liebe, seine Loyalität, alles ist so heilig, *er* ist so heilig und unantastbar. Ich bin ein banales Würstchen gegen seine Charakterfestigkeit. Er soll mal auf den Boden der Tatsachen zurückkommen. Er ist aus Fleisch und Blut, ein Mensch wie alle anderen, und Menschen machen Fehler. Menschen müssen sich auch mal für was entschuldigen. Sie sind nicht so perfekt wie er.«

Ich war einigermaßen verblüfft. Aus heiterem Himmel wollte die ihre Ehe zerstören oder zumindest gefährden, nur weil sie sich unterlegen fühlte? Das stand doch in keinem Verhältnis. Das war verrückt. Die Frau wollte mit einer Kanone einen Spatzen erschießen.

»Sie riskieren Ihre Ehe wegen so was?«

»Das sollte nicht Ihr Problem sein, oder?«

Ich hatte schon wieder die Arme vor der Brust. Ihre

Arroganz brachte mich aus dem Gleichgewicht und in die Defensive.

»Sie haben recht«, sagte ich. »Tausend im voraus und tausend danach.«

»Ich bin gespannt, ob Sie das schaffen«, sagte sie, ohne mich anzusehen.

»Ich schaffe das immer«, sagte ich, verwirrt, weil mich ihr Zweifel kränkte.

✧

Sie fragte mich aus, und ich war redselig. Irgendwas an ihr löste mir die Zunge. Vielleicht ist sie die geborene Zuhörerin, oder ich war so durcheinander wegen der Mutwilligkeit ihres Auftrags, daß ich alle Vorsicht fahrenließ und freimütig von meiner Arbeit erzählte. Ich brachte sie hin und wieder dazu, laut aufzulachen, und einmal legte sie kurz ihre Hand auf meine. Das hatte ich noch nie erlebt: eine betrogene Ehefrau in spe, die sich freundschaftlich gibt und Interesse für mich und mein Leben bekundet.

Nachdem wir alles besprochen hatten: sein Hotel, die Dauer seines Aufenthalts in Berlin, seine Vorlieben, seine weichen Stellen, war ich noch kleinlauter und nervöser. Sie sagte Sätze wie: »Er wird Sie bald auf den Bauch drehen, er mag Ärsche über alles«, oder: »Lassen Sie ihn ja ausreden, sonst geht er an die Decke.«

Wir tauschten E-Mail-Adressen aus, sie gab mir das Geld, zog es locker aus der Tasche, dann legte sie beide Hände auf den Tisch und sah mit gerunzelter Stirn dem

Kellner beim Vorlegen zu. Kaum war er gegangen, stand sie auf: »Ich hab überhaupt keinen Hunger.« Sie nahm ihre Tasche und warf die Haare aus der Stirn. »Zahlen Sie für mich mit«, sagte sie und legte einen Zwanziger neben den Teller. Dann war sie weg.

Mir war der Appetit vergangen, trotzdem stocherte ich in meinem Essen herum, nahm ein paar Nudeln in den Mund, schluckte sie runter, gab dann aber auf und winkte dem Kellner, dem ich jetzt auch noch lang und breit erklären mußte, daß alles in Ordnung sei, das Essen sowieso, nur die Signora habe gehen müssen, und ich wolle doch lieber einen Espresso.

✧

Auf dem Heimweg überfiel mich ein Platzregen, binnen Sekunden klebte mein schöner Donna-Karan-Anzug an mir wie eine labbrige zu große Haut, und ich stand praktisch nackt vor Sommers, die hektisch ihren Kombi entluden. Ich weiß nicht, wessen Stielaugen größer waren, die des Vaters oder die des Sohnes. Ich brauchte gar nicht an mir herunterzuschauen, um zu wissen, daß meine Brustwarzen sich klar und deutlich abzeichneten, ich sah es an der Verlegenheit des fünfzehnjährigen Linus und am stechenden Blick seiner Mutter.

✧

Ich wurde wie immer von Valentino begrüßt, er wollte seine kleine Willkommensfeier mit Slalom und Geschrei abhalten, aber ich hatte keine Zeit für ihn. Zuerst mußte ich die nassen Sachen loswerden. Er machte sich nichts daraus, daß er ein paar Tropfen abbekam, und folgte mir ins Bad. Bevor ich mich unter die Dusche stellte, öffnete ich noch das Fenster, das tu ich seit einiger Zeit. Genaugenommen, seit ich weiß, daß Linus in den Büschen steht und mich beobachtet. Er ist ein netter Junge, die Katzen mögen ihn, und ich glaube, seine Nächte sind nicht sehr erholsam. Vermutlich gebe ich mich in seinen Träumen zu den irrwitzigsten Dingen her.

Draußen schüttete es wie beim Weltuntergang. Das Rauschen der Dusche mischte sich mit dem des Regens, ich hätte Lust gehabt zu singen, aber die Abba-Melodie in meinem Kopf war mir nicht schön genug, und eine andere fiel mir nicht ein. Tino saß erwartungsvoll auf der Türschwelle – er würde gleich den Rand des Duschbeckens ablecken. Das tut er immer. Wenn ich bade, trinkt er aus der Wanne. Ich mußte ihn schon zweimal rausfischen, weil er vor lauter Gier das Gleichgewicht verloren hatte.

✧

Die Frau hatte mir das Buch dagelassen. Ich schlug es irgendwo auf, blätterte hin und her darin, aber dann las ich mich fest, unterbrach nur, um Kräutertee zu machen, und später noch mal, weil alle außer Arlette mich mit heuchlerischer Nachsicht an ihr überfälliges Abendessen erinnerten. Ich las bis in den frühen Morgen, hörte erst auf, als ich die Augen nicht mehr offenhalten konnte, und schlief unruhig, träumte wirr und wachte ein paarmal mit klopfendem Herzen auf. Das Buch hatte mich eingesogen.

Ich war dort, in der Geschichte, in einer deutschen Kleinstadt und hatte eine Familie, die einander liebt und verletzt, hatte Brüder, die mich plagten und beschützten, und eine Mutter, die für mich auf den Strich gehen würde. Noch fünfzig Seiten lang.

Ich machte nur Katzenfrühstück, biß von einer Scheibe trocken Brot ab und las weiter. Nach einer Stunde war ich durch und wußte nicht, ob ich lachen oder weinen wollte, das Buch noch mal von vorn anfangen, weiterschlafen, verreisen, heiraten – ich wußte gar nichts mehr. Doch, eines wußte ich: Mir fehlt irgendwas.

Und: Ich will diesen Mann nicht reinlegen.

Eigentlich hatte ich vorgehabt, mich in der Hotelbar an ihn heranzumachen. Ich hätte ein Buch in der Hand gehalten und ganz versunken darin gelesen, nichts um mich herum wahrgenommen – ich stellte mir vor, eine hingegebene Leserin muß einen Autor interessieren. Natürlich wäre es kein Buch von ihm gewesen. So eitel konnte er nicht sein.

Dann wurde mir klar, was los war. Das altbekannte Ziehen im Unterleib: meine Tage. Fast eine Woche zu früh. Deshalb hatte mich das Buch so aus dem Gleichgewicht gebracht, und deshalb wollte ich den Mann auf einmal vor mir beschützen. Ich werde immer sentimental und kleinlaut und frage mich, ob mein Leben nicht völlig sinn- und würdelos ist. Alles klar. Zwangspause.

Normalerweise hätte ich in so einem Fall den Vorschuß zurückgegeben, aber mein Romeo sollte zehn Tage in Berlin bleiben, also lief mir der Job nicht weg.

Wäre ich eine richtige Frau, dann würde ich in dieser Stimmung Streit suchen, heulen, zum Friseur oder Einkaufen gehen, aber ich bin keine richtige Frau. Ich bin nicht neugierig, ich suche keinen Mann, ich finde nichts an Babys. Ich las das Buch noch mal von vorn. Um den Bann zu brechen.

✧

Das gelang mir nicht – es fing mich wieder ein, aber diesmal anders, denn ich las nicht mehr gierig und verletzbar wie beim ersten Mal, sondern mit Genuß. Ich ließ mir sozusagen die Worte auf der Zunge zergehen. So verbrachte ich den Tag.

Irgendwann nachts – ich war wieder so für den Mann eingenommen, daß ich ihn nicht schädigen wollte – schrieb ich seiner Frau eine kurze E-Mail: *Steht Ihr Entschluß noch immer fest, oder wollen Sie sich's noch mal überlegen? Ich frage das nur, weil mir Ihr Motiv nicht ganz geheuer ist. Wenn Sie wollen, schick ich das Geld zurück.*

Beim Absenden wunderte ich mich über die E-Mail-Adresse der Frau. Sinecure@aol.com. Seltsam. Ich schlug das Wort nach. Pfründe ohne Verpflichtung, sorgenfreie Stellung. Sehr seltsam. Und irgendwie zickig.

✧

Am nächsten Tag kaufte ich noch drei Bücher von ihm, mit denen ich den Rest meiner Periode verbringen würde. Als ich nach Hause kam, war ihre Antwort da: *Tun Sie's.* Weiter nichts.

✧

Es wurde spürbar Herbst. Das Licht wirkte anders, diesiger, weißer, und die Luft war feucht und schwer. Ich legte öfter meine Hände an die Oberarme, als fröre ich trotz der Wärme, und ich spürte diese kleine, süße Trauer unterm Zwerchfell, die mich in anderen Zeiten dazu verführt hatte, Gedichte zu schreiben. Heute schnaube ich höchstens noch herablassend durch die Nase oder amüsiere mich über mich selbst. In ein paar Wochen würden die Katzen wieder haaren und doppelt soviel fressen.

Vielleicht lag es auch nicht am Herbst, vielleicht waren es die Bücher. Ich las alle drei, aber schon beim zweiten brachte ich die Figuren durcheinander, und das dritte begriff ich nicht mehr – ich sagte es mir nur noch vor. Ich schweifte ab, überlegte immer wieder, wie ich an ihn herankommen sollte – das hatte ich früher nie getan –, und ging in der Wohnung auf und ab.

Früher war ich meiner Eingebung gefolgt. War mein Wild Taxifahrer, dann stieg ich eben ein und war bereit, war er Arzt, dann besorgte ich mir einen Termin, war er Polizist, dann meldete ich einen Handtaschenraub. Ich ging einfach auf die Kerle los und ließ es auf mich zukommen. Aber jetzt hatte ich für jeden Plan ein Gegenargument und glaubte, immer noch eine raffiniertere Variante ausklügeln zu müssen.

Die Bücher waren schuld. Sie brachten mich durcheinander. In diesen Geschichten war ein Leben, das ich nicht kannte. Liebespaare, die sich finden und verlieren, Eltern, die ihre Kinder nicht freigeben können, Freunde, die sich um jemanden sorgen, Verwirrung, Abwege, Verrat, Betrug – nichts davon hatte ich erlebt. Jedenfalls nicht in den letzten Jahren.

Obwohl, Verrat und Betrug waren doch meine Spezialität. Ich lebte davon. Aber nichts davon war je *mir* widerfahren, ich hatte immer nur ausgeteilt, nie eingesteckt, hatte nichts dabei gespürt. Es betraf die anderen. Nicht mich.

Ich war vom Abitur weg in diese abgegrenzte Schein- oder Unterwelt geraten. Was ich kannte, waren Kneipen, Freier, das karnevalistische Getue, mit dem man sich die Furcht vor der Vagheit der Nächte vertreibt, meine Höhle, meine Katzen. Nur Murmi, solange sie lebte, war ein echter Mensch gewesen. Alle anderen nur Statisten, Kunden oder Störfaktoren.

Und jetzt störten mich die Bücher.

Eigentlich bin ich eine Katze. Für mich soll alles so sein, wie es immer ist, es braucht sich nichts zu ändern. Wenn ich es warm habe, schlafen darf, Musik hören, lesen und essen, was ich mag, dann geht es mir gut. Meine sporadischen Jobs sind mehr oder weniger unterhaltsame Abwechslungen, nach denen ich mich seufzend in den Alltag zurücksinken lasse. Ich war mir sicher, daß ich mein Leben in Ordnung fand.

Und ich hatte doch schon so viel gelesen – das Lesen war meine Hauptnebenbeschäftigung. Wieso erwischte mich jetzt auf einmal ein Autor mit seiner Sprache und seinen Figuren so kalt und ließ mich mein Leben als karg und kläglich empfinden?

# 3

»Hallo?«

»Vera Sandin. Entschuldigen Sie den Überfall. Herr Behrendt?«

»Ja.«

»Ich bin Journalistin und würde mich gern mit Ihnen treffen. Hätten Sie denn irgendwann in den nächsten Tagen Zeit?«

»Woher haben Sie denn die Telefonnummer?«

»Ahm, Ihre Frau hat sie mir gegeben. Störe ich Sie denn? Sie fragen so mißtrauisch.«

»Nein, Sie stören nicht. Ich bin nur überrascht. Das ist alles. Wenn Sie wollen, treffen wir uns. Heute? Am Nachmittag?«

»Gern. Wo? Wann?«

»Sagen Sie's.«

»Ich hol Sie am Hotel ab?«

»Gut. Das Residenz in der Meinekestraße. Halb vier. Für wen schreiben Sie denn?«

»Ich bin Freie. Ich will's anbieten. Weiß noch nicht wo.«

»Gut, bis dann.«

✧

Wieso war ich aufgeregt? Ich bin normalerweise vor der Jagd gelassen und gelangweilt. Ich weiß, was auf mich zukommt. Ein mehr oder weniger uninteressanter Mensch wird sein Ding in mich stecken, sich eher kurz als länger vor- und zurückbewegen, dann stöhnen, dann ein paar Geschichten erzählen, die davon handeln, wie toll er ist, wie gut er das kann, wofür man ihn bezahlt, und sich dann trollen. Und ich habe Strom, Wasser, Katzenstreu und Futter für ein Jahr verdient. Fertig. Mehr nicht. Es ist banal. Kein Grund, sich darüber den Kopf zu zerbrechen.

Aber diesmal hatte ich nachgedacht, und irgendwas war nicht perfekt. Vielleicht seine mißtrauische Fragerei, vielleicht auch meine Idee, als Journalistin aufzutreten. Ich hatte während meines Studiums eine Zeitlang für die Taz geschrieben und sollte mich also nicht allzusehr blamieren. Ich stell ihm Fragen und mach mir Notizen, was ist schon dabei, dachte ich und ging nach nebenan, um einen Blick in den Kleiderschrank zu werfen.

Aber als ich die U-Bahn-Treppe hinabstieg, hatte ich keins meiner Jagdkostüme an. Ich trug Jeans, einen dunkelblauen Baumwollpulli und den leichtesten meiner Dufflecoats. Keine Verkleidung. Nur unbequeme Schuhe.

✧

Ich erkannte ihn, obwohl er eine Brille trug. Sein schmales Gesicht mit den weichen Zügen war mir von den Büchern her vertraut. Er nahm meine Schüchternheit mit freundlicher Ruhe hin, vielleicht war er es gewohnt, daß man ihm mit Hemmungen gegenübertrat, vielleicht rührte ihn auch mein studentenähnliches Outfit. Aber *ich* war es nicht gewohnt, schüchtern zu sein. Ich hätte mir einen Finger abreißen können vor Ärger darüber.

Und noch etwas störte mich. Er war neutral. Kein Mitglied des Breis. Er wollte nichts von mir, war höflich und im Dienst, traf sich einfach mit irgendeiner Journalistin, um ihre Fragen zu beantworten. Als ich das bemerkte, wurde ich noch gehemmter. Und noch ärgerlicher.

Wir setzten uns in ein Café gegenüber, und ich legte beflissen Kuli und Notizblock vor mich hin, schaute nicht auf, suchte in meiner Tasche herum, aber ich wußte nicht, wonach. Zigaretten wären jetzt gut gewesen, aber ich rauche nicht. Um dieses dumme Schweigen nicht noch länger werden zu lassen, überfiel ich ihn mit meiner ersten Frage: »Ist die Welt in Ihren Büchern etwas, wonach Sie sich sehnen, oder etwas, dem Sie entkommen wollen?«

»Ich denke, es ist die Welt, in der wir leben. Eltern, Geschwister, Freunde, Schulkameraden, eine kleinstädtische Version der Wirklichkeit.« Er brauchte keine Sekunde, um zu überlegen. Die Antwort kam wie vorgefertigt.

»Werden Sie das oft gefragt?«

»Nein«, sagte er, »nie. Warum?«

»Weil Ihre Antwort so schnell kommt.«

Er lächelte. Vielleicht mochte er es, daß ich versprach, anstrengend zu werden. Und jetzt schien er auch ein bißchen von seiner Neutralität verloren zu haben. Er sah mich interessiert an, interessiert an mehr als meinen Fragen.

Ich fühlte mich ein wenig stärker und setzte nach: »Und Sie weichen aus.«

»Stimmt.« Er lächelte breiter.

Jetzt war die Bedienung an unseren Tisch getreten, und wir bestellten. Er Cappuccino, ich Tee.

»Und warum weichen Sie aus?«

»Weil ich Ihnen nicht glaube.«

»Was gibt's bei einer Frage zu glauben? Das versteh ich nicht.«

»Sie sind keine Journalistin.«

Mir wurde schwindlig vor Schreck. War ich so schlecht? Mir fiel nichts anderes ein als der dumme Satz: »Was bin ich dann?«

»Sagen *Sie's* mir.«

Er fixierte mich, selbstsicher und triumphierend, ein arroganter Fatzke. Jetzt fiel mir auch auf, daß er teuer gekleidet war. Anzug und T-Shirt aus weichem Material. Ein Provinzler, der sich stadtfein gemacht hat. Ich starrte zurück.

»Und woher wollen Sie wissen, daß ich nicht echt bin?«

»Ich habe erstens eine Geheimnummer, Sie hätten gar nicht bei mir zu Hause anrufen können, und zweitens würde meine Frau mich fragen, bevor sie Ihnen meine Hotelnummer gibt.«

»Rufen Sie sie doch an und fragen sie.« Jetzt hatte ich wieder Oberwasser. Die Frau würde ja wohl schnell genug schalten und kapieren, um wen es geht. Ich verschränkte meine Arme vor der Brust. Dumm. Als ich es bemerkte, nahm ich sie schnell wieder runter, aber er hatte die trotzig-ängstliche Gebärde schon bemerkt, schüttelte nachdenklich den Kopf und biß sich auf die Unterlippe. »Nein, das mach ich nicht.«

»Wieso nicht?«

»Aus einem Grund, den ich Ihnen nicht erklären will.«

Mir kam eine Idee. »Warum treffen Sie sich denn mit mir, wenn Sie nicht glauben, daß ich ein Interview mit Ihnen machen will?«

»Ich will wissen, was dahintersteckt.«

»*Ich* stecke dahinter.«

»Und wer ist das?«

✧

Am liebsten wäre ich aufgesprungen und davongerannt. Das lief alles überhaupt nicht so, wie ich es geplant hatte. Darauf, daß er mir inquisitorische Fragen stellen würde, war ich so wenig vorbereitet wie darauf, daß er sich in diesem selbstgefälligen Ignorieren meiner Reize gefiel. Und daß er mich verwirrte und ich nicht wußte, wohin mit meinen Händen. Zum Glück kam die Bedienung und stellte unsere Getränke auf den Tisch.

Ich wollte gerade anfangen, ihm eine improvisierte Geschichte zu erzählen, daß ich immer gern geschrieben hätte und jetzt versuchen wolle, als Journalistin Fuß zu fassen, da merkte ich, wie mein alter Jähzorn, den ich schon Jahre überwunden geglaubt hatte, mich wieder einholte. Ich spürte von den Zehen her eine Starre in mir aufsteigen, von der ich wußte, spätestens wenn sie beim Magen angelangt wäre, ginge es meinem Gegenüber schlecht. Ich glaube, sie war am Schambein, oder vielleicht auch schon am Nabel, als ich herausplatzte: »Sie finden sich toll, oder?«

Er wurde bleich und suchte wohl nach Worten, aber ich ließ ihm keine Zeit, sich elegant zu revanchieren. Ich stand einfach auf, sagte: »Sie zahlen« und ging. Mein Teebeutel lag noch unbenutzt neben der Tasse. Sein Blick verätzte mir den Rücken, bis ich endlich um die nächste Ecke gebogen war.

✧

War ich nun erleichtert, wütend oder beschämt? Ich wußte es nicht. Was ich wußte war: Ich hörte meine Schritte, das Klack-Klack meiner Absätze, und es ging mir auf die Nerven. Den ganzen Weg bis zur U-Bahn und den ganzen Weg nach Hause beherrschte ich den Impuls, die Schuhe von den Füßen zu schleudern und barfuß weiterzugehen.

Doch. Ich war beschämt. Als ich die Tür hinter mir schloß und mit dem Schuh, den ich jetzt endlich von mir kickte, beinahe Sabinchen traf, die mich mit einem leisen Gurren begrüßt hatte, aber auf ihrer Sofalehne liegen geblieben war, wußte ich, daß ich mich schämte. So was war mir bis jetzt nur einmal passiert, und damals war der Mann impotent gewesen. Und fett. Der hinterging seine Frau mit Sachertorte, nicht mit einer wie mir. Aber sie hatte, weil sein Interesse an ihr abgeflaut war, geglaubt, er schaue sich anderswo um. Wir lachten damals, und ich hatte das säuerliche Vergnügen, eine Ehe zu retten.

War dieser selbstgefällige Herr Behrendt vielleicht auch impotent? Dann sollte es nicht schwierig sein, ihn damit zu verletzen. Aha. Ich war also auch wütend. Seine staubtrockene Gelassenheit ging mir wohl an die Ehre. Meine Hurenehre.

Und erleichtert war ich auch. Ich mochte ihn noch so wüst beschimpfen, eigentlich hatte ich ihn nicht reinlegen wollen. Das immerhin war mir gelungen.

Ich schrieb eine E-Mail an seine Frau: *Ich hab es nicht geschafft. Der Mann ist nicht zu erweichen. Jetzt weiß ich, was Sie mit »heilig« meinten. Er ist wohl sehr von sich überzeugt. Tut mir leid. Ich hoffe, das ist dennoch eine gute Nachricht für Sie, auch wenn Ihnen etwas anderes vorgeschwebt hat. Mein Geld habe ich allerdings redlich verdient. Ich will Ihren Mann nicht beleidigen, aber … doch, ich will ihn beleidigen, aber das tu ich nicht Ihnen gegenüber, es reicht, wenn ich es am Briefträger auslasse. Seien Sie gegrüßt und nicht allzu enttäuscht. V. Sandin*

Ich schickte die Mail ab und war noch immer auf hundertachtzig. Ich entschloß mich, noch mal rauszugehen, bevor ich meiner Familie auf den Wecker fiele.

Die konnten schließlich nichts dafür, daß ich ihr Whiskas verdiente, indem ich versuchte, den Papst zu verführen. Schnell weg. Jetzt gab ich ihnen schon die Schuld.

Als ich vor der Tür stand und nicht wußte, wohin ich mich wenden sollte, ich wußte noch nicht einmal, ob ich spazierengehen, einkaufen, ins Kino oder schwimmen gehen wollte, da klingelte das Telefon. Ich zog die Tür ins Schloß und kümmerte mich nicht darum. In diesem Zustand wäre ich keinem Job gewachsen.

# 4

Ich kam nur bis zum Gartentor. Dort stand Axel Behrendt, das Handy noch am Ohr, linkisch mit betretenem Gesicht. Er schaute auf sein Handy, als mache das Gerät sich lächerlich statt seiner. Dann drückte er den Knopf. Er wirkte gar nicht souverän.

»Woher haben Sie meine Nummer?« fragte ich, bevor er sich fangen konnte, aber ich war zu langsam gewesen.

Er hatte schon seine alte Form wieder: »Soll das ein Running Gag werden? Sie stehen im Telefonbuch.«

»Was wollen Sie?«

»Das angefangene Gespräch fortsetzen, Sie zum Essen einladen, mich entschuldigen, suchen Sie aus, was Ihnen am besten gefällt. Ich will immer noch wissen, was dahintersteckt.«

»Essen ist gut. Gehen wir.«

✧

Ich führte ihn zu meinem Italiener. Das erschien mir passend. Ich wollte ihn auf demselben Stuhl sehen, auf dem seine Frau mich auf ihn angesetzt hatte. Wir gingen ein Stück schweigend, und ich unterdrückte den Impuls, mich bei ihm unterzuhaken. Statt dessen fragte ich irgendwann: »Woher der Sinneswandel?«

»Kein Sinneswandel«, gab er zurück, »*Sie* sind abgehauen.«

»Dann eben: woher die überraschende Beharrlichkeit?«

»Mir ist langweilig. Sie sind eine schöne Frau. Ich würde lieber den Abend mit Ihnen als allein verbringen.«

»So einfach ist das?«

»Was soll daran einfach sein?«

»Sie sind ganz schön anstrengend«, sagte ich, ohne ihn dabei anzusehen. Dieses Pingpong begann, mir auf die Nerven zu gehen.

»Den Eindruck hatte ich auch von Ihnen.«

✧

So ging es weiter, bis wir ankamen. Verbales Versteckspiel und herausforderndes Geplänkel. Und dann war ich es leid und antwortete auf seine leichthin gestellte Frage: »Was tun Sie also, da Sie keine Journalistin sind?« ebenso leichthin: »Ich bin Callgirl.«

Er war gerade im Begriff gewesen, sich zu setzen, nicht auf den Stuhl, den ich ihm zugedacht hatte, weil der Tisch von pizzaessenden Kindern okkupiert war, aber meine Antwort stoppte ihn. Er hielt in der Bewegung inne, mit der er den Stuhl zu sich herangezogen hatte, und sah mich an. Ich erwiderte seinen Blick und spürte, daß ich lächelte. Er sah zu dämlich drein. Ich klopfte wie eine Zeremonienmeisterin auf den Tisch, um ihn daran zu erinnern, daß er sich setzen wollte. Er tat es. Und schaute noch immer dämlich drein. Er fuhr sich sogar mit der Hand durch die Haare. »Und was wollten Sie dann von mir?«

Ich lehnte mich zurück. Er sah sich im Lokal um, als fürchte er, jemand könnte ihn erkennen und beim Geplauder mit einer Hure ertappen, aber nein, das war ungerecht. Er suchte den Kellner.

Seine Frage stand noch immer im Raum. Ich mußte improvisieren. »Ich dachte, vielleicht interessiert Sie meine Geschichte.«

Wieso hatte ich das gesagt? Ich trat mir unterm Tisch mit dem Absatz auf den Fuß. So was Idiotisches. Ich wollte ihm keineswegs was erzählen. Ich wollte ihn ins Bett kriegen und basta. Allerdings, vielleicht war diese Eingebung gar nicht so übel. Ein Schriftsteller will doch Geschichten hören, oder? Andererseits wurde er sicher oft von Leuten belästigt, die ihr eigenes ödes Leben für so spannend halten, daß er es unbedingt aufschreiben muß. Doch keine so gute Idee.

Er war noch immer durcheinander, aber jetzt suchte er nicht mehr nach dem Kellner, sondern nach Worten. »Ich bin … entschuldigen Sie … das ist einfach erstaunlich. Ich dachte, so was wie Sie gibt es nur in den Träumen von Männern.«

»Sie wußten nicht, daß es Callgirls gibt? Das werden Sie mir nicht erzählen wollen.«

»Nein, natürlich nicht. Ich hatte nicht für möglich gehalten, daß eine so …«, er überlegte – er suchte gründlich und geduldig nach dem richtigen Wort, schade, daß es dann eins der banalsten war, die er hätte verwenden können –, »… beeindruckende Frau wie Sie das macht. Ich habe mir Callgirls immer eher …«, er suchte schon wieder.

Ich half ihm: »Vulgär? Billig? Peinlich?«

»Ja, genau. Vulgär. Ich dachte, der Beruf zieht nur dumme Frauen an.«

»Ich könnte dumm sein. Woher wollen Sie wissen, daß ich's nicht bin?«

»Sie sind nicht dumm.«

»Eins steht fest: Sie haben keine Erfahrung damit.«

»Finden Sie, ich sollte?«

Er flirtete mit mir. Endlich. Ich lehnte mich zurück.

»Das entscheide nicht ich. Ich weiß nicht, was Sie brauchen.«

Er wurde ernst und schaute nach irgendwo, während er leise, so leise, daß ich mich ein wenig zu ihm hinüberbeugen mußte, sagte: »Wer weiß schon, was er braucht.«

Ich wollte keine nachdenklichen Töne hören. Er sollte weiter flirten. »Was finden Sie denn an mir so beeindruckend?«

Aber er war schon verloren für den leichten Ton, den ich anschlagen wollte. Ein Mann mit schnellen Stimmungswechseln. Er blieb in sich gekehrt und nahm meine Frage ernst, anstatt sich mit einer seichten Nettigkeit bei mir einzuschmeicheln. »Darf ich einen Moment nachdenken? Die Antwort ist nicht einfach.«

Ich schlug die Speisekarte auf, aber ich las nicht darin. Ich kannte sie erstens auswendig und war zweitens ganz und gar auf ihn konzentriert. Wie er da saß, den Oberkörper leicht nach vorn gebeugt, Zeigefinger und Daumen am Mund, als hätte er sich eben erst das Nägelkauen abgewöhnt, schien er mir scheu und kein bißchen eingebildet. Er suchte aufrichtig nach der Antwort.

»Ich weiß ja nichts über Sie«, sagte er dann, »aber Ihre Aura hat etwas …«

»Aura? Wird's jetzt esoterisch?«

»Meinetwegen Ausstrahlung. Sie ist widersprüchlich, inkongruent. Das ist beeindruckend. Mich beeindruckt es jedenfalls. Sie sind …«

»Inkongruent? Geht's auch auf deutsch?«

»Uneinheitlich. Sie wirken einerseits souverän und andererseits einsam. Das widerspricht sich. Souveräne Leute sind gesellig, zurückgezogene sind fahrig und fahl. Sie sind …«

Ich unterbrach ihn schon wieder. Der ganze Ton paßte mir nicht, obwohl er sich doch auf mich konzentrierte, sich offenbar Mühe gab, mich nicht mit einer Floskel abzuspeisen. »Einsam, ich heul gleich. Haben Sie noch was Tragischeres im Beutel?«

»Falls das platt klingt, kann es auch daran liegen, daß Sie nur Klischees im Kopf haben.« Da war er wieder. Der arrogante Affe. »Wenn Sie mit mehr als zwei Sätzen pro Antwort nicht klarkommen, dann sollten Sie mich nichts fragen.«

Ich knallte die Karte auf den Tisch. Mein großer Zeh begann schon wieder zu erstarren. Sie hatte mich gewarnt. Ich sollte ihn nicht unterbrechen. Mein Zorn verschwand wieder, als ich begriff, daß ich auf mich selbst wütend war. Ich hatte es vermasselt. Ich schwieg und sah ihn nicht an.

»Haben Sie ein Auto?« fragte er. Als wäre nichts gewesen. War er etwa auch jähzornig? Das konnte ja gemütlich werden.

»Ja«, log ich. Keine Ahnung, weshalb, ich folgte meinem Instinkt. »Wieso?«

»Ich habe einen Roman fertig, der hier in Berlin spielt, und will in den nächsten Tagen alle Schauplätze abfahren, um zu sehen, ob ich sie richtig beschrieben habe. Eigentlich eine langweilige Recherche, aber wenn Sie mir Ihre Geschichte erzählen wollen, könnten Sie mich doch chauffieren. Hätten Sie Lust dazu?«

Eigentlich wollte ich ihn noch an diesem Abend erledigen, aber ich sagte ja. Wer weiß, vielleicht mußte ich mich an diesem Fall etwas länger abarbeiten, dann hatte ich als Chauffeurin den Fuß in der Tür. Und wenn nicht, dann konnte ich ihn immer noch versetzen. Er wäre nicht der erste, dem ich mehr versprach als hielt. »Was ist das für ein Roman?« fragte ich.

Aber er ließ sich nicht ablenken. Egal. Hauptsache er war interessiert. Wenn auch nur an meinem Beruf. »Haben Sie einen Freund oder Ehemann«, fragte er, »jemanden, der sich damit abfinden muß, daß Sie mit anderen Männern schlafen?«

»Nein. Das haben Sie doch schon in meiner Aura gelesen.«

Er runzelte die Stirn, wollte nicht von Spott gestört werden, wischte mein Angebot, das Ganze ein bißchen leichter zu nehmen, einfach weg. »Suchen Sie sich die Männer aus? Oder müssen Sie jeden akzeptieren, der Sie anruft?«

»Ich bin mein eigener Herr«, sagte ich. Es klang trotzig. Wieso? Ging es mir darum, ihm klarzumachen, daß ich keinen Zuhälter hatte? Daß ich keine billige Hure war? Warum?

Es war anstrengend. Ich mußte immerzu Erfahrung mit Erfindung mischen. Ich behauptete, ich gehe nach der Stimme, die Stimme verrate fast alles über einen Menschen, ich sei in der Lage, zu hören, ob ein Kerl Manieren habe, auch der Preis spiele eine Rolle, meistens träfen sich doch Geld und Manieren, aber ich war innerlich fahrig und nervös, in ständiger Panik, etwas Wichtiges zu übersehen und kompletten Blödsinn zu reden. Ich war froh, als unser Essen kam und er sich über die zu weichen Spaghetti ärgern konnte. Das verschaffte mir ein bißchen Luft.

Aber nur ein bißchen. »Gab es nie böse Überraschungen«, fragte er, nachdem er sich damit abgefunden hatte, die labbrigen Spaghetti zu essen, »daß einer sich als brutal oder sonstwie ekelhaft herausgestellt hat, obwohl seine Stimme Ihnen am Telefon gefiel?«

»Sonstwie ekelhaft sind sie doch alle«, sagte ich und hätte mir am liebsten auf die Zunge gebissen. Das klang nach Opfer. Nach Tristesse. Das wollte ich nicht. Ich wollte glamourös erscheinen. »Mehr oder weniger.« Ich versuchte, die Aussage abzuschwächen, aber das gelang nicht. Er sah mich fragend an.

✧

Es war noch in meiner Hundertmarkphase. Ich zapfte Bier in einer Kreuzberger Kneipe, die hauptsächlich von Sozialarbeitern und Lehrern besucht wurde. Ich hatte mich auch schon ein paarmal abschleppen lassen, aber hier schienen sich alle schwäbischen Romantiker zu treffen, denn sie waren fast immer empört, wenn ich ihnen eröffnete, daß es was kostete. Einer ließ mich sogar wortlos stehen. Die anderen wollten dann wenigstens das Hotel sparen und schleppten mich entweder zu sich nach Hause oder suchten verschwiegene Winkel im Park, die nicht schon von Pennern oder anderen Liebespaaren okkupiert waren. Also wunderte ich mich nicht, als der blasse, bärtige Jüngling namens Dieter vorschlug, bei sich zu Hause »noch was zu trinken«.

»Ich koste was«, sagte ich, als wir draußen waren, um es gleich hinter mich zu bringen.

»Weiß ich«, murrte er und sah in eine andere Richtung. Das wunderte mich. Ich war mir sicher gewesen, er protestiert. Vielleicht hatte ihn einer seiner Kumpels auf mich aufmerksam gemacht. Ich war schon fast ein Jahr in dieser Kneipe.

Wir fuhren in einem alten Auto nach Lichtenrade, mein halbes Honorar ginge fürs Taxi drauf, wenn er mich nicht nach Haus bringen würde, er hielt vor einem

Ensemble kleiner Backsteinhäuser und führte mich in eins davon. Zuerst dachte ich, der sieht aber nicht nach Einfamilienhaus mit Garten aus, da fiel mir ein, daß ich schon einmal in einem ähnlich gebauten Studentendorf gewesen war. Das paßte. Drinnen schien es dann allerdings eher eine Mischung aus Wohnung und Krankenhaus, denn an der Wand im Flur lehnten Krücken, ein zusammengeklappter Rollstuhl und ein Tablett mit Beinen, das man übers Bett montieren kann.

Er brachte mich in sein Schlafzimmer, gab mir was zu trinken, war freundlich und ein bißchen schüchtern, und als er mich bat, mich auszuziehen, tat ich es. Er zog sich ebenfalls aus, und als er die Cordjeans von den Hüften zog, schnappte sein Penis schon steif und krumm aus der Hose. Ich rechnete halb damit, daß ihm mein Anblick schon zum Kommen reichen würde, aber damit hatte ich kein Glück. Ich sollte mich aufs Bett knien. Das tat ich und wartete, den Kopf gesenkt, daß er sich mit mir befassen würde, aber ich hörte ihn durchs Zimmer gehen und etwas Schweres zur Seite ziehen. Ich sah hin und erstarrte. Hinter einer breiten Faltschiebetür, die ich vorher zwar bemerkt, aber, da sie geschlossen war, nicht weiter beachtet hatte, saßen vier mongoloide junge Männer mit heruntergelassenen Hosen und glotzten mit ihren wäßrigen Augen auf mich, die ich da auf Händen und Knien, den Hintern in der Luft, auf meinen Beglükker wartete. Jeder dieser Jungs hatte sein Glied in der Hand. Sie waren bereit, uns zuzusehen und sich dabei einen runterzuholen. Ich war so entsetzt, daß ich mich nicht bewegte.

Dieter kam her zu mir und wollte ohne weitere Umstände, ohne ein Wort der Erklärung, der Entschuldigung, eine Bitte um mein Einverständnis oder einen Appell an meine Großzügigkeit, loslegen. Erst als ich ihn spürte, erwachte ich aus meiner Starre. Ich schnappte hoch, kam auf die Beine, sah aus dem Augenwinkel, daß die Herren sich schon fleißig selbst versorgten, und verpaßte dem verdutzten Dieter gleich zwei von meinem Zorn befeuerte, garantiert schmerzhafte Ohrfeigen. Er sah jetzt ebenso blöde drein wie seine Schützlinge. Ich raffte meine Kleider zusammen und wollte nur weg von hier.

Ich war noch nicht in mein Höschen gestiegen, da hatte er mich schon am Arm gekrallt und zischte: »Du bleibst hier.«

Ich antwortete nicht, versuchte mich weiter anzuziehen, aber ich wurde seine Kralle nicht los. Er riß mich zum Bett zurück und wollte mich wieder auf Hände und Knie zwingen. Jetzt kämpften wir miteinander, ich mit meinem Höschen in der Hand, er mit einem schlaff gewordenen, schlenkernden Pimmel unterm Bauch. Unser Publikum machte Pause und sabberte.

Von einer Sekunde zur anderen wichen mein Zorn und die daraus entstandene Kraft dem heulenden Elend. Ich gab auf und ließ zu, daß er mich aufs Bett bugsierte und hindrapierte, wie er es haben wollte – nämlich so, daß die Jungs auch alles recht gut sehen konnten, er brachte sich mit der Hand wieder in Form und fing mit der Vorstellung an. Durch meine Tränen – ich heulte jetzt wie ein Schloßhund – sah ich, daß mein Publikum wieder beschäftigt war, ich hörte sie atmen, keuchen, japsen und auch die Geräusche, die wir machten, einschließlich meines Schniefens und Schluchzens, und dachte nur noch, es geht vorbei. Und es ging vorbei. Es war ein Alptraum, aber es ging vorbei.

Als Dieter mit einer Art Triumphgeheul gekommen war, fiel er aufs Bett und stierte in die Luft, so daß ich mich anziehen und abhauen konnte. Ich versuchte, den Blicken der jungen Männer auszuweichen, aber ich wußte, sie starrten mich an und versuchten, den letzten Rest an Geilheit noch schnell, bevor ich weg sein würde, aus meinem Anblick in ihre schon wieder schlaff werdenden Pimmel zu reiben. Es war ekelhaft.

Als ich draußen war und, so schnell ich konnte, zur nächsten größeren Straße lief, war ich nicht mehr lebendig. Ich hatte keinen Körper mehr. Die hatten mich aufgefressen und ausgeleert. Ich existierte nur noch als Bild in ihren dummen Köpfen und als Triumph im kranken Hirn dieses faden, fusselbärtigen Dieters, der sich vermutlich auch noch sozial und fortschrittlich und wie der Held in einem französischen Film vorkam, der seinen Schützlingen mal was Schönes spendiert, und niemals begreifen würde, daß er ein perverses, gemeines und exhibitionistisches Arschloch ist.

Ich mußte wohl eine Stunde oder länger zu Fuß gegangen sein, bis ich endlich ein Taxi sah. Erst als ich drin saß, fiel mir auf, daß ich fror. Und nicht mal kassiert hatte.

✧

Ich hatte ihn beim Erzählen nicht angesehen und er keinen Laut von sich gegeben. Einmal, als uns der Kellner unterbrechen wollte, winkte Behrendt nur ab, so daß der Mann in einiger Entfernung haltmachte und wieder umdrehte. Jetzt schwiegen wir.

Nach einiger Zeit sah ich ihn an. Er war verletzt. Ich würde das Wort »betroffen« verwenden, wenn ich dabei nicht an Leute wie diesen Dieter denken müßte. Ich ließ ihm Zeit. Ich mußte mich selbst erst wieder fangen, denn die Geschichte hatte mich so mitgenommen wie ihn.

»Können Sie sagen, was genau das Schlimmste daran war?« Seine Stimme klang ein bißchen brüchig, er merkte es selbst und trank einen Schluck Wasser. »War es, daß der Kerl Sie nicht gefragt hat, war es die Vergewaltigung, oder waren es die Zuschauer.« Er trank noch einen Schluck. »Oder war es der spezielle Zustand dieser Zuschauer?«

Ich sah ihn nur an. Sagte nichts, hörte an seiner Stimme, daß er noch weiterreden wollte.

»Verstehen Sie mich nicht falsch. Sie hätten diese Geschichte genausogut als komisch hinstellen können, aber es war für Sie ein Alptraum. Warum?«

»Danke für den Tip«, sagte ich, »das nächste Mal erzähl ich sie komisch.«

»Ich will Sie nicht verbessern. Ich will es nur genau wissen.«

»Es erinnerte mich an gleich zwei meiner schlimmsten Erlebnisse.«

✧

Er könne nicht mehr sitzen bleiben, sagte er, ob ich Lust hätte, ein Stück zu gehen, und winkte schon dem Kellner, bevor ich antworten konnte: »Wir gehen zu mir.«

Diesmal nahm ich seinen Arm und hakte mich unter, als wir draußen waren. Es schien ihn nicht zu stören. Ich achtete darauf, ihn noch nicht mit meiner Brust zu streifen, das hob ich mir für später auf. Ich hatte inzwischen begriffen, daß ich hier nichts übers Knie brechen konnte.

Und ich war durch das Erzählen in eine seltsame Stimmung geraten. Eine Art Ferienstimmung. Ich vergaß, mich zu inszenieren, genoß es, wie er mir schweigend und aufmerksam zuhörte, und genoß es, einzelne Sätze geschickt zu formulieren. Nur nebenbei dachte ich daran, daß ihn die Bilder, die ich ihm gab, anturnen würden, daß ihn mein ungeniertes Reden über Sex vielleicht scharf und hoffentlich leichtsinnig machte.

»Haben Sie sich gerächt an diesem Dieter?«

»Ich habe ihm, als er das nächste Mal in der Kneipe war, sein Bier gebracht und über den Kopf geschüttet. Mehr nicht. Nicht mal mein Geld verlangt.«

»Und ging's Ihnen besser danach?«

»Nein, ich war nur den Job los.«

Er kam nicht auf die schlimmsten Erlebnisse zurück, die ich erwähnt hatte, also erzählte ich ihm ein paar harmlosere Hurengeschichten auf dem Heimweg. Er interessierte sich für meine Gefühle, aber ich enttäuschte ihn jedesmal, indem ich ihm erklärte, ich hätte keine.

»Und Orgasmen?« fragte er einmal.

»Das ja«, sagte ich, »aber das ist keine große Sache.«

»Schwer, sich vorzustellen, daß Orgasmen für jemanden keine große Sache sein sollen.«

Wir waren angekommen. Ich ignorierte Josef, der an der Gartentür saß und mich begrüßen wollte. Ich war im Dienst. Die Ferienstimmung hatte abgenommen, je näher wir meiner Wohnung gekommen waren. Jetzt ging es wieder darum, einen Job zu erledigen. Ich lächelte, als Behrendt es nicht sehen konnte, weil er sich zu Josef hinuntergebeugt hatte, um ihn zu streicheln. Ich dachte Sätze, die nach Bruce Willis klangen. Einen Job erledigen.

Josef ließ sich unterm Kinn kraulen und sah mich dabei an, als wollte er sagen: »Der Typ ist netter als du, was ist los mit dir?« Ich ging zur Wohnungstür und schloß auf.

✧

Er wollte keinen Champagner. Sympathisch. Ich holte eine Flasche Wein aus dem Büro und flüsterte meinen Kindern zu, sie sollten brav sein und mich nicht bei der Arbeit stören. Dann huschte ich wieder nach nebenan.

Er stand im großen Zimmer und sah sich um. Ich erschrak, weil mir klar wurde, daß ich ihn nicht hätte hierherbringen dürfen. Die Wohnung machte alles kaputt. Hier steht kein Buch, alles ist blitzblank, es ist steril wie aus einem Katalog. Ohne Seele. Aber ich brauchte ihn hier. Hier waren die Kameras.

»Zu ungemütlich?« fragte ich.

»Es ist sehr schön, aber ich hätte was ganz anderes erwartet. Eine Wohnung voller Bilder, Platten, bestimmt auch mit Büchern, ein bißchen Unordnung. Es paßt nicht zu der Vorstellung, die ich mir von Ihnen gemacht habe.«

»Es ist mein Arbeitsplatz.«

Er sah mich an. War verlegen. Fühlte sich sichtlich unwohl. Ich ließ ihn stehen und ging in die Küche, um zwei Gläser aus dem Schrank zu nehmen, die mir auf einmal viel zu bauchig und spießig vorkamen. Die waren für Männer gedacht, die den Geschmack ihren Frauen überließen, denen nichts golden oder pompös genug sein würde. Ich stellte die Gläser zurück und griff nach zwei Wassergläsern, aber die stellte ich auch wieder hin und entschloß mich, doch die bauchigen zu nehmen. Ich war eine Hure. Er brauchte nicht zu wissen, wie ich lebe. Diese ganze Erzählerei hatte mich durcheinandergebracht. Ich mußte mich zur Ordnung rufen. Es ging nicht darum, einen Freund zu finden oder von diesem Mann verstanden zu werden, es ging darum, auf Video zu kriegen, wie er mich fickt.

»Aber wir arbeiten jetzt nicht«, sagte er, immer noch verlegen und um Höflichkeit bemüht. »Ich bin hier ganz privat.«

»Das sind die anderen Herren auch«, sagte ich und konnte mir ein Grinsen nicht verkneifen, »und *wie* privat die hier sind.«

»Sie wissen aber, was ich meine.«

»Ja, ich weiß es. Sollte ein Witz sein. Meine Wohnung sieht übrigens in etwa so aus, wie Sie sie beschreiben.«

»Und warum sind wir nicht dort?«

»Das will ich nicht.«

✧

Er fragte nicht weiter. Ich hatte wohl schroff geklungen. Auf jeden Fall so bestimmt, daß es sich erübrigte, noch weiter zu drängen. Er nahm mir die Flasche aus der Hand und setzte sich auf die Sessellehne, um sie zu entkorken. Ich stellte die Gläser auf den Tisch. Glastisch. Allerdings ohne Goldrand. Er sah sich wieder um.

»Es ist wirklich schön. Jetzt versteh ich auch, warum es so unpersönlich ist. Ihre Klientel hat Geschmack.«

»Geschmack kommt so selten vor wie saubere Fingernägel.«

Er sah unwillkürlich auf seine Fingernägel, dann auf mich, als ihm klar wurde, daß ich ihn veralberte. Er erwiderte mein Lächeln. Eigentlich hatte ich sagen wollen »... wie gewaschene Pimmel«, aber das war mir in letzter Sekunde zu mies vorgekommen, deshalb war ich abgebogen und hatte improvisiert.

»Das hab ich nur so dahingesagt. Ich weiß nicht, wie oft saubere Fingernägel vorkommen. Ich gehöre nicht zu den Frauen, die auf Hände schauen und daraus wer weiß was herauslesen.«

»Worauf schauen Sie dann?«

»Auf gar nichts. Man schaut *mich* an.«

Er hob sein Glas. Ich hob meins. Wir schwiegen.

✧

Er blieb fast drei Stunden. Ich hatte das Gefühl, der Zeitpunkt sei noch nicht gekommen, und hielt meine Trickkiste geschlossen. Kein Wein auf seiner Hose, kein »Ich zieh mir was Leichteres an«, kein Ausschmücken der sexuellen Komponenten meiner Geschichten, ich ließ ihn einfach in Ruhe, und er fragte mich aus. Irgendwann machte es mich müde, wie eine Zeugin oder Informantin vor ihm zu sitzen und das Gefühl zu haben, er schreibt innerlich alles mit. Als ich gähnte, stand er auf und bat mich, ihm ein Taxi zu rufen.

✧

Ich war erschöpft wie nach einem Marathonlauf. Und ich fühlte mich nebenan, in meinen eigenen vier Wänden, auf einmal unbehaust, als wäre ich von einer langen Reise zurückgekehrt. Ich schloß die Tür und versuchte, nicht über Tino zu stolpern, der sich wie immer quer vor mich gestellt hatte. Das ist seine Art der Begrüßung. Ich breche mir noch mal den Hals seinetwegen.

Nachdem ich mich bei Josef für mein Benehmen am frühen Abend entschuldigt und meine Runde gemacht hatte – jedes bekommt einen Kuß auf Kopf oder Rükken, das ist Tradition –, wollte ich nur noch ins Bett und einschlafen. Aber ich hatte ein bißchen zuviel getrunken. In diesem Zustand drohte mir eine Karussellfahrt, sobald ich die Augen geschlossen hätte. Das wollte ich nicht riskieren.

Ich setzte mich an den Computer, um die Videodateien von heute abend zu löschen. Die Kameras schalten sich selbständig ein, wenn eine Bewegung im Raum von den Sensoren aufgefangen wird. Dann sah ich nach meinen E-Mails. Post von Sinecure.

*Das ist nicht Ihr Ernst. Geben Sie sich gefälligst ein bißchen Mühe. Ich möchte das Video.* Keine Unterschrift.

*Bin schon dabei.* Schrieb ich zurück. Ebenfalls ohne Unterschrift.

# 5

Ich wachte mit Rückenschmerzen und schlechter Laune auf. Josef, der sonst immer alles eifersüchtig wegfaucht, hatte es zugelassen, daß Fee sich an ihm vorbeidrückte und an meine Knöchel schmiegte. Ich war in einer verkrampften S-Form eingeschlafen, immer wieder aufgewacht mit Gedanken wie, wo krieg ich jetzt ein Auto her, oder, wieso lasse ich mich auf diesen Typen ein, anstatt ihn zu erlegen und basta. Mir gefiel diese Verschwommenheit und Ungenauigkeit nicht, die ich hatte einreißen lassen. Normalerweise wird ein Kerl verführt, gefilmt und abserviert, damit kenne ich mich aus, damit lebe ich zufrieden, aber jetzt hatte ich Geschmack daran gefunden, zu erzählen, seine Aufmerksamkeit auf mich zu lenken, ich ruhte mich aus in den Augenblicken, anstatt sie professionell zu nutzen. Das war nicht in Ordnung. Das konnte nichts werden. Ich hätte meinem ersten Instinkt nachgeben, das Geld zurückschicken und den Kerl sausen lassen sollen.

✧

Gegen elf kurvte ich mit dem kleinen Mietwagen vors Hotel. Es war nicht einfach gewesen, einen ohne Aufkleber im Fenster zu bekommen. Erst bei der dritten Firma hatte man mir diesen Honda angeboten. Ich verteilte ein paar Krümel von dem Croissant, dessen letzten Bissen ich gerade schluckte, auf dem Boden, steckte eine angebrochene Packung Tempotaschentücher in die Türablage und verteilte die restlichen mitgebrachten Dinge – ein Buch, zwei Zeitschriften, eine leere Plastiktüte und eine halbvolle Flasche Wasser – auf dem Rücksitz, im Handschuhfach und im Kofferraum. Hoffentlich sah er mir nicht aus dem Fenster zu. Ich hätte das alles vorher machen sollen.

Als ich ihm gegenüberstand, hatte ich meine schlechte Laune vergessen, aber jetzt schien *er* mir unaufgeräumt und unsicher. Vielleicht war das ein gutes Zeichen? Wenn er sich fragte, was tu ich hier, dann wäre ich ein Stück weiter.

Er sah das Auto und lächelte. »Sie erstaunen mich schon wieder«, sagte er und stieg ein.

»Wieso?«

»Ich habe einen Sportwagen erwartet oder mindestens ein Cabrio. Ich bin wohl klischeeverseucht.«

»Der Porsche ist in der Werkstatt.« Dumm, das erstbeste Hausfrauenauto zu nehmen und nicht eines, das zu meiner Legende als Callgirl paßt.

Er dirigierte uns nach Wilmersdorf, wo er mich an einer belebten Kreuzung bat, einen Parkplatz zu suchen. Das war nicht leicht. Wir mußten ein Stück zurückgehen, als ich den Wagen endlich in eine Lücke gequetscht hatte. Behrendt stand an der Kreuzung und schaute nach oben. »Hier spielt Ihr Buch?« fragte ich.

»Auch.« Er drehte sich um die eigene Achse, den Kopf in den Nacken gelegt und die Augen auf die oberen Stockwerke gerichtet.

»Und wovon handelt es?«

»Von zwei Menschen, die schon verloren sind, bevor sie sich aneinander verlieren.«

Bevor ich ihm antworten konnte, das klänge zwar schön, sage aber nichts, ging er mit zügigen Schritten zum Auto zurück. Ohne sich nach mir umzusehen, ohne mich in seinen Aufbruch einzubeziehen. War der unhöflich oder zerstreut? Hatte der mich vergessen? Von einem Augenblick zum andern? »Heh«, schrie ich und blieb demonstrativ stehen, »ich bin auch noch da!«

»Ja klar, was ist denn los?« Sein Blick war unsicher, aber seine Stimme klang wieder arrogant: »Vielleicht mach ich das doch lieber mit der U-Bahn oder dem Taxi.«

»Vergessen Sie einfach Ihre Manieren nicht, dann geht's schon«, sagte ich und schloß auf.

Mit diesem kleinen Ausbruch hatte ich uns die Stimmung bis Tegel versaut. Er schwieg, sah immer wieder aufmerksam aus dem Fenster und machte sich zweimal eine kleine Notiz. Als ich vor dem Flughafengebäude einbog, sagte er enttäuscht: »Scheiße, keine Brücke auf dem Kaiserdamm. Ich muß den Wagen an eine Hauswand knallen.«

»Diesen hier? Bitte nicht«, sagte ich.

»Im Buch«, sagte er. Seine Laune schien sich gebessert zu haben, denn er sah mich mal wieder an. Sogar ein kleines Lächeln spendierte er mir.

✧

Wir fuhren ein paar Stunden herum, durch Wandlitz, Mitte, Zehlendorf, und er fragte mich wieder über mein Hurendasein aus. Ich wunderte mich, wie gut die vielen Lügen zu dem bißchen Wahrheit paßten, das ich immer mal wieder einflocht, und wie wenig Anstrengung es mich kostete, das alles aus dem Stegreif zu erfinden. Ich amüsierte und schockierte ihn in wohldosierten Häppchen, und manchmal sah ich auch mit einem Seitenblick sein Erschrecken, wenn mir eine allzu kaltschnäuzige Formulierung rausgerutscht war. Aber in dieses Erschrecken mischte sich immer auch Interesse. Er war dann wacher, hellhöriger, fast wie ein Psychologe, der die schmerzhaften Stellen sucht und findet und gerade dort mit einer Frage einhakt, wo man sich mit abgebrühtem Getue davor schützen will.

Und dann klingelte sein Handy. Wir fuhren gerade die Oranienburger runter und am Tacheles vorbei, er fummelte das Telefon aus der Tasche und machte eine entschuldigende Geste zu mir, dann nahm er an, meldete sich, und seine Stimme wurde weich. Er sprach auf einmal tiefer und leiser, in einem Ton, daß ich dachte, er hat eine kleine Tochter dran. Aber ich wußte, daß er keine Kinder hat. Es war seine Frau.

✧

Ich mußte danach so einsilbig gewesen sein, daß er nach kurzer Zeit sagte: »Brechen wir die Tour für heute ab« und mich bat, ihn zum Hotel zu bringen. Das war mir recht. Ich war nicht mehr bei der Sache. Als er ausstieg, blieb ich sitzen. Er beugte sich zu mir in den Wagen und sagte: »Ich wollte Ihnen nichts antun. Wenn ich was falsch gemacht habe, tut's mir leid. Aber ich weiß nicht, was. Glauben Sie mir das?«

»Es ist nichts los. Ich bin nur müde«, sagte ich und hörte selbst, wie verlogen das klang. Als wollte ich ihn zappeln lassen.

Er war schon dabei, die Autotür zu schließen, da fiel ihm noch was ein: »Sollen wir uns heut abend noch betrinken?«

»Ich glaube nicht«, sagte ich und gab mir Mühe, einen aufrichtigen Ton anzuschlagen. Ich wollte nur klingen wie eine Frau, die müde ist, nicht wie eine, die ihre Müdigkeit als Leiden und dieses Leiden als Folge seiner Schlechtigkeit hinstellt. Ich weiß nicht, ob es mir gelang.

»Soll ich Sie morgen anrufen oder in Ruhe lassen?« fragte er noch, bevor er endgültig die Tür schloß, weil ich zu lange zum Nachdenken über diese Frage brauchte.

Sobald die Tür zugefallen war, löste ich meinen Gurt, stieg aus und rief ihm übers Autodach hinterher: »Rufen Sie an. Ab zehn bin ich fit.«

Er winkte, ohne sich umzudrehen, und ging hinein. Ich fuhr viel zu schnell los und verfehlte einen empörten Fiat-Fahrer nur knapp beim Einfädeln in den fließenden Verkehr.

# 6

Der Mann liebt seine Frau. Er braucht nur ihre Stimme am Telefon zu hören, schon ist er ganz bei ihr. Sein Ton ist zärtlich und gelassen, er blendet seine Umgebung aus und macht sich Gedanken darüber, wie sie irgendein Formular ausfüllen soll. Wieso kann die das nicht alleine? Diese Frau, die sich mir gegenüber so cool und überlegen gab, tut sich schwer, eine Zahl auf einen Zettel zu schreiben?

Bis ich zu Hause ankam, hatte ich noch zweimal fast einen Unfall verursacht, aber erst als ich ausstieg und die Tür so vehement zuschlug, daß das Auto wackelte, wurde mir klar: Ich war wütend bis kurz vor der Starre. Ich faßte das Gartentor extra vorsichtig an und ging nicht in mein Büro, sondern erst mal, um mich zu beruhigen, in die Wohnung. Ich wollte meine Schätze nicht dafür büßen lassen, daß diese Frau ein so mieses Spiel mit ihrem Mann trieb.

Ich ließ die Jalousien runter – elektrisch, per Knopfdruck –, zog mich aus und machte nackt alle Yogaübungen, die ich kannte.

Und war noch immer wütend.

Sie spielt die Schutzbedürftige. Das kleine Mädchen. Dabei ist sie eine klare, entschiedene Person, die sich sehr wohl zu helfen weiß. Sie kann eine Hure engagieren, sich mit dieser Hure sogar angeregt unterhalten, nur um ihn von dem Sockel zu stoßen, auf den sie ihn womöglich selbst gestellt hat. Von dem er vielleicht sogar ganz gern mal herunterstiege, wenn sie ihn nicht als immer starken und immer sicheren Allesregler bräuchte. Sie nimmt ihm heimlich übel, daß er den Souveränen gibt. Und belästigt ihn wegen eines lächerlichen Formulars.

In Wirklichkeit wollte sie wohl an seiner Stimme hören, ob ich ihn schon erwischt habe. Das hab ich nicht. Nicht im geringsten. Er sagte zwar nichts von mir, seine Worte waren: »Ich bin unterwegs und fahr die Schauplätze ab«, nicht: »Wir sind unterwegs, eine attraktive Frau und ich«, aber er hatte mich ausgeblendet. Ich war nicht da. Das Auto fuhr alleine.

Normalerweise hat man mit einer Erektion zu kämpfen, wenn ich in der Nähe bin, man blendet mich nicht aus. Aber dieser Mann hatte mich einfach vergessen.

Einen Moment überlegte ich, ob ich wütend auf *ihn* war, aber das war ich nicht. Ich war angerührt und eingenommen von seiner Wärme, seiner Konzentration, dieser leisen, tiefen Stimme, die er für seine Frau hatte. Die Frau, die ihn belog, hinterging und unter einem Vorwand aushorchte. Was für ein Ungeheuer. Ich haßte sie. Und ich wollte diese Stimme auch einmal hören. Nicht als Zaungast. Auf *mich* bezogen. Er sollte mit *mir* so sprechen.

Ich ließ mir ein Bad ein.

✧

Bis die Wanne voll war, stand ich vor dem Spiegel. Mir ist schon klar, warum sie auf mich fliegen. Ich habe von fast allem ein bißchen zuviel. Der Busen ein bißchen zu groß, die Taille ein bißchen zu schmal, die Hüften ein bißchen zu breit, der Hintern ein bißchen zu ausladend – nur die Beine sind, leider, nicht zu lang. Das hätte ich früher gern gehabt. Heute ist es mir egal. Es ist wohl der Schönheitsfehler, den man braucht, um nicht abstrakt und ausgedacht wie ein Model zu wirken, sondern leibhaftig, wie ein menschliches Wesen. Meine Nase ist normal, meine Augen sind zu schmal, die Lippen zu breit, und das Haar ist zu voll. Selbst meine Augenbrauen wären dicht wie bei den Griechen, würde ich sie nicht zupfen, und mein Schamhaar ein Urwald, hätte ich es nicht auf einen Strich reduziert. Seit ich sechzehn bin übrigens. Nicht erst, seit es Mode ist.

Jetzt bin ich vierunddreißig – noch drei, vier Jahre gebe ich mir. Dann werden sie anfangen, mich zu übersehen, und ich kann in Rente gehen. Ich fürchte diesen Tag nicht. Ich freu mich auf ihn. Ich stelle mir vor, dann erlöst zu sein von dem Blubbern, der Klebrigkeit, dem Pilzgeruch, den Augen, die über mich verfügen, den Fingern, die flattern vor lauter Gier, mich zu befummeln, den Schwänzen, die unbedingt in mich hineingestoßen werden sollen. Ich werde ein gutes Leben haben. Vielleicht reisen, wenn jemand meine Familie gut versorgt, vielleicht wandern, lesen, wieder Gedichte schreiben oder fotografieren, auf jeden Fall ausgiebig in der Sonne liegen, Wärme auf meiner Haut spüren und zufrieden sein wie eine Katze. Das ist mein Ziel.

Auf keinen Fall werde ich eine alternde Hure sein, die mit dem Preis runtergeht und noch den miesesten Kerl bedient, nur um das Geld für Tütensuppen und Schnaps ranzuschaffen. Ich werde meine Schäfchen im trockenen haben. Vielleicht hätte ich dann gern eine Freundin.

Das Wasser ging fast bis zum Rand – ich hatte zuviel eingelassen. Ich kenne mich hier nicht aus – es war erst das dritte Mal, daß ich hier ein Bad nahm. Und das erste Mal privat. Letztes Jahr war ich hier mit einem Journalisten, den ich bei der Grünen Woche unter Kühen, Schweinen und Hühnern aufgabeln mußte, und davor mit einem Orchestermusiker, einem Geiger, den ich als ehrgeizigen Liebhaber eingeschätzt hatte, der sich dann aber als tumbes Karnickel erwies. Es tat weh, es war lächerlich, das ganze Bad war hinterher naß, und ich hatte nicht mal vernünftige Bilder davon. Zum Glück begnügte sich die Frau mit dem Anblick seines hüpfenden Hinterns und dem Klang seiner gegrunzten Lustbezeugungen.

✧

Die Katzen nahmen kaum Notiz von mir, als ich im Bademantel, die Kleider überm Arm, nach Hause kam und mich vor den Computer setzte, um die Aufnahme aus der Wohnung zu löschen. Mich selbst beim Yoga und in der Badewanne brauchte ich nicht zu archivieren. Ich klickte auf die Datei und sah mir ein Weilchen beim

Wütendsein zu. Vom Yoga waren nur schemenhaft verwischte Bewegungen erkennbar, aber im Badezimmer hatte ich Licht gemacht und sah mich klar und deutlich mit einer ausgeprägten Stirnfalte vor dem Spiegel. Dieser Spiegel war durchsichtig und die Kamera dahinter in die Wand versenkt. Ich hatte sie nach dem Fiasko mit dem Geiger für viel Geld einbauen lassen.

Die Ärgerfalte auf meiner Stirn brachte mich wieder zu der Frau zurück. Wie hatte mir diese eiskalte Ziege nur gefallen können? Ich hätte ihr mein Herz ausgeschüttet, wenn sie länger geblieben wäre. Mir wurde auf einmal klar, daß ich keine Menschenkenntnis besitze. Zumindest nicht bei Frauen. Wer sich aufs Manipulieren versteht, kann mich noch immer um den Finger wikkeln. Ich scheine nichts gelernt zu haben. Axel Behrendt tat mir leid. Dieser treuherzige Dummkopf vergötterte eine Frau, die nichts Besseres zu tun hatte, als ihn vor sich selbst zu blamieren. Ich würde ihm was Gutes tun, wenn ich ihn verführte. Ich könnte ihm die Augen öffnen über seine verlogene Gattin. Ich brauchte ihm nur das Video und ihre E-Mails zu geben. Dann wüßte er Bescheid.

# 7

Ich belog mich selbst. Seine Indifferenz mir gegenüber und seine Hingabe ihr gegenüber hatten in mir einen Ehrgeiz geweckt, der an Geilheit grenzte. Ich wollte diesen Mann. Und ich würde mich nicht dafür schämen, weil für ihn etwas Wertvolles dabei heraussprränge: Klarheit über die Frau, die seine Liebe nicht wert war, und eine unvergeßliche Liebesnacht. Ich krieg ihn, sagte ich mir halblaut vor, und wenn es nur ist, um diese Tussi zu erschüttern.

✧

Pünktlich um zehn rief er an und wollte auf den Fernsehturm am Alex. Wie jeder stinknormale Tourist. Als nächstes gehen wir zum Brandenburger Tor und dann in den Zoo, dachte ich, aber es war mir recht. Den Turm kannte ich noch nicht, und ich würde ihn überallhin begleiten. Ich war im Dienst.

Direkt beim Einsteigen, noch bevor er die Tür geschlossen hatte, fing er zu reden an: »Ich habe gestern abend nachgedacht über etwas, das Sie sagten. Es war ein

Satz, der mir auf einmal nicht mehr aus dem Kopf ging. Nachdem Sie mir die Geschichte über diesen Akt vor Publikum erzählt hatten, sagten Sie: ›Es erinnerte mich an gleich zwei meiner schlimmsten Erlebnisse.‹ Würden Sie mir das erzählen? Diese schlimmsten Erlebnisse?«

»Wozu?« fragte ich. »Wollen Sie's aufschreiben?«

»Weiß ich nicht. Vielleicht. Ich würde sie gern hören jedenfalls.«

»Muß nachdenken«, sagte ich, und er ließ mir Zeit, bis wir am Alex parkten und ausstiegen.

# 8

In Stefanies Haus gab es einen Partykeller. Der war von den Vorbesitzern eingerichtet worden, mit Nut- und Federbrettern an den Wänden, einer Theke und einem großen Spiegel. Stefanies Eltern wußten nichts damit anzufangen und überließen den Raum ihrer Tochter. Der Spiegel hatte es ihr angetan. Sie übte davor fürs Ballett. Dafür hatte sie den alten Plattenspieler ihrer Eltern nach unten geschleppt und mit mir zusammen Poster aufgehängt. Ein paar Pferde- und Toulouse-Lautrec-Bilder waren darunter, aber die meisten zeigten Popgruppen und Musiker. A-Ha und Kajagoogoo, Howard Jones und Cyndi Lauper, Nena, Spliff und die Münchner Freiheit. Wir waren beide in Limahl von Kajagoogoo verliebt. Roman sah ein bißchen aus wie Limahl.

Stefanie hatte irgendwann angefangen, die Tür abzuschließen, und ihre Eltern hatten sich angewöhnt, diesen Raum nicht zu betreten. Er wurde unser Refugium. Wir spielten nicht mehr mit den Barbies, sondern lasen die Bravo und beschäftigten uns mit endlosen Spekulationen über Jungs und Sex und mit Zukunftsplänen.

Wir übten das Küssen miteinander, das, was man damals noch »Petting« nannte, und wenn wir davon genug hatten, schminkten wir uns oder tanzten vor dem Spiegel und kontrollierten unsere Bewegungen, um bei den Partys, zu denen wir hoffentlich bald eingeladen würden, gut auszusehen.

Eines Nachmittags zog Stefanie mit verschwörerischem Gesicht eine Karotte und ein Kartoffelschälmesser unter der Theke hervor und sagte: »Ich geh nicht als Jungfrau mit Gernot ins Bett.« In Gernot war sie zu dieser Zeit verliebt.

Ich glaube, ich schaute sie fassungslos an, denn sie schnitt mir eine Grimasse und begann die Karotte zu schälen. Mir wurde mulmig. Ich hatte so ein Flattern und Ziehen im Unterleib. Ich stellte mir vor, jemand würde das Ding in mich reinstoßen. Das würde weh tun. Hatten wir in der Bravo gelesen. »Willst du dich damit entjungfern?« fragte ich, und meine Stimme klang klein und kläglich.

»Du sollst es machen«, sagte Stefanie.

»Das mach ich nicht. Das tut doch weh.« Ich hielt mir die Hand vor den Mund. Ich hatte fast geschrien. Jedenfalls war es viel zu laut herausgekommen.

»Deshalb sollst es ja du machen. Ich bin zu feige. Ich hab's schon versucht, aber ich trau mich nicht. Es geht ein Stückchen weit rein, und dann ist Schluß. Wenn du's für mich machst, mach ich's auch für dich.«

»Nein. Ich kann dir doch nicht weh tun.« Mir war zum Heulen zumute. Was sie da wollte, war unmöglich.

»Ist doch nur ganz kurz. Bitte.« Sie sah mich so lieb und zärtlich an, wie es ihre Art war, wenn sie was von mir wollte. Ich schüttelte den Kopf und wäre am liebsten weggelaufen. Das war mir alles unheimlich. Das war nicht mehr das spielerische Ausprobieren wie bisher. Das war auf einmal Ernst.

Sie hatte jetzt die glattgeschälte Karotte im Mund und leckte sie ab. Dann zog sie sich das Höschen aus und setzte sich, den Unterleib nach vorn geschoben und das Kleid hochgezogen, auf einen der beiden Stühle. Sie öffnete ihre Beine und hielt mir, als sei ich ein Esel, den man damit locken kann, das leuchtend orangefarbene Ding vor die Nase. »Bitte. Du bist meine Freundin. Du mußt das für mich tun.«

Ich blieb erstarrt an der Theke lehnen und rührte mich keinen Millimeter vom Fleck. Inzwischen suchte sich Stefanie mit den Fingern ab, und als sie den Eingang gefunden hatte, steckte sie das Gemüse ein Stückchen weit in sich rein. Ihr Blick war konzentriert und entrückt. Und ich glaube, er war auch siegessicher. Bisher hatte sie von mir noch immer bekommen, was sie wollte. Sie wußte, daß sie sich durchsetzen würde. Das war unser ungeschriebener Vertrag. Die Zofe tut, was die Herrin befiehlt.

»Komm schon«, sagte sie leise vor lauter Konzentration auf den Schmerz, der ihr gleich zugefügt werden sollte, »nur einmal fest schieben. Ist gleich vorbei.«

Ich stand starr.

»Ich will das aber!« Jetzt klang sie trotzig wie ein kleines Kind.

»Ich kann es halten, und du setzt dich drauf«, sagte ich, »aber ich kann das nicht in dich reinhauen. Das schaff ich nicht.«

»Okay, dann versuchen wir das.«

Ich löste mich aus meiner Starre, aber meine Knie waren weich, als ich die drei Schritte zu ihrem Stuhl ging. Sie war schon aufgestanden, begierig, endlich ihre Jungfräulichkeit zu verlieren, und hatte sich rittlings über den Stuhl gestellt.

Ich machte eine Faust um die Karotte und legte sie auf die Sitzfläche. Die Spitze zeigte nach oben. Direkt auf Stefanies Scheide, wie es damals in der Bravo immer hieß. Wir nannten es auch so. Alle eigenen Wörter dafür waren entweder kindisch und unser nicht mehr würdig oder schmutzig und für Jungs reserviert. Sie ließ sich langsam herab. Sie hatte die Stuhllehne vor sich und hielt sich mit beiden Händen daran fest. Als die Karotte ein Stückchen weit in ihr verschwunden war, sagte sie: »Drück mich runter.«

»Nein.«

Sie hielt ganz still, und ich glaubte schon, sie würde endlich aufhören mit dem gräßlichen Spiel, aber dann machte sie einen kleinen Hüpfer, nahm quasi Anlauf, und dann spürte ich ihre Haut an meiner Faust und hörte im selben Moment ihren Schrei. Der Schrei war leise, sie hatte vorsorglich eine Hand vor den Mund gepreßt. Jetzt hob sie sich ganz langsam und vorsichtig hoch, stieg, als die Karotte wieder an der frischen Luft war, mit dem linken Bein über meinen immer noch auf der Sitzfläche liegenden Unterarm und grinste von Ohr zu Ohr, während ihr gleichzeitig Tränen übers Gesicht liefen. »Hat nicht weh getan«, sagte sie triumphierend, »der Schreck war alles. Es hat irgendwie so geknackt.«

Ich ließ die Karotte los und zog meine Hand weg, als könnte das Ding explodieren. Stefanie faßte mich an den Schultern, rüttelte und küßte mich überschwenglich, umarmte mich und tanzte ein paar Schritte mit mir durch den Raum. »Danke«, sang sie fast. Mir war schlecht.

Sie bot mir an, das gleiche bei mir zu machen, aber ich lehnte ab. Und tat es dann doch, zu Hause, alleine, genau wie sie es vorgemacht hatte, mit Schälen und in den Mund nehmen und Stuhl. Es tat sehr weh. Sie hatte entweder gelogen, oder mein Häutchen war viel stärker gewesen.

Unser Kichern, Stupsen und Unter-dem-Tisch-einander-ans-Schienbein-Treten beim Anblick von Karotten, Gurken oder Zucchini hatte von da an eine andere Qualität. Wir wußten Bescheid. Irgendwann flüsterte mir Stefanie zu: »Man schiebt sich das auch hinten rein.« Ich schüttelte entgeistert und abgestoßen den Kopf. Das war unmöglich. Und ekelhaft. Das hatte sie sich ausgedacht, um mich zu schockieren.

✧

Das Turmrestaurant hatte sich zum zweitenmal um die eigene Achse gedreht. Behrendt sah nach unten auf die Kirche und mußte den Kopf drehen, weil sie schon wieder verschwand. Er war ein charismatischer Zuhörer.

Das hatte er mit seiner Frau gemein. Ich vergaß alles und redete wie aufgezogen. Und es gefiel mir.

»Das ist eine rührende Geschichte«, sagte er, ohne mich dabei anzusehen, »bis jetzt ist sie noch nicht schrecklich, oder?«

»Es ist der Anfang«, sagte ich. Das war gelogen. Ich hatte das alles aus dem Ärmel geschüttelt, denn ich wollte ihm eine möglichst erregende Szene vor Augen führen. Zwei Teenager, die sich mit einer Karotte entjungfern, das sollte ihn doch anspitzen. Und er mußte sich mich vorstellen, während ich redete. Mich mit fünfzehn, nackt und mit obszönen Dingen beschäftigt.

Wir hatten es zwar tatsächlich mit Karotten getan, Stefanie und ich, aber jede für sich, schamhaft, alleine im Bad, und uns hinterher dann staunend über den eigenen Mut Bericht erstattet.

»Erzählen Sie mir weiter?« Jetzt sah er mich an. »Den schlimmen Teil?«

# 9

Stefanie und ich zupften inzwischen unsere Augenbrauen, rasierten uns die Beine und Achselhöhlen und feierten euphorisch Momente wie den Kauf neuer BHs, wenn sich eine Körbchengröße endlich als zu klein erwies. Und waren nach außen hin weiter die braven und fleißigen Mädchen.

Diesen wohlerzogenen Mädchen konnte man den debilen Bruder anvertrauen, der in einer kirchlichen Einrichtung untergebracht war und nur alle paar Wochen von seinen Eltern nach Hause geholt wurde.

Eines Abends rief Stefanie mich an und bat mich, zu ihr zu kommen. Ich gab den Hörer an meine Mutter weiter, die auch zu den Menschen gehörte, die Stefanie nichts abschlagen konnten, und durfte gehen. Stefanies Eltern mußten zu einem kurzfristig verlegten Essen des Verbands, und sie wollte nicht allein auf ihren Bruder aufpassen.

Markus war inzwischen achtzehn und saß in seinem Rollstuhl vor dem Fernseher. Er schien uns überhaupt nicht wahrzunehmen. Er muhte leise vor sich hin, manchmal klang es auch, als ob er lachte, und immer wieder wanderten seine Augen zum Fernseher, in dem die Hitparade lief.

Wir waren ganz in die Sendung vertieft, wir warteten auf Nena, für die wir schwärmten, da quietschte Stefanie plötzlich laut auf und schrie: »Der wichst. Guck mal, der wichst!«

Tatsächlich hatte es Markus irgendwie mit seinen fahrigen Händen geschafft, die Trainingshose herunterzuziehen, und war fleißig und stumm dabei, sich zu befriedigen. Wir waren fasziniert. Ein echter Penis. Ein echter Junge. Wir knieten uns rechts und links von ihm hin und starrten auf das Schauspiel. Stefanie sagte: »Das ist *die* Gelegenheit.«

»Zu was?« fragte ich. Wie immer stand ich auf der Leitung, obwohl ich mir doch hätte denken können, was sie vorhatte.

»Es mit einem Jungen zu machen. Du Blödiane. Wir können üben. Das ist einmalig.« Sie starrte mir in die Augen. Es ging wieder mal darum, die feige Freundin anzustacheln. »Du machst es mit ihm«, sagte sie bestimmt.

»Nein«, sagte ich wie immer, das war vielleicht mein Lieblingswort inzwischen, »das geht doch nicht.« Aber ich war hingerissen von der Vorstellung, es einfach ausprobieren zu können, ohne mich zu blamieren, ohne daß mich jemand verspotten konnte, ohne daß ich Angst haben mußte, dem Jungen nicht zu genügen. Ich war aufgeregt. Und ich starrte wieder auf die hektische Hand, die sich auf und ab bewegte und eine blinkende Eichel zeigte und verdeckte. Und zeigte und verdeckte.

»Dann ich zuerst.« Stefanie zog sich in Windeseile aus und stellte sich vor ihren Bruder. Der gab jetzt Laute von sich, die wir als Freudentöne interpretierten, und versuchte, die Hand auf eine von Stefanies Brüsten zu legen. Es klappte nicht. Er hatte die Hand nicht unter Kontrolle. Sie blieb nicht dort, wo er sie haben wollte.

Stefanie kletterte auf den Rollstuhl, Gesicht und Bauch ihm zugewandt, wobei ich ihr helfen mußte, damit sie ihr zweites Bein über die Lehne bekam. Dann setzte sie sich langsam auf den zappeligen Penis. Da Markus aber nicht aufhörte mit seiner Hand, sagte Stefanie zu mir: »Halt ihn fest, bis er drin ist.« Ich tat es. Ich hielt Markus' Hand fest, zog sie zur Seite, hielt dann seinen Penis fest, wie vor nicht allzu langer Zeit die Karotte, und Stefanie senkte ihren Hintern drauf. Und bewegte ihn auf und ab. Sie nahm seine Hand und preßte sie an ihre Brust, während sie sich mit der anderen Hand an der Rückenlehne des Rollstuhls festhielt. »Mach den Rollladen runter«, keuchte sie, und ich rannte, um den Befehl auszuführen. Wenn jetzt jemand im Garten stünde, wären wir erledigt. Und wenn ihre Eltern zu früh nach Hause kämen! Undenkbar.

Stefanie hatte wohl genug probiert, sie keuchte, ob vor Anstrengung oder Lust, konnte ich nicht sagen, dann hüpfte sie hoch und stieß sich nach hinten ab. Sie landete nicht auf den Füßen, sondern auf Markus' Knien, und in ebendiesem Moment spritzte es aus seinem Penis. Dreimal, viermal, zuerst in hohem Bogen, dann in kleineren Fontänen. Sie hatte Sperma im Gesicht, auf den Brüsten und am Bauch. Zuerst schien es, als ekle sie sich, aber dann lachte sie, stand auf und wischte sich mit ihrem Unterhemd ab. »Jetzt du«, sagte sie.

Ich gehorchte. Zuerst nahmen wir das Unterhemd, um auch ihn abzuwischen, dann zog ich mich aus und setzte mich auf dieselbe Art wie Stefanie über ihren Bruder, der schon wieder mit seiner Hand zugange und kein bißchen erschlafft war. Stefanie half mir genauso wie ich ihr vorher, nur daß sie ihre Hand noch eine Weile daließ, als ich mich schon auf und ab bewegte.

Ich weiß ehrlich gesagt nicht mehr, wie sich das Ganze anfühlte. Ich glaube, ich spürte nichts, außer der ungeheuren Aufregung, etwas Verbotenes und wahnsinnig Gefährliches zu tun, und einem Kitzeln an den Oberschenkeln und Pobacken immer dann, wenn sie das Metall der Rollstuhllehnen oder die glühendheiße Haut von Markus berührten. Ich hörte auch nach einer Weile auf, gab mir aber Mühe, richtig abzuspringen. Dabei fiel ich auf den Hintern und tat mir weh.

»Jetzt nehm ich ihn in den Mund, das muß man auch können«, sagte Stefanie. Ihr Blick war fanatisch, wie irr, sie schien nichts mehr wahrzunehmen, außer diesem Experiment, von dem sie sich so viel Übung erhoffte, daß sie später nichts mehr falsch machen würde. Sie tat es. Der Penis verschwand in ihrem Mund, während sie den Kopf hob und senkte.

Ich weiß nicht, wie lange wir noch weitergemacht hätten mit diesem hektischen und atemlosen Geturne, wenn Markus nicht plötzlich die Augen nach oben verdreht hätte, so daß nur noch das Weiße zu sehen war, und einen aus der tiefsten Hölle oder von irgendwoher sonst, wo es grauenhaft sein mußte, kommenden Klagelaut ausgestoßen hätte, der uns zur Besinnung brachte. Über sein Gesicht liefen Tränen. Und die Geräusche aus seinem Mund waren einfach fürchterlich. Er heulte wie ein krankes Tier, eines, das wir nicht kannten, und seine Hände hingen schlaff über die Lehnen des Rollstuhls herab.

Betreten, ohne einander anzusehen, zogen wir zuerst ihm die Hose hoch, wischten seinen Mund mit einem sauberen Zipfel von Stefanies Unterhemd ab und zogen uns dann selbst schnell und schweigend an. Nena hatte gewonnen und trat eben zum zweitenmal auf.

✧

Bis Stefanies Eltern nach Hause kamen, schwiegen wir und vermieden es, uns anzusehen. Markus weinte noch immer, warf den Kopf hin und her und gab diese schrecklichen, todunglücklichen Laute von sich. »Was hat er denn?« fragte die Mutter, und wir zuckten die Schultern. »Keine Ahnung, Mama«, sagte Stefanie leichthin. »Er hat ferngesehen und irgendwann damit angefangen.«

Markus bekam eine Spritze und wurde ins Bett gebracht, noch immer heulend und durchgedreht, und ich ging nach Hause. Und von diesem Tag an sprachen Stefanie und ich kein Wort mehr miteinander. Unsere Freundschaft hatte sich in nichts aufgelöst.

✧

Wir waren allein im Fahrstuhl. Behrendt hatte schweigend bezahlt, nachdem er schweigend den Kellner herangewinkt hatte, und wir waren schweigend aufgebrochen. Ich glaube, wir waren schon fast unten angekommen, als er fragte: »Weinen Sie?«

»Könnte sein«, sagte ich. »Keine schöne Erinnerung. Ich schäme mich immer noch.«

»Aber Sie haben diesem Jungen doch einen Gefallen getan. Auch wenn er vielleicht durcheinander war deswegen.«

»Wir haben ihn vergewaltigt«, sagte ich. Der Fahrstuhl hielt, und die Tür ging auf. »Nichts weiter. Nur das. Es war widerlich. Das Gemeinste, was ich je getan habe.«

Wir waren schon fast wieder beim Auto, als er sagte: »Seine Tränen waren Freudentränen.«

»Das hab ich später immer wieder gehofft und mir einzureden versucht, aber das waren keine Freudentränen. Er war verzweifelt. Wir hätten beide schwanger werden müssen. Das wär eine gerechte Strafe gewesen. Wir haben ihn benutzt wie ein Ding.«

»Und Sie haben nie mit Ihrer Freundin darüber geredet? Auch später nicht? Nach Jahren vielleicht?«

»Nie.«

Ich fuhr los, ohne daß er mir ein Ziel gesagt hätte. Er schwieg. Ich fuhr einfach der Nase nach, blieb auf den großen Straßen und ließ uns mit dem Verkehr treiben. »Ich würde Sie gern trösten«, sagte er irgendwann.

»Ich will schwimmen«, sagte ich, »oder wenigstens auf Wasser schauen.«

»Schauen wir auf Wasser. Sie bestimmen, wo.«

**10** Ich fuhr uns zu einem See, den ich aus meiner Studentenzeit kenne und seither hin und wieder besuche, wenn ich von meiner katzenhaften Zukunft träumen will. Dort liegen die Leute nackt am Ufer. Das brauchte ich jetzt.

Ich hatte mich wieder im Griff und war in der Lage, an das Wichtigste zu denken. Seine Verführung. Ich hoffte, die beiden wißbegierigen Mädchen, die ich vor seinem inneren Auge hatte entstehen lassen, waren nicht ohne Wirkung auf seinen Hormonspiegel gewesen. Wenn ich ihn jetzt noch ganz nebenbei meinen Körper sehen ließ, dann sollte einem Nachmittag bei mir und einem gehaltvollen Video nichts mehr im Wege stehen. Einen Versuch zumindest war es wert.

Es war ein sonniger Tag, und wir gingen an einer schier endlosen Reihe von Autos vorbei. Das Ufer war voll. Wir mußten eine Zeitlang suchen, bis wir einen Platz für uns fanden.

Ich breitete die Decke aus, die ich am Morgen vorsorglich in den Kofferraum gelegt hatte, und zog mich aus. Er setzte sich neben die Decke und sah auf den See.

»Ziehen Sie sich nicht aus?«

»Nein. Ich schau nur aufs Wasser.«

»Ist es Ihnen recht, daß ich mich ausziehe?«

»Wie könnte ich daran was auszusetzen haben.«

Galant. Ich legte mich hin und schloß die Augen. Ich hörte ihn mit irgendwas rascheln, dann das Klicken seines Feuerzeugs und den ersten tiefen Zug an einer Zigarette. Er rauchte ziemlich viel. Nur im Auto ließ er es bleiben, aber sobald er ausgestiegen war, ging seine Hand wie automatisch zur Hosentasche und förderte Zigaretten und Feuerzeug zutage.

»Hat man Ihnen schon mal gesagt, daß Rauchen ungesund ist?« fragte ich, ohne die Augen zu öffnen.

Er brummte nur. Ein abfälliges Brummen.

»Wie bitte?«

»Das ist kein Gesprächsstoff.«

»Arrogant.«

»Nein, ich bin nicht arrogant«, sagte er, und ich hörte so was wie Amüsement in seiner Stimme, »eher gelangweilt.«

»Uaaah«, jetzt mußte ich die Augen öffnen und ihn ansehen, »superarrogant. Jetzt geben Sie den Oscar Wilde. Und ich bin die Spießerin.«

Er lächelte. »Stimmt.«

Ich schloß die Augen wieder.

»Danke«, sagte er.

»Wofür?«

»Daß Sie die Augen schließen. So kann ich Sie ansehen, ohne Sie zu belästigen. Übrigens sehen alle Sie an. Keiner läßt sich was anmerken, aber jeder schaut ganz beiläufig in unsere Richtung. Ich komme mir vor wie der beneidete Besitzer einer begehrten Trophäe.«

»Und was ist das für ein Gefühl?«

»Hat was.«

»Und was sehen Sie?«

»Eine verblüffend schöne Frau. Das wissen Sie doch, oder?«

»Man will es trotzdem hören. Noch mal, bitte.«

»Sie sind außergewöhnlich schön.«

»Danke.«

✧

Ich hielt die Augen geschlossen und ließ ihn schweigen und schauen, wohin er wollte. Er würde sich schon nicht allzusehr mit dem See oder anderen Leuten aufhalten. Ein seltsames wohliges Gefühl machte sich in mir breit. Ich genoß den Gedanken, daß er mich ansah. Das war neu. Ich hatte bisher immer nur so was wie die Zufriedenheit eines Handwerkers gespürt darüber, daß sein Werkzeug funktioniert, wenn mich Männer ansahen. Jetzt war es so was wie Freude. Seine Blicke kamen an. Auf meiner Haut, in meinem Kopf, in meinem Bauch, wo auch immer. Ich nahm sie an wie ein Geschenk. Ich zog diesen Zustand hinaus, solang ich konnte. Ich öffnete die Augen erst nach Minuten. Er sah auf den See. Ich richtete mich auf.

»Sie sind eine angenehme Gesellschaft«, sagte er, ohne sich zu mir umzudrehen.

»Danke.« Ich hatte mir das Intermezzo nach einem seiner Bücher ausgedacht. Dort gab es eine Szene, die dieser hier ähnelte. Es schien zu klappen. Mir fiel ein, daß ich meine Nacktheit rechtfertigen sollte, also ging ich schwimmen. Es war zu kalt, aber ich ging eisern hinein und erlaubte mir kein Zaudern oder Frösteln.

Es war sogar widerlich kalt. Aber ich schwamm ein paar Minuten, weil ich dadurch erstens einen Grund hatte, gleich nachher zu mir zu fahren und zu duschen – das ersparte mir die Getränk-auf-Kleider-Variante, und meine Brustwarzen würden hart sein, wenn ich aus dem Wasser kam. Das mußte er bemerken.

Und er bemerkte es. Zwar sah er höflich zur Seite, als er glaubte, ich wende mich ihm zu, aber ich hatte schon längst vorher die Richtung seines Blicks gescannt. Noch als mein Nabel unter Wasser war. Und alle anderen glotzten ebenfalls. Ganz und gar nicht beiläufig. Er starrte einen nach dem anderen an, bis sie die Augen senkten. Er beschützte mich. Und wollte vielleicht auch sein Vorrecht auf den Hauptgewinn demonstrieren. Nett.

»Was meinen Sie«, sagte ich, »ob jemand für mich die Lichter seines Autos eintreten würde?« Das war ein Satz aus seinem Buch.

Er grinste von Ohr zu Ohr. Er strahlte mich an. »Jeder«, sagte er. »Ohne Ausnahme jeder hier.«

Ich hatte blöderweise vergessen, ein Handtuch einzupacken, und stand jetzt da ohne einen Schimmer, womit ich mich abtrocknen könnte. Ich versuchte es mit der Decke, aber die war aus Wolle und nahm überhaupt keine Feuchtigkeit auf. Er zog seinen Pullover aus und dann das T-Shirt. Damit streifte er leider auch das Lächeln ab. Schade.

»Hier«, sagte er, »das könnte gehen.«

✧

Als ich angezogen war und er sich das nasse T-Shirt über die Schulter gelegt hatte, gingen wir los. »Sie müssen sich vorkommen wie ein Star«, sagte er nach einem letzten Blick auf die glotzende Meute und legte eine Hand auf meinen Oberarm.

»Das ist kein schönes Gefühl«, sagte ich, »falls Sie das glauben.«

»Träumt man denn nicht davon? Die meisten ein Leben lang ohne Chance?«

»Mag sein. Aber wenn der Traum erfüllt ist, will man sein Leben zurück.«

Er hatte längst die Hand wieder von meinem Arm genommen und ging jetzt, in einem Meter Abstand zu mir, beide Hände in den Taschen und den Kopf leicht zur Seite geneigt, vielleicht, um nachdenklich zu wirken. Vielleicht auch, um an seinem T-Shirt zu riechen.

»Ich mag es, wenn ich im Mittelpunkt stehe«, sagte er. »Ich will das nicht zurückdrehen.«

»Vielleicht sind Sie stolz auf das, was Sie können«, sagte ich leichthin. »Ich kann nichts. Ich seh nur irgendwie aus. Das ist nichts.«

»Unsinn. Das ist nicht nichts. Vielleicht können Sie nichts dafür, aber es rührt die Menschen an. Es ist ein

Geschenk. So was wie eine Gabe. Schönheit ergreift alle.«

»In der Hose.«

»Sie sollten Respekt davor haben.« Jetzt klang er rechthaberisch. Und ging mir auf die Nerven. Ich brauch keinen Guru, der mir mein Leben erklärt. Ich schwieg lieber, bevor ich etwas Harsches sagen würde.

»Wären Sie denn im Ernst lieber häßlich?«

»Eine Tarnkappe würd's schon tun«, sagte ich. »Wenigstens hin und wieder. So daß ich mal die Wahl hätte, unter Menschen zu sein und trotzdem in Ruhe gelassen zu werden.«

Das schien ihm bedenkenswert. Oder das T-Shirt roch zu schwach. Er neigte den Kopf noch weiter zur Seite und schwieg. Ein paar Meter. Dann sagte er: »Sie *sind* ein einsamer Mensch.«

»Beachtlich kombiniert. Messerscharf.« Mir war nicht so recht klar, wieso ich sauer war, aber ich war es. Am liebsten hätte ich ihn stehen lassen und wäre quer zum Weg im Wald verschwunden. Was bildete der sich denn ein?

Beim Auto angekommen, öffnete ich schweigend und stieg schweigend ein. Dann startete ich schweigend, als er, ebenfalls schweigend, die Tür zuschlug und sich anschnallte. Ich fuhr los, Richtung Zehlendorf.

»Gehen wir was essen? Haben Sie Hunger?« Er hatte seine Sprache erst auf dem Spandauer Damm wiedergefunden.

»Ich will duschen vorher.«

✧

Frau Sommer war an den Mülleimern zugange. Sie grüßte nicht, das haben wir uns schon lange abgewöhnt, aber sie drehte den Kopf nach Behrendt, als wir an ihr vorbeigegangen waren. Kannte sie ihn? Gefiel er ihr? Dann würde sie Galle schlucken vor Neid. Mahlzeit. Er sah gut aus.

Ich schob ihm den Aschenbecher hin, als er sich gesetzt hatte, und bot ihm etwas zu trinken an, aber er schüttelte den Kopf und zündete sich eine Zigarette an. »Eigentlich sind Sie eine mythische Figur«, sagte er zur Tischplatte. Er sah mich nicht an.

»Wieso?«

Ich hatte vorgehabt, gleich mit dem Bademantel-Programm loszulegen, aber ich blieb stehen, um ihn anzuhören.

»Sie sind so was wie ein Engel, oder eine Göttin. Man *träumt* eigentlich nur von jemandem wie Ihnen. Eine Frau, die einfach mitmacht. Schön, intelligent, selbständig und bereit. Aber es gibt Sie wirklich. Sie sind echt. Sie sind nicht aus Papier. Sie stehen nicht in einem Pornomagazin oder einem Buch. Sie sind keine Erfindung, keine Lüge, man könnte Ihnen leibhaftig begegnen und Sie um etwas bitten, was man der eigenen Frau niemals vorschlagen würde. Sie sind ein Mythos. Ein lebendiger Mythos.«

Das Mythosgelaber war mir zuviel, aber den Kern des Textes hatte ich erfaßt. Er hatte angebissen. Und näherte sich mit Worten.

»Moment«, sagte ich, »bin gleich wieder da.«

Ich zog mich schnell um, riß mir die Kleider vom Leib und warf sie aufs Bett, nahm den dunkelgrauen Seidenvelours-Bademantel aus dem Schrank, den schönsten von dreien, und wollte gerade zurück ins Wohnzimmer, als ich sein Handy klingeln hörte. Ich ließ die Tür angelehnt und lauschte.

Es ging um ein Hotelzimmer. In Paris. Offenbar verlegte er einen schon gebuchten Termin. Er wiederholte alles für irgendwen zum Mitschreiben. Das Hilton in Paris und das Zimmer nicht vom 23. bis 26., sondern vom 27. bis 30. September. Er bedankte sich, und ich ging rein.

»Meinten Sie perverse Bitten? Irgendwelche Latexgeschichten oder sadistisches Zeug? Das hab ich noch nie gemacht. Und es hat mich auch noch nie jemand drum gebeten. Die Herren sind eigentlich pflegeleichter, als man denken könnte.«

Ich hatte ihn schon fast verloren. Der Anruf mußte ihn aus der intimen Stimmung gerissen haben. Ich merkte deutlich, wie er versuchte zurückzufinden. Vielleicht half ihm mein locker um den Körper liegender Bademantel dabei und daß ich mich auf die Sofalehne setzte.

»Kam nie einer mit der Bitte, Sie sollten ihm in den Mund pinkeln oder sonstwas eher Lächerliches, Unangenehmes oder Seltsames für ihn tun?«

Das war ihm schwergefallen. So extra beiläufig, wie er das ausgesprochen hatte, mußte es über eine Hürde in seinem Kopf gesprungen sein.

»Träumen Sie von so was?« Keine Umwege mehr.

»Nein.« Er starrte auf die Tischplatte. Ich hatte ihn wieder.

»Von was dann? Seien Sie nicht schüchtern. Ich bin abgebrüht.«

Ich ließ eine Minute oder noch länger vergehen und wartete. Er schien mit sich zu ringen. Er sah mich nicht an. Aber meine Geduld lohnte sich nicht. Er wich aus.

»Ich weiß nicht, ob ich das will, daß Sie *mich* ausfragen. Ich will *Sie* ausfragen. Ich bin zu verklemmt, um über Sex zu reden. Jedenfalls wenn ich selbst im Text vorkomme.«

»Ach kommen Sie. Verdienen Sie sich meine Antworten, indem Sie auch mal was preisgeben. Ich will auch was von Ihnen wissen. Ich interessiere mich auch für *Ihr* Leben. Das geht nicht immer nur in eine Richtung.«

Ich hätte gar nicht so viel reden müssen, denn er hatte sich offenbar aufgerafft. Mein ganzer Text hatte nur dafür gesorgt, ihn am Fragen zu hindern. Er kam direkt heraus damit: »Hat Sie jemals wer gebeten, vor seinen Augen zu masturbieren?«

»Ist das Ihr Traum?«

»Nein, ich träume nicht davon, aber ich habe das ganze letzte Jahr immer wieder intensiv darüber nachgedacht. Ich habe solche Szenen in meinem Buch beschrieben, ohne das je erlebt zu haben. Jetzt stell ich mir vor, daß ich Sie hätte kennenlernen und einfach darum bitten können. Um zu wissen, worüber ich schreibe.«

»Ich würde das jedenfalls für Sie tun«, sagte ich. Er

sah nicht auf. Das Schweigen breitete sich im Raum aus wie Nebel. Oder Sand. Oder Asche.

Ich legte meine Hände so an den Bademantel, daß ich ihn in einem Zug öffnen und abwerfen könnte. Er sah noch immer nicht auf. Ich wartete.

Schließlich schüttelte er den Kopf. Schade. Ich hatte gespielt und verloren. Er verschwand wieder aus meinem Einflußbereich. Ich spürte es, als hielte ich ihn in der Luft und er würde leichter und leichter. Er stand auf.

»Duschen Sie mal«, sagte er und sah mich zum erstenmal, seit wir hier waren, wieder an, »ich warte draußen auf Sie.« Und er verschwand hastig aus der Tür. Nicht ohne das Feuerzeug und seine Zigaretten vom Tisch zu nehmen und sich noch im Gehen eine aus der Packung zu ziehen und in den Mund zu stecken.

Ich zog mich an. Duschen konnte ich auch später noch.

# 11

»Was denkt eine Frau wie Sie über die Liebe?« fragte er. Wir saßen im Café Einstein. Dem alten in der Kurfürstenstraße, nicht dem angesagten Unter den Linden, in dem man sich nur nach Prominenten umsieht. Hier schaut man in eine Zeitung, ein Buch oder die Augen seines Gegenübers.

»Man weiß davon doch nur, was man sich ersehnt«, sagte ich.

»Oder was man erlebt.«

»Was wollen Sie denn genau wissen?«

Er überlegte kurz, dann räusperte er sich: »Für die meisten ist wohl Liebe und Sex ein und dasselbe. Viele Lieben scheitern daran, daß der Sex irgendwann eintönig wird. Aber für Sie könnte das anders sein. Sie gehen professionell mit Sex um und erleben ihn als etwas von Liebe Abgetrenntes. Sie könnten es trennen.«

»Und Sie? Trennen Sie's?«

»Inzwischen ja«, sagte er, »früher nein. Ich dachte auch, es gehört zusammen, aber jetzt scheint mir der Sex nur die Tür zu sein. Oder der Gang. Dahinter oder damit kommt dann erst die Chance, auf die Liebe zu stoßen. So etwa.«

Ich dachte einen Moment nach, bevor ich ihn provozierte. »Das ist nicht die Sorte Gedanken, die ich mir machen will«, sagte ich und winkte gleichzeitig dem Kellner, um mir einen Tee zu bestellen.

Es klappte. Er war eingeschnappt. Männer kann man immer damit durcheinanderbringen, daß man die Welt nicht erklärt haben möchte.

»Gibt es *irgendeine* Sorte?«

»Arrogant.«

Es fiel ihm sichtlich schwer, aber er mußte lachen. Sein Ärger verflog, und er schüttelte, vielleicht über sich selbst, den Kopf. »Ja. Zugegeben. Hören Sie, das vorher in Ihrer Wohnung tut mir leid. Das war ein Spiel mit dem Feuer. Das will ich nicht. Ich bin verheiratet und treu. Und mein Interesse an Ihnen ist menschlich und professionell. Ich bin kein Kunde. Tut mir leid, daß ich den Eindruck erweckt habe. Wirklich. Ich habe Angst, ich könnte Sie kränken.«

Mein Tee kam. Ich starrte die Tasse eine Zeitlang an und gab mich meiner Frustration und Verwirrung hin. Ich hatte außer dem Ärger über meinen fehlgeschlagenen Versuch, ihn endlich zu knacken, noch eine ganz deutliche zweite Empfindung, eine Art Kichern, ein heiteres, leichtes Schwebegefühl, mit dem ich überhaupt nichts anzufangen wußte. Ich verstand es nicht. Wollte ich etwa immer noch, daß er seinen Heiligenschein behielt? Oder wollte ich nicht, daß es jetzt schon zu Ende wäre? Mir den Zuhörer noch ein Weilchen warmhalten? Den interessanten Mann an meiner Seite nicht verlieren? Wollte ich mir einbilden, ich hätte einen Freund? Oder könnte einen gewinnen? Ich wurde aus mir selbst nicht schlau.

»Ich wollte Ihnen nur was Nettes tun«, sagte ich. »Es war ein Angebot, weiter nichts. Für mich ist das keine große Sache, aber für Sie hat es eine mythische Dimension. Machen Sie sich keine Sorgen um mich. So leicht bin ich nicht zu kränken.«

Das war gelogen. Und er schien es zu spüren, sein Schweigen war Schonung. Um es möglichst schnell zu beenden, redete ich einfach weiter: »Wie ist Ihre Frau? Was ist sie für ein Mensch?«

Ich hatte den richtigen Knopf gedrückt. Er war augenblicklich wieder in der Defensive. Ich sah es an seinem Gesicht und dem fahrigen Griff zur Zigarettenschachtel.

»Sie ist meine große Liebe«, sagte er.

Ich hatte Oberwasser und schwamm drauflos: »Und Sie leben glücklich und zufrieden zusammen bis an Ihr Lebensende?«

Weg war das Oberwasser – ich hatte überzogen. Ironie auf seine Kosten war nichts, womit man ihn amüsierte. »Ich hoffe es«, sagte er patzig. »Und alles, was ich dafür tun kann, tu ich.«

Unangenehmes Schweigen. Mißgelauntes Rauchen. Mein Tee wurde kalt vor meiner Nase. Ich hatte keine Lust auf einen Schluck davon. Irgendwann raffte er sich wieder auf: »Ich wollte eigentlich was Bestimmtes wissen.«

»Was?«

»Haben Sie sich mal in einen Kunden verliebt?«

»Nein. Ich hab mich mit manchen amüsiert, aber von keinem je geträumt.«

»Waren Sie überhaupt mal verliebt?«

»Das ist lang her.«

»Erzählen Sie's mir?«

Ich mußte eine Weile überlegen. Er ließ mir Zeit. Als ich schließlich sagte: »Die Geschichte ist lang und häßlich«, winkte er dem Kellner, um zu bezahlen. »Gehen wir«, sagte er, »der Tiergarten ist groß.«

## 12

Ich sortierte meine Gedanken, während wir gingen, und registrierte die ersten hier und da schon auf dem Rasen verstreuten gelben Blätter. Etwas ging in ihm vor. Er war nicht ganz da. Dachte an seine Frau oder irgendwas, und er dachte nichts Gutes. Ich spürte an meinem eigenen zu kurzen Atem, daß er mir nicht zuhören würde. Ich mußte ihn zuerst da wegholen, wo immer er gerade war. »Was geht mit Ihnen um?« fragte ich.

Er schaute nicht vom Weg auf, zog aber schon wieder die Zigaretten aus der Tasche. »Eine Erinnerung«, sagte er. Seine Stimme klang klein und hohl.

»Okay, Sie sind dran. Erzählen Sie. Sie schulden mir langsam auch eine Geschichte.«

»Ich weiß nicht, ob ich das will.«

»Ich will es aber.«

✧

»Meine Frau hat eine ältere Schwester«, fing er an, und dann floß es nur so aus ihm heraus. Er ging schneller, während er sprach, und achtete so wenig auf seine Schritte, daß er ein paarmal fast über eine Wurzel oder andere Unebenheit gestolpert wäre. Ich paßte mich seinem Tempo an und gab keinen Mucks von mir. Er blutete die Geschichte aus. Und schien vergessen zu haben, wo er war, wohin er ging, daß ich neben ihm herrannte und Mühe hatte mitzuhalten.

»Die beiden haßten sich in ihrer Kindheit. Es war, als wäre die Welt in zwei Hälften geteilt für diese Mädchen, die eine wurde vom Vater geliebt, die andere von der Mutter. Die eine war selbstbewußt und kämpferisch, machte sich überall durch ihre Tüchtigkeit und Belastbarkeit beliebt, die andere, und das ist meine Frau, war zart – das ist sie immer noch –, scheu und leicht zu verwirren, sie wirkte dadurch oft wie das Dummchen, was ihre Schwester nach Kräften durch um so vernünftigeres Gebaren unterstrich. Meine Frau rührt die Menschen, sie hat einen Zauber und Charme, der ihr alle Herzen zufliegen läßt, und sie brauchte lange, bis sie begriff, daß ihre Schwester aus Eifersucht darauf einen regelrechten Untergrundkrieg gegen sie führte. Und daß ihre Mutter sie, vielleicht aus demselben Grund, nicht mochte. Das begriff sie erst nach der Scheidung ihrer Eltern. Da war sie zehn. Meine Frau lebte beim Vater, ihre Schwester bei der Mutter, sie gingen auf getrennte Schulen, hatten getrennte Freundeskreise, sahen einander kaum, und wenn, dann in verkrampfter Atmosphäre, hinterher war meine Frau dann immer wie zerschlagen, weil sie spürte, daß mit fast jedem scheinbar belanglosen Satz Gift über sie geträufelt worden war. Als wir uns kennenlernten, hatte sie seit Jahren keinen Kontakt mehr mit ihrer Schwester gehabt. Und dann, als wir schon verheiratet waren, starb ihr Vater, und beide Töchter erbten das Haus. Meine Frau hatte dort den größten Teil ihrer Jugend verbracht und wollte einziehen. Ihre Schwester ebenfalls. Keine von beiden konnte sich dazu durchringen, das Haus zu verkaufen, und keine konnte sich's damals leisten, die andere auszuzahlen. Nein, das stimmt nicht, die Schwester meiner Frau war geschieden und vermögend, sie *wollte* nicht. Um es kurz zu machen, wir wohnen jetzt dort. Die Schwester im Erdgeschoß und wir unterm Dach. Noch eine Zeitlang gingen sich die beiden Frauen aus dem Weg und lebten in verschiedenen Welten. Aber es läßt sich nicht vermeiden, daß man aufeinanderstößt, und es kehrte nach und nach zuerst eine Art Frieden ein, und dann wurde irgendwann sogar eine richtige Freundschaft daraus. Die beiden lernten sich neu kennen, hörten irgendwann damit auf, sich als die Kinder zu sehen, die sie schon lang nicht mehr waren, und begannen, einander zu vertrauen. Jetzt sind sie unzertrennlich, aber noch immer ist meine Frau manchmal wie zerschlagen und krank und beschädigt, wenn sie länger mit ihrer Schwester unterwegs war. Das sehe aber nur noch ich. Sie will es nicht mehr wahrhaben.«

Er setzte sich auf eine Bank und stützte den Kopf in die Hände. Da er mich nicht beachtete, blieb mir nichts anderes übrig, als mich neben ihn zu setzen – ich wollte nicht stehenbleiben und ungeduldig wirken.

Da saß er und schwieg und starrte den Kies an. Eine

Weile hielt ich still, denn ich dachte, er sammle sich und wolle weiterreden, aber als er nach Minuten noch immer keine Anstalten machte, erinnerte ich ihn an meine Gegenwart: »Und?«

Es klang bissig, als er den Satz ausspuckte: »Was, und? Ich hab mit ihr geschlafen.«

Ich schluckte meinen Ärger über sein Benehmen hinunter – was konnte ich denn für seine Verfehlungen? Er sollte mich gefälligst nicht als lästig hinstellen, nur weil ihm nicht gefiel, was er zu sagen hatte.

»Erzählen Sie«, sagte ich.

»Ich will nicht.«

»Doch. Sie wollen.«

Er hob den Kopf und gab mir einen winzigen, schnellen Blick, und was er sah, mußte ihm wohl Zutrauen eingeflößt haben, denn er raffte sich tatsächlich auf weiterzureden: »Meine Frau war übers Wochenende auf einer Fortbildung, es war Sommer, sehr heiß, und ich hatte mich mit einem Buch an den kleinen Pool im Garten ihrer Schwester gelegt. Die Schwester war ebenfalls weg, das wußte ich, weil wir einander immer Bescheid geben. Ich war eingeschlafen und träumte. Es war ein feuchter Traum ...«

Und wieder schwieg er nachdenklich, erinnerte sich wohl an den Traum und suchte die Worte, um ihn mir zu beschreiben. Ich wartete ab. Diesmal war ich sicher, er würde weiterreden, deshalb störte ich ihn nicht beim Nachdenken. Und er redete weiter: »Es war kein Traum. Als ich aufwachte, war ich im Mund meiner Schwägerin. Sie hockte über meinen Beinen in einem schicken dunkelblauen Kostüm, hatte die Augen geschlossen und eine Hand im eigenen Schoß. Es war heller Nachmittag, vielleicht vier Uhr oder halb fünf. Ich ließ es geschehen ...«

»Geben Sie mir eine Zigarette?« Ich hatte auf einmal Lust zu rauchen. Seit acht Jahren das erste Mal. Er hatte die Schachtel neben sich liegen, gab mir eine, gab mir Feuer, zündete sich selbst eine an und sprach weiter: »Eine Zeitlang redete ich mir ein, daß der Traum weitergehe, aber dann öffnete sie die Augen, sah, daß ich wach war, ließ für einen Moment von mir ab, um ihr Höschen auszuziehen und sich auf mich zu setzen, und ich konnte mich nicht mehr um die Tatsache herumdrücken, daß ich meine Frau mit ihrer Schwester betrog. Ihrer besten Freundin. Der Person, die sie besser kannte als jeder Mensch, mich vielleicht eingeschlossen, die ihre Schwächen, Ängste und Empfindlichkeiten kannte, alles, worin sie versagte, woran sie verzagte oder verzweifelte. Zum Beispiel ihre tiefsitzende Eifersucht, die Angst, von mir betrogen oder gar verlassen zu werden. Und all das zählte nicht. Und ich machte mit. Und fand es unglaublich erregend ...«

Ich mußte husten, weil ich nicht mehr gewohnt war, Rauch einzuatmen, aber er ließ sich davon nicht aus der Fassung bringen, das heißt, von Fassung konnte keine Rede sein, er blutete weiter.

»Sie war wild, wie von Sinnen und ohne jede Scham. Sie holte sich von mir, wonach ihr der Sinn stand. Im Laufe der nächsten Minuten oder Sekunden, ich weiß nicht mal, ob wir kurz oder ewig zugange waren, hatte sie sich aller Kleider entledigt, und wir rissen einander in alle möglichen Positionen in einem eher hysterischen oder verzweifelten als genußvollen Akt. Es war wie Raub. Als raubten wir einander Orgasmen. Ja. Mehrzahl. Sie haben richtig gehört. Normalerweise tut es mir erst mal weh, wenn ich gekommen bin, aber sie machte einfach weiter, und ich kam nach einiger Zeit ein zweites Mal. Es war unglaublich.«

Als ich meine Zigarette austrat, hatte er schon die nächste im Mund.

»Und es war unglaublich niederträchtig von mir, das zu tun. Ich war gleichzeitig von meiner eigenen Gemeinheit entsetzt und erregt. Vielleicht ist es ja so, daß einen das Verbotene mehr als alles andere erregt. Dies war das Verbotenste überhaupt. Ich wußte nicht, wie ich meiner Frau je wieder gegenübertreten sollte, und war gleichzeitig außer mir vor Erregung. Die Mischung war unerträglich: der wildeste Sex und der widerwärtigste Verrat an der Frau, deren Glück mir über mein eigenes geht.«

✧

Jetzt stand er einfach auf und ging los. Anscheinend war ich der Hund, dem man nicht extra zu pfeifen braucht, weil er einem sowieso hinterhertrottet. Na gut. Ich trottete hinterher. Er tat mir leid. Ich ließ ihm Zeit.

Irgendwann hakte ich mich bei ihm unter. Es schien ihn nicht zu stören. Ich hätte sonst meinen Arm sofort wieder weggezogen. Er war verkrampft. Sogar im Oberarm. Sein ganzer Körper mußte ein einziger Krampf sein. Was dieser Mann brauchte, war eine Massage. Oder ein Bad in ätherischen Ölen. Das konnte ich ihm in diesem Augenblick nicht bieten, also versuchte ich es mit Worten.

»Ging es weiter danach? Haben Sie wieder mit ihr geschlafen?«

»Nein. Aber sie ließ mich nicht los. Sie war so was wie meine Besessenheit. Ich war oft kurz davor, zu ihr hinunterzugehen und an ihren Kleidern zu zerren. Gleichzeitig schämte ich mich so sehr, daß ich auf die Blicke, die sie mir zuwarf, die Signale, die sie aussandte, die direkten Angebote, wann immer meine Frau weg war, nicht einging. Aber sie hat mich. Ich bin gelähmt wie das Kaninchen vor der Schlange. Ich habe immer noch Angst, sie könnte ihrer Schwester eröffnen, was für ein Schwein ich bin. Meine Frau wäre zerschmettert. Sie ist extrem eifersüchtig, weil sie ängstlich und nicht sehr selbstbewußt ist. Es würde sie zerstören. Es würde uns zerstören. Ich hätte meine große Liebe zerstört. Die Frau, deren Gegenwart in meinem Leben ein Privileg ist, für das ich dankbar bin wie sonst nur für mein Talent zu schreiben.«

»Erpreßt sie Sie?«

»Meine Schwägerin? Nein. Es ist, als warte sie auf mich. Sie hatte seither keinen Freund mehr. Vielleicht.«

»Sind Sie jetzt noch scharf auf sie?«

»Nein. Das war vor drei Jahren. Und ein Jahr lang etwa war es grauenhaft. Wie ein Schmerz. Ich weiß nicht, ob Frauen das kennen. Den Schmerz der Geilheit. Es tut weh. Aber jetzt hasse ich sie. Und habe Angst vor ihr. Und verberge beides unter aller Freundlichkeit und Wärme, die ich simulieren kann. Und hasse in Wirklichkeit nur mich selbst. *Ich* war schließlich derjenige, der seine Frau verraten hat.«

»Haben Sie mit der Schwester darüber geredet?«

»Nur kurz und verwirrt. Ich habe ihr gesagt, wenn sie auspackt, dann bring ich zuerst sie um und dann mich selbst. Das ist natürlich dummes Geschwätz, das weiß sie so gut wie ich, ich bringe keinen um, aber sie hat mich beruhigt und mir versprochen, daß es unter uns bleibt. Seither begegnet sie mir irgendwie scheu und spöttisch. Und vorsichtig. Ein bißchen so, wie man vielleicht einem gewalttätigen Menschen begegnet, der jederzeit ausrasten kann. Als wäre ich das Problem.«

✧

Der Mann neben mir war geschrumpft. Er kam mir einen Kopf kleiner und zehn Jahre älter vor. Mein Gott, ich habe sonst nur mit Männern zu tun, die ihren Samen in alles, was die Beine rasiert, reinspritzen wollen, sich einen Scheiß um die Gefühle ihrer Frauen scheren, ja nicht einmal eine Vorstellung davon haben, daß das weh tut, und dieser Mann hier quält sich wie einer aus einem Roman des neunzehnten Jahrhunderts mit seiner Verfehlung. Der Typ ist auch ein Mythos. Den gibt's gar nicht mehr. Der hat sich selbst erfunden und will mir einreden, auf dieser Welt, in dieser Zeit, in diesem Land sei die eheliche Treue noch ein Thema, über das sich irgendwer Gedanken macht. Nein. Der Typ ist kein Mythos. Der Typ ist ein Witz.

»Das alles ist in Wirklichkeit nicht schlimm«, sagte ich.

Er sah mich an wie eine Schranktür, die er nicht aufbekommt, oder einen Köter, der ihm seelenruhig auf den Schuh pinkelt. »Na, das ist mal ein toller Trost. Danke. Was für eine Wirklichkeit meinen Sie denn? Die, in der wir leben?«

»Genau die. Sie müssen nicht gleich wieder den Fatzke rausholen, wenn Ihnen was nicht paßt. Es *ist* nicht schlimm! Seitensprünge sind das Normalste auf der Welt. Woher wissen Sie denn, daß Ihre Frau Sie nicht betrügt? Fremdgehen ist Volkssport. Wir leben nicht mehr im Biedermeier.«

»Ich bin nicht das Volk.«

Er lächelte, als er diesem Satz hinterherhorchte, aber hatte sich gleich wieder im Griff. »Und ich glaube nicht, daß meine Frau mich betrügt. Sie ist so treu wie ich.«

An diesem Satz fiel ihm die Komik nicht auf, also verkniff ich mir eine Bemerkung dazu. Das kostete mich allerdings ein bißchen Anstrengung und gelang mir erst, als ich dachte, du bist kleinlich.

»Sie haben vorher selbst gesagt, Liebe und Sex sind zwei verschiedene Dinge. Jetzt machen Sie doch das eine zum anderen. Sie sagen, Ihre Liebe sei zerstört, wenn es rauskommt.«

»Es kommt nicht drauf an, wie ich das sehe«, sagte er, »sondern darauf, wie meine Frau es sieht.«

Am liebsten hätte ich ihn geschüttelt, geohrfeigt und ihm ins Gesicht geschrien, Ihre Frau sieht das ganz anders. Sie will, daß Sie mich ficken und dann zu ihr nach Haus gekrochen kommen, sie ist ein Miststück, sie will Sie reinlegen. Aber ich beherrschte mich und fragte: »Woran erkennt man eigentlich die große Liebe? Das wollte ich schon lang mal jemanden fragen. Sie sind der erste Mensch aus Fleisch und Blut, der so was hat.«

»Der *was* hat, eine große Liebe?«

»Ja.«

»Vielleicht daran, daß der andere einen verletzen darf wie sonst keiner und daß man ihn vor Verletzungen bewahren will wie sonst keinen. Und daß man nie von Alternativen träumt.«

»Das könnte auch ein Zeichen von Phantasielosigkeit sein.«

»Nicht mein Problem.« Er lächelte. Seltsamer Kerl. Mal ist er begeistert, wenn man ihm widerspricht, mal schnappt er ein und wird aggressiv wie ein zu kleiner Hund. Was machte ich hier eigentlich? Psychotherapie? Ich versuchte es jedenfalls: »Könnten Sie denn nicht versuchen, sich zu sagen, es ist nicht passiert, solang die Schwester dichthält?«

»Das tu ich seit drei Jahren. Das hilft nicht.«

»Haben Sie mehr Angst, Ihre Ehe geht in die Brüche, oder ist es mehr der Ärger darüber, wie ein Mensch reagiert zu haben und nicht wie ein unfehlbarer Gott?«

✧

Ich hätte mir die Hand vor den Mund gehauen, wenn er mich nicht sofort fixiert hätte. Aus mir sprach fast wörtlich seine Frau. Ich mußte ärgerlich geklungen haben, als litte *ich* unter seiner Unangreifbarkeit, als hätte *ich* ein Problem mit seinem Stolz. Na ja, eigentlich hatte ich das. Ich sollte ihn rumkriegen und schaffte es nicht. Er machte mich wahnsinnig mit seinem Edelmut.

Ein paar Sekunden lang sah er mich an, mehr traurig als verärgert, dann beschleunigte er seinen Schritt so, daß ich hätte rennen müssen, um ihm hinterherzukommen, und sagte über die Schulter: »Ich merke, daß ich nicht mit Ihnen darüber reden mag.«

Ich blieb stehen und ließ ihn mit seinen wütenden Absätzen den Weg verstümmeln. Er trat richtige kleine Löcher in den Kies.

Ich gab ihm dreißig oder vierzig Meter Zeit, es sich noch anders zu überlegen, aber er drehte sich kein einziges Mal mehr um und verschwand in einer Kurve. Von mir aus. Ich setzte mich erst mal wieder hin. Ich hätte gerne noch eine geraucht.

13 Eins war klar, dieser Mann hatte eine völlig falsche Vorstellung von seiner Frau. Er hielt sie für zart, vielleicht verwechselte er wie die meisten Männer ihren Körper mit ihrem Wesen. Sie hatte eine zarte Figur, war eine zarte Erscheinung, aber ihr Wesen war weder zart, jedenfalls nicht mir gegenüber, noch war sie scheu, leicht zu beirren oder gar schutzbedürftig. Diese Frau war für ihren Mann ein empfindsamer Engel und für den Rest der Welt eine toughe Amazone, die weiß, was sie will, und weiß, wie sie es kriegt.

Die Männer sind doch eine lächerliche Spezies. So beeindruckt von ihrer eingebildeten Stärke, daß sie jeder Frau glauben wollen, sie sei schwach und brauche ihre Unterstützung. Bis zum bösen Erwachen. Dann ist die zarte Frau ein amoklaufendes Monster. Wie Stefanie. Eine Fee für alle Welt, eine Hexe, wenn keiner hinsieht. Wie ich. Ich bin das größte Monster von allen.

Ich ging nach Hause.

✧

Ich wollte gerade in der Dusche das Wasser aufdrehen, als ich Lust auf ein Bad bekam. Ich steckte die Schlüssel in den Bademantel und die Packung Zigaretten, die ich mir unterwegs gekauft hatte – dieselbe Marke, die er rauchte –, und ging nach nebenan in die Wohnung. Während das Bad einlief, rauchte ich eine. Ich mußte schon nicht mehr husten. Wie schnell das geht.

Was für ein Mißverständnis. Der Mann litt unter einer längst verjährten Untreue, und seine Frau wollte genau das. Sie wollte, daß er sie betrog, wollte ihn schwach und reumütig haben, gab Geld für eine Falle aus und setzte alles dran, ihn zu kompromittieren. Warum schrieb ich ihr nicht einfach sein Geständnis per E-Mail, und basta?

Er hatte mich stehen lassen, und ich war ihm nicht mal böse. So albern ich seine zergrübelten Schuldtheorien fand, er war ehrlich. Der Mann litt wirklich, er schämte sich, so wie ich mich für das mit Markus schämte. Er hatte sich selbst ein Trauma zugefügt und vergaß es nicht, weil er verrückt war vor Angst, seine Frau zu verlieren, verrückt vor lauter Schuldgefühlen und weil er, wenn er sich erinnerte, verrückt vor lauter Lust gewesen war. Vielleicht würde sich das alles lösen, wenn ich der Frau seine Beichte schrieb. Sie hätte, was sie wollte, den reumütigen, beschädigten, seiner Unfehlbarkeit beraubten Mann, und er wäre seine Schuld los, bekäme sie verziehen und hätte außerdem noch etwas über seine ach so zarte Frau dazugelernt. Und über mich. Und über das Leben. Die Schlechtigkeit der Welt.

Was überlegte ich mir da eigentlich die ganze Zeit? Wie ich dem Mann helfen konnte? Wie kam ich dazu?

Ich hatte einen Auftrag, und den sollte ich mal langsam abschließen.

Es war fast fünf, Zeit für Arlette, also ließ ich das Wasser ablaufen und trocknete mich ab. Die Badewanne konnte ich später noch putzen. Eigentlich hätte es die ganze Wohnung mal wieder nötig. Ich putze gern. Ich kann Stunden damit zubringen. So hab ich Murmi schon verwöhnt. Sie nannte mich immer ihr Putzteufelchen. Und kochte mir hinterher Spaghetti.

✧

Arlette erwartete mich schon. Ich versorgte sie und setzte mich gleich an den Computer. Den Schwung ausnutzen, dachte ich, bevor ich's mir wieder anders überlege. Ich schrieb los.

*Hallo, ich bin mir nicht ganz sicher, ob das, was ich zu berichten habe, genau das ist, was Sie erwarten, aber ich glaube, Ihr Ziel ist erreicht. Zwar habe ich ihn nicht herumgekriegt, Sie sollten stolz auf ihn sein, er ist treu bis unter die Fußnägel, aber da ist ein schwarzer Fleck in seiner Vergangenheit, der Ihr aktuelles Interesse eigentlich befriedigen müßte: Er hat Sie schon einmal betrogen.*

*Bitte glauben Sie mir, daß er sehr darunter leidet, und, wenn ich mich einmischen darf, bitte verzeihen Sie ihm recht bald, denn er zerreißt sich fast vor lauter Schuld und Scham. Er hatte vor drei Jahren eine Art Unfall mit Ihrer Schwester. Die beiden haben es am Pool miteinander getrieben. Es hat sich nicht wiederholt. Ihre Schwester ist ein Miststück, geben Sie ihr, was sie verdient, sie war die treibende Kraft, die Schuldige, sie hat ihn im Schlaf überrascht, so daß er schon mittendrin war, bevor er sozusagen mitreden konnte.*

*Ich hoffe, Sie sind zufrieden mit meiner Arbeit, auch wenn ich keine Bilder liefern kann, und bitte Sie, die fälligen tausend im Briefumschlag zu schicken.*

*Mit freundlichem Gruß, Ihre Vera Sandin.*

Ich schickte ab und holte den Staubsauger aus dem Kämmerchen, ohne mich anzuziehen. Im Bademantel putzt sich's ebenso gut wie in Jeans.

## 14

Ich war fast durch mit dem Staubsaugen, trällerte gerade einen Song aus einer Wunschsendung im Radio mit, das ich bei weit geöffneten Fenstern ordentlich laut gestellt hatte – es war »Tausendmal du« von der Münchner Freiheit –, und ich rechnete damit, daß Frau Sommer gleich mit empörtem Gesicht auftauchen würde und verlangen, daß ich leiser drehe, ich freute mich schon drauf, sie anzugiften, da stand er plötzlich vor dem Fenster, im Arm eine Packung Spaghetti, eine Dose Tomaten, eine Zwiebel und eine Flasche Wein. Ich starrte ihn an wie eine Erscheinung. Er lächelte schüchtern.

»Ich hab Sie schon wieder schlecht behandelt«, sagte er, als ich Staubsauger und Radio ausgestellt und ihm die Tür geöffnet hatte, »es tut mir leid. Wenn Sie wollen, koch ich für Sie. Hab alles da.«

»Hunger hab ich keinen«, sagte ich, »aber essen ist okay.«

Er ging in die Küche und legte seine Einkäufe ab. Ich rückte die Möbel wieder zurecht und schloß die Fenster. Er kam aus der Küche.

»Ich bin jähzornig«, sagte er, »tut mir leid.«

»Das kenn ich ja nun schon.«

»Ich wollte Ihre Geschichte hören. Sie waren verliebt.«

✧

Eigentlich war ich fertig mit ihm. Ich brauchte nicht mehr zu schauspielern, könnte ihn einfach rauswerfen und hätte meine Ruhe. Meine Arbeit war getan – er würde ein grabkaltes Schweigen zu hören bekommen, wenn er seine Frau das nächste Mal anrief –, ich könnte jetzt mein Leben weiterführen, den Mietwagen zurückgeben und dieses lästige Hin und Her zwischen Gefühlsduselei und Raffinement vergessen. Aber was soll's, dachte ich, warum gebe ich ihm nicht noch diesen Abend. Schließlich war er nett.

Ich zog ihm die Schubladen auf, deren Inhalt er zum Kochen brauchen würde, und er machte sich mit anerkennendem Blick für die teuren Messer über die Zwiebel her, nachdem er Öl in einen Topf gegossen und Wasser für die Nudeln aufgesetzt hatte.

Ich nahm mir einen Schluck Wein – er hatte die Flasche als erstes geöffnet – und lehnte mich an den Türrahmen. Er ging geschickt zu Werke, es machte Spaß, ihm dabei zuzusehen. »Erzählen Sie«, sagte er.

✧

Roman hatte mich seit der Sache mit dem Zettel ignoriert. Er benahm sich nicht gemein oder eklig mir gegenüber – er lachte nicht laut und verächtlich vom anderen Ende des Schulhofs, wenn ich auftauchte, wie seine Freunde es taten, er rempelte mich nicht so, daß er meine Brüste quetschte wie sie, oder preßte wie sie seinen Unterleib an meinen Hintern, wenn ich mich nicht wehren konnte – nichts. Er registrierte mich einfach nicht. Ich war Luft für ihn. Bis ich auf einmal nicht mehr mit Stefanie befreundet war.

Ich glaube, ich wurde tiefrot, als ich zum erstenmal bemerkte, wie er mich ansah. Das war vielleicht einen Monat nach der Sache mit Markus – ich hatte einen Kurs getauscht, Stefanie und ich mußten einander nur noch in Englisch, Physik und Sport übersehen. Und Sport schwänzten wir abwechselnd.

Seit einiger Zeit war Roman ein Waver. Er rauchte wie ein Schlot, trug gestreifte Hosen, Hawaiihemden und eine schwarze Lederkrawatte, färbte sich die Haare schwarz und ließ sie in alle Richtungen abstehen. Die Mädchen schwärmten für ihn. Er hatte schon seit langem aufgegeben, sich um die Anerkennung der Lehrer zu bemühen, die ihr Mißtrauen ihm gegenüber seit der Zettelgeschichte damals nie ganz abgelegt hatten, und trug einen Ausdruck der Verachtung und des Ekels vor sich her, der ihn nur um so interessanter machte. Es war düster um ihn. Und er hatte drei Knechte, Pascal, Marc und Oliver, die ihn verehrten und imitierten und den Anschein erweckten, sie würden alles für ihn tun.

Ich selbst hatte von einem Tag zum anderen mit dem Schminken aufgehört und hüllte mich in sackartige Kleider. Ich wollte nicht mehr sexy sein. Den Wettbewerb mit Stefanie, der ohnehin nur auf eine Art Nachahmerei hinausgelaufen und deshalb natürlich erfolglos gewesen war, hatte ich zusammen mit der Freundschaft aufgegeben. Und ich hoffte, die Jungs würden mich in Ruhe lassen, wenn ich mich in dicken Pullovern, Pumphosen oder abgelegten Hippiesachen meiner Mutter versteckte. Das war dumm von mir, denn so fiel ich erst recht auf.

Er sah mich in Geschichte an. Unentwegt. Und in seinem Blick lag keine Verachtung, kein Haß, sondern etwas Nachdenkliches. So als überlege er sich, was mit mir wohl los sei. Wieso ich auf einmal nicht mehr unzertrennlich mit Stefanie unterwegs war, wieso ich auf einmal in Flohmarktklamotten herumlief oder wieso ich in den unmöglichsten Momenten zu heulen anfing. Das tat ich nämlich damals. Immer wenn mir der verzweifelte Markus wieder einfiel.

Ich hätte in dieser Zeit gern mit jemandem geredet, aber es gab niemanden. Mein Vater, der einzige Mensch, der mich noch mochte, kam nicht in Frage. Ich würde ihm das nie erzählen können. Und sonst hatte ich niemanden. Murmi vielleicht. Aber die war weit weg. Ihr hätte ich vielleicht von meiner Scham und meinem Selbstekel erzählt. Und sie hätte vielleicht gewußt, was ich tun konnte, um es wiedergutzumachen.

✧

Ich saß auf einem Bänkchen am Stadtsee und zündete mir eine Zigarette an. Vor zwei Wochen hatte ich damit angefangen. Stefanie hatte es gehaßt, da erschien es mir jetzt logisch, mich mit Schwung darauf zu verlegen. Ich rauchte aber nur, wenn niemand, der es meiner Mutter sagen konnte, in Sichtweite war. Das Geschrei wollte ich mir nicht antun. Als ich eine Vespa hörte, versteckte ich die Zigarette in der hohlen Hand. Man durfte auf dem Weg hier nicht fahren. Es war Roman. Ohne seine Entourage. Ich steckte die Zigarette wieder in den Mund und zog daran.

Er stoppte, stellte den Roller ab und setzte sich neben mich. »Gibst du mir auch eine?« fragte er, ohne mich anzusehen. Er schien die Entengrütze auf dem See zu studieren. Ich hielt ihm die Packung hin, und er zog sich eine Zigarette raus. Ich rechnete mit einer Standpauke für meine Gemeinheit damals. Aber er schwieg und rauchte und schwieg, bis er sagte: »Die Kippe schmeckt scheiße« und sie halbgeraucht in den See warf.

Neben mir lag meine neue Querflöte in ihrem Kasten. Mein Vater hatte sie mir zum Geburtstag geschenkt, und heute sollte meine erste Unterrichtsstunde stattfinden. Ich hatte mich auf dem Weg dorthin auf die Bank gesetzt, weil ich zu früh dran war. »Was ist das denn?« fragte Roman und deutete auf den Flötenkasten.

»Eine Flöte. Ich hab nachher Unterricht.«

»Soll ich dich hinfahren?« sagte er, und ich nickte. Ich wollte unbedingt cool und gelangweilt erscheinen, aber ich war natürlich beflissen, ihm zu gefallen, und mußte mir Mühe geben, regelmäßig zu atmen.

Auf der Fahrt paßte ich auf, daß meine Brust nicht seinen Rücken berührte, das war schwierig, denn sie war riesig. Scheußliche, monströse Euter, die ich mir am liebsten abgeschnitten hätte, weil sie daran schuld waren, daß mich die Jungs wie ein Stück Fleisch behandelten.

Ich saß unbequem, aber ich hatte meine Hände um seine Taille gelegt und war aufgeregt und, soweit ich mich erinnern kann, glücklich. Er raste nicht, fuhr so, daß ich keine Angst, aber trotzdem eine Ahnung von Freiheitsgefühl und Geschwindigkeitsrausch bekam. Es war toll, so dahinzufegen mit wehendem Haar und kaltem Gesicht. Vor einer Fahne von Lärm und Qualm.

Als wir über einen Feldweg holperten – mein Flötenlehrer wohnte ein Stückchen außerhalb –, rief er mir über die Schulter zu: »Bist du Jungfrau?«

»Nein«, schrie ich zurück, bevor ich mir noch überlegen konnte, daß diese Frage eine Unverschämtheit war. Als es mir klar wurde, versuchte ich den flittchenhaften Eindruck, den ich auf ihn gemacht haben mußte, zu korrigieren, indem ich noch hinterherrief: »Ich bin Löwe.«

✧

Vor der Tür meines Flötenlehrers stellte Roman, nachdem ich abgestiegen war, den Motor ab und fragte: »Machen wir nachher was zusammen?«

»Okay«, brachte ich heraus, und er versprach, mich nach der Stunde abzuholen, startete wieder und brauste davon.

Jetzt war ich erst recht zu früh dran. Ich ging ein Stück spazieren und rauchte eine nach der anderen. Ich war aufgeregt. Er wollte mit mir schlafen. Wozu sonst hatte er nach meiner Jungfräulichkeit gefragt. Ich würde es tun. Ich ließ alle Vorsätze fahren, die ich bis zu diesem Moment eisern hatte befolgen wollen. Jetzt oder nie, dachte ich mir. Wenn er mich schon will, dann mach ich auch mit.

In der Stunde war ich zwar völlig abwesend – der Flötenlehrer mußte mich für irgendwie behindert oder verhaltensgestört halten –, ich begriff nichts und glotzte ihn wohl an wie jemand, der glaubt, einen Schreibmaschinenkurs belegt zu haben, und sich fragt, wo bei diesem schmalen Ding das Papier reinkommt, aber ich war ruhig. Ich überlegte mir, ob Roman wohl ein Kondom dabei haben würde, ob meine Unterhose okay war, ob ich den lächerlichen rosa BH schon hier auf dem Klo ausziehen und in meine Tasche stopfen sollte, ob ich vielleicht irgendwo Pickel haben könnte oder meine Zähne putzen müßte, denn er würde mich ja sicher auch küssen. Ich hatte immerhin Kaugummi dabei.

Nach der Stunde stand er schon da. Ich hatte ihn gehört und einfach die Flöte auseinandergenommen und eingepackt, ohne auf die Uhr zu sehen und ohne auf den Lehrer zu achten, der mich erstaunt und befremdet ansah, aber sofort seinem Blick etwas Gütiges zu geben versuchte, als er mitbekam, daß ich es merkte.

✧

Roman brauste los. Diesmal viel schneller. Er hatte kein Wort gesagt, war einfach gestartet, als ich auf dem Sozius saß, und sein Schweigen und das Tempo machten mir angst. Er kam mir wütend vor.

Wir rasten durch den Wald, und ich mußte mich krampfhaft an ihm festhalten. Ich konnte auch nicht mehr verhindern, daß meine Brust sich an ihn preßte, nicht vom Roller zu fallen war wichtiger. Es ging über Waldwege, den Berg hinauf, dann mußte ich den Kopf einziehen, weil er in einen Trampelpfad bog, eine Art Spur, die gar kein richtiger Weg mehr war, und mir Zweige ins Gesicht schnappten, wenn ich mich nicht ganz eng an ihn schmiegte. Schließlich hielt er an und stellte den Roller ab, nachdem er den Motor noch einmal laut hatte aufheulen lassen. Danach war Stille. Es war unglaublich still. Ich stieg ab, und er legte den Roller auf die Seite. »Komm«, sagte er, »ich zeig dir den schönsten Platz hier.«

Wir kletterten durchs Unterholz den Berg rauf. Er half mir hin und wieder, wenn es besonders steil oder unwegsam war, aber ich hatte Turnschuhe an und keine Mühe, ihm zu folgen. Später, als es nicht mehr bergauf ging, hielt er immer wieder Zweige fest, bis ich daran vorbeigegangen war, und schließlich kamen wir an eine wunderschöne Lichtung. Sie war nicht größer als vielleicht fünf oder sechs normale Wohnzimmer, ganz von dichtem Unterholz und Mischwald umgeben, noch mehr als zur Hälfte von der Sonne beschienen und mit gelben und weißen Blumen gesprenkelt. Ein Paradies.

Wir setzten uns in die Mitte. Es war warm. Roman bot mir eine Zigarette an, aber ich nahm meine eigenen aus der Tasche, und wir rauchten auf dem Rücken liegend und sahen in den Himmel. In dem Moment war ich glücklich wie vielleicht noch nie zuvor. So glücklich, wie man nur sein kann, wenn man jung ist und glaubt, auf eine Reihe von immer noch größeren, schöneren und aufregenderen Ereignissen vorauszuschauen.

Ich weiß noch, wie es roch. Satt, feucht, sommerlich, nach Gras und Blumen und Wald. Mir war heiß. Ich zog meine Jacke aus.

Das war wohl ein Zeichen für Roman, denn er setzte sich auf und küßte mich. Es war nicht unangenehm, aber es war seltsam. Erregend war es jedenfalls nicht. Ich registrierte das, was seine Zunge da mit meiner veranstaltete, eher distanziert, so als hätte ich vor, gleich nachher alles meinem Tagebuch zu beichten, und müsse aufpassen, es auch richtig mitzukriegen. Dann machte er sich an meinen Knöpfen zu schaffen. Ich hatte eine kragenlose Bluse an und nahm ihm die Arbeit ab. Ich wollte nicht, daß er meinen doofen BH allzu genau ansehen konnte, und beeilte mich, beides, Bluse und BH, loszuwerden, während ich ihn mit dem Mund festhielt und versuchte, meine Zunge seiner anzupassen. Gott sei Dank hatte ich geübt.

Als er mitbekommen hatte, daß ich oben nackt war, ließ er von mir ab. Und ihm gingen die Augen über. Er zog sich selbst Hemd und Hose aus, ohne seinen Blick von mir zu wenden. Ich kniete ein bißchen verlegen und ein bißchen stolz und ein bißchen wie neben mir vor ihm und hatte die Hände im Schoß. »Du hast ja wahnsinnige Titten«, sagte er, aber es klang nicht gemein, er war außer Atem und ganz offenbar erregt.

Ich weiß nicht, ob ich den Augenblick genoß, es ging zu vieles durcheinander. Einerseits war es mir furchtbar peinlich, so halbnackt seinem Blick preisgegeben zu sein, andererseits war er so eindeutig hingerissen von mir, daß es mir guttat. Und da war auch noch ein drittes Gefühl. Die Luft an meiner Haut. Sie fühlte sich großartig an. Nicht wie im Badezimmer oder beim Umziehen, dies war ein aufregendes, starkes und unbekanntes Gefühl.

Als er sich die Unterhose von den Hüften schob, tat ich es ihm nach und zog Rock und Slip aus. Den häßlichen BH hatte ich schon mit meiner Bluse bedeckt, jetzt tat ich das gleiche mit der Unterhose, auch sie verschwand unterm Rock.

Meine Knie sanken in den weichen Untergrund ein, und ich spürte meine Fersen am Hintern. Und ich wunderte mich über seinen Penis. Er war kerzengrade. Der von Markus war ein bißchen aufwärts gebogen und die meisten, die ich auf Abbildungen gesehen hatte, sonstwie krumm gewesen. Aber dieser hier stach so makellos gerade in die Luft, daß ich dachte, so was gibt's kein zweites Mal.

Er nahm meine Brüste in die Hand, vorsichtig, streichelte sie, nahm sie in den Mund und bog mich nach hinten mit seinem Gewicht. Aber da ich kniete, fiel ich zur Seite und brauchte einige Verrenkungen, bis ich meine Beine unter mir hervorgezogen und ausgestreckt hatte. Das Gras juckte in meinem Rücken. Wir hätten eine Decke mitnehmen sollen. Roman saß jetzt seitlich von mir, eine Brustwarze in seinem Mund und eine Hand zwischen meinen Beinen. Ich spürte, daß er dort keinen Widerstand vorfand, und dachte erleichtert, er ist vorsichtig, er hat offenbar Erfahrung, er tut mir nicht weh. Das dachte ich auch noch, als er sich auf mich legte und in mich eindrang. Er stützte sich auf die Hände und sah mich an. Ich schloß die Augen und stellte mir vor, wie wir wohl von oben aussehen mußten. Für einen Vogel oder Ballonfahrer, der die Lichtung überflog. Ein hüpfender Hintern, zwei nach oben gerichtete Knie, ein Rücken, ein Haarschopf, man würde fast nur Roman sehen, von mir nur die Knie und meine Hände auf seinem Rücken. Ich spürte keine sexuelle Erregung, aber die Tatsache, daß ich mit einem Jungen schlief, war großartig. Und daß es nicht weh tat, daß es nur so ein weiches Schaukeln im Grünweißgelb der kreisrunden Wiese und daß es Roman war, Roman, nach dem ich mich schon so lang gesehnt hatte, das alles genoß ich so sehr, daß ich die Erregung nicht vermißte. Es war schön so.

Er hörte auf und zog sich aus mir raus. Zuerst dachte ich, er ist schon gekommen, aber als ich die Augen öffnete, sagte er mit ernstem Gesicht: »Ich will was anderes machen.«

»Was?« Meine Stimme war ganz klein. Ich hatte keine Angst, aber ich war nicht darauf eingestellt, aus dem schönen Schaukelrhythmus herausgerissen zu werden.

»Von hinten. Geh mal auf die Knie.«

Das war mir unangenehm, aber ich tat es. Vielleicht zieht er sich jetzt ein Kondom an, dachte ich, denn er fummelte irgendwas hinter meinem Rücken herum. Ich hatte das Bild meiner Eltern vor Augen, und ich wurde es nicht los, als er wieder in mich eindrang und mit seinen Lenden an meinen Hintern klatschte. Ich fragte mich, ob ich ein Kondom fühlen würde, versuchte mich darauf zu konzentrieren, sah das Gras unter mir und schloß wieder die Augen. Wie die Kuh vor dem Stier zu stehen, so völlig preisgegeben seinen Blicken auf meinen Hintern, mit herunterhängenden Brüsten, war einfach peinlich. Aber ihm schien es zu gefallen, also ließ ich es geschehen und konzentrierte mich auf das Gefühl der Luft an meiner Haut. Ich spürte sie auf meinem Rücken, auf meinen Pobacken, an den Oberschenkeln und vergaß das Bild meiner Eltern.

Roman schien es jetzt eilig zu haben. Er wurde schneller und stieß immer heftiger in mich rein. Wenn es ihm so gefällt, soll es mir recht sein, dachte ich und hob den Kopf, um das Halbrund des Waldes vor mir zu betrachten. Er nahm seine Hände von meinen Hüften und legte sie mir auf die Schultern. Er zog mich hoch. Er bog mich richtiggehend zu sich, so daß ich meine Handflächen vom Boden nahm und mich im Knien aufrichtete. Ich weiß noch, daß ich dachte, meine Brüste wackeln fürchterlich, als er mit einem tiefen Stöhnen seine Hände um sie krallte, mir zum erstenmal weh tat und in spastischen Zuckungen kam. Und dann blitzte mir etwas ins Gesicht. Ich schloß für einen Moment geblendet die Augen, öffnete sie aber gleich wieder, um die

Stelle am Waldrand, an der ich den Blitz gesehen hatte, zu fixieren. Zuerst sah ich nur rot. Aber dann stand da ein Junge mit einem Ding vor dem Gesicht und kam auf mich zu. Roman steckte noch immer in mir, ich drehte den Kopf, um ihn zu warnen, da sah ich links von mir einen weiteren Jungen, ebenfalls mit einem metallischen Ding vor dem Gesicht, und als mir klar wurde, daß ich Marc und Oliver mit Videokameras vor mir hatte, die wortlos auf mich zukamen, wußte ich, daß rechts von mir auch Pascal sein würde. Die hatten uns gefilmt. Ich kniete da mit hochgerecktem Oberkörper und war starr. Ich glaube, sie waren schon auf drei oder zwei Meter an uns herangekommen, als ich die Hände vor die Brüste nahm, um wenigstens die, wenigstens jetzt vor ihren seelenlosen Maschinenblicken zu schützen.

Jetzt bemerkte ich auch, daß Roman mich festhielt. Ich sollte so lang wie möglich ausgeliefert sein. Ich gab keinen Ton von mir und hörte nichts, nur das Geräusch der Schritte und das nervöse Klicken eines Kameraverschlusses, als ich Rock und Bluse an mich riß, vor Brust und Schoß hielt und Roman dabei von mir wegstieß. Jetzt ließen sie die Kameras sinken.

✧

Ich tat nichts. Ich kniete da im Gras, meine Kleider an mich gepreßt, und tat nichts. Ich sagte nichts, kreischte nicht, weinte nicht, machte keine Bewegung, sah, wie die Jungs halb verlegen und halb abschätzig auf mich herabgrinsten, sah aus dem Augenwinkel, daß Roman sich eine Skimaske vom Gesicht zog, dachte, die muß er hinter mir aufgesetzt haben, deshalb wollte er es von hinten, sah, wie Roman sich meinen Büstenhalter griff und als Trophäe um den Hals legte, als er angezogen war, hörte, wie er sagte: »Gehen wir«, und hörte, wie Marc sagte: »Das ist kein Schamhaar, was du da hast, das ist ein Urwald«, hörte, wie Roman drängte: »Los jetzt, hauen wir ab, mir reicht's«, sah und hörte, wie sie zum Waldrand gingen, sah sie darin verschwinden, hörte sie durchs Unterholz brechen, hörte, daß sie kein Wort sprachen, und hörte irgendwann, ziemlich viel später, Romans Vespa und noch einen anderen Roller starten. Dann ließ ich meine Kleider sinken und begriff, daß ich weinte, weil alles vor mir, der Waldrand, die Wiese, der Himmel, verschwamm.

## 15

Er starrte auf das sprudelnde Spaghettiwasser, hielt die Nudeln in der Hand und konnte sich schon seit Minuten nicht entschließen, sie hineinfallen zu lassen.

»Und was war dann?« fragte er schließlich, ohne sich zu rühren. Seine Stimme klang belegt.

»Ich hab mich angezogen und bin nach Hause gewandert. Als ich aus dem Wald kam, hatte ich genug geheult, und den ganzen Weg über hab ich nichts weiter gefühlt als eine diffuse Wut und eine Art Ekel vor mir selbst, oder besser: so was wie Hohn. Ich hatte das verdient. Ich war so scheiße, daß ich das verdient hatte. Und ich hielt mich daran fest, daß ich den Urwald rasieren würde, sobald ich zu Hause wäre. Das war das Allerwichtigste. Ich bin gegangen wie eine Maschine. Nach einer Stunde war ich daheim.«

»Geben Sie mir die Adresse von dem Kerl.«

»Das ist jetzt verjährt.«

»Ist es nicht, wenn ich Ihre Stimme höre. Das tut Ihnen heute noch so weh wie damals. Ich verprügle ihn, bis er Sternchen sieht.«

Er hatte recht. Meine Stimme klang wirklich winzig

und bröselig. Und mir war der Appetit vergangen. Ich würde keinen Bissen runterbringen.

»Ich hab keinen Hunger«, sagte er.

Ich weiß nicht wie, aber auf einmal lag meine Hand an seiner Taille und mein Kopf an seiner Schulter. Ich spürte, daß er seinen Arm um mich legte, er faßte mich locker an der Schulter an, und dann spürte ich auch noch, daß mir Tränen aus den Augen liefen. Ich machte kein Geräusch, kein Geschluchze oder Geschniefe, ließ einfach nur alles aus meinem Gesicht rauslaufen, was rauslaufen wollte. Und fühlte mich gut und geborgen und fast so wie damals, als ich noch zu meinem Vater gehen konnte, wenn irgendein Rätsel zu groß für mich war.

Er stellte den Herd aus, legte die Spaghetti ab, wandte sich mir zu und nahm mich in die Arme. Ich preßte mich an ihn. Ich wollte ihn in diesem Moment nicht verführen, ich hatte keinen Plan, und ich dachte nichts, ich heulte bloß. Es war einfach das richtige in diesem Augenblick: seine Arme um mich zu haben und mich an ihn zu drücken. Und ihn zu küssen. Und meine Hände auf seinen Hintern zu legen. Und seine Hände auf meinen Brüsten zu spüren. Seine Hose zu öffnen und seinen längst erigierten Penis zu befreien. Ich kann das mit einem Griff. Ich erkenne jede Unterhosenform mit den Fingerspitzen und weiß, welchen Weg ich nehmen muß. Ich setzte mich auf die Arbeitsplatte und ließ den Bademantel fallen. Ich hatte inzwischen seinen Gürtel gelöst und Hose und Unterhose nach unten gestreift. Wenn er jetzt einen Gedanken an seine Würde verschwendete, wäre alles vorbei. Aber er war, wie ich, ganz und gar auf das eine, einzige Ziel fixiert und drängte sich an mich und in mich, sobald ich meine Beine weit genug auseinander hatte. Ich heulte noch immer. Und war unendlich scharf auf ihn.

Den ersten klaren Gedanken faßte ich erst, als ich begriff, daß mich seine ruhigen Stöße erregten. Der will das nicht, dachte ich auf einmal, der tut es, aber will es nicht. Der Gedanke war wie Lärm in meinem Kopf oder Gift in meinen Adern, der Lärm wurde lauter und lauter, und das Gift wirkte stärker und stärker. Er wird sich schämen, er wird sich hassen, er wird sich wünschen, er könnte es vergessen, wird sich wünschen, er hätte es nicht getan – ich schob ihn von mir weg. »Sie wollen das nicht.«

Ich raffte den Bademantel um mich und schloß den Gürtel, ohne ihn dabei anzusehen. Dann hüpfte ich, sehr schnell, wie ich glaube, von der Arbeitsplatte, bückte mich, zog ihm Unterhose und Hose hoch wie eine Mama, all das so flink, daß er sich nicht überlegen konnte, was mit ihm geschah, zog den Reißverschluß seiner Hose zu und hakte den Gürtel ein. Dann küßte ich ihn.

Ich konnte, als ich mich von ihm gelöste hatte, den Ausdruck seines Gesichts nicht entschlüsseln. Entrückt, verärgert, hungrig, verzweifelt, blöde – ich weiß nicht, wie er dreinsah. Ich weiß nur noch, daß er nach seinem Jackett griff und sich wortlos aus dem Staub machte. Jetzt hatte ich Hunger.

**16** Das war alles unlogisch. Nichts paßte zusammen. Ich rollte die Spaghetti auf die Gabel und aß mit Genuß, während ich mir darüber klarzuwerden versuchte, weshalb ich mich so albern verhalten hatte. Die E-Mail an seine Frau, mit der ich ihn verpfiff, und dann der Rückzieher. Ich brauchte ihn nicht mehr vor mir oder sich zu beschützen, das war vollkommen dämlich. Außerdem war er schon in mir drin gewesen, wir hatten es schon getan, es war zu spät, ihn wegzuschubsen, damit er seiner großen Liebe nicht untreu werden konnte. Ich dachte das Wort »Großeliebe« in sarkastischem Ton. Das heißt, ich weiß nicht, ob ich mit Ton dachte, ich weiß nur, daß ich es abfällig meinte. Ich hatte Lust auf ihn gehabt. Ich hätte es zulassen sollen. Für mich. Was ging mich seine Ehe an. Die hatte ich doch eh schon ruiniert.

Obwohl: Ich wußte nicht, ob der Plan seiner Frau auf eine Standpauke rauslaufen sollte oder auf eine Trennung. Diese Frau war nicht so wie die anderen. Sie war nicht eifersüchtig. Auch wenn er das glaubte, auch wenn sie sich ihm gegenüber vielleicht so aufführte – dieser Frau ging es um was anderes. Die wollte ihm eine Lehre erteilen. Vielleicht war es doch ganz gut gewesen, ihn nicht weitermachen zu lassen, vielleicht hatte ich ihn doch beschützt. Ihn seiner »großen Liebe« erhalten. Tolle Heldentat. Warum war ich nicht stolz auf mich?

Eins war sicher: Ich würde nichts mehr von ihm hören. Also Schluß damit. Fernsehen. Bad und Küche putzen. Katzen streicheln. Schlafen. Weiterleben bis zum nächsten Job. Und vergessen, daß mir das Geschichtenerzählen gutgetan hatte, daß ich zum erstenmal an einen Kerl geraten war, der mir hätte gefallen können. Für mehr und für länger als nur einen feigen Fick mit vorgetäuschtem Orgasmus. Von der Frau bezahlt. Was für ein absurder Beruf.

✧

Ich löschte die Videodateien. In der Küche war keine Kamera, und außerdem brauchte ich sie nicht mehr. Ich küßte meine Familie der Reihe nach, kraulte jedes unterm Kinn oder hinterm Ohr, sagte ihnen: »Jetzt wird's wieder normal« und ging schlafen.

Und wachte mitten in der Nacht auf aus einem ekstatischen Traum mit Axel Behrendt, der mich zum Orgasmus trieb und stammelte, ich sei seine große Liebe. In Wirklichkeit war ich das selbst – ich hatte die Hand im Schoß und ganz offenbar im Schlaf masturbiert. Das war neu. Bei so was hatte ich mich noch nie erwischt. Josef stand neben mir und sah mich verschlafen und fragend an. »Entschuldige«, sagte ich. Sicher hatte ich mich herumgeworfen. Die Bettdecke lag halb auf dem Boden, und mein Leintuch war zerwühlt. Ich wußte nicht, ob ich mich amüsieren sollte oder heulen. Ich riß das Fenster auf und nahm ein paar Atemzüge von der warmen, schmeichelnden Nachtluft.

**17** Vielleicht weil ich am Abend davon erzählt hatte, spürte ich auf einmal die Luft auf meiner Haut wie damals in dem kreisrunden Paradies. Und auf einmal reichte es mir nicht mehr, nackt am Fenster zu stehen, ich wollte raus. Am liebsten durch die Straßen spazieren. Das würde ich natürlich nicht tun, aber im Garten gab es genügend Stellen, die vom Licht der Straßenlampen nicht erfaßt wurden. Ich nahm zur Sicherheit den Schlüssel mit. Es war unheimlich. Ich fühlte mich jung. Nicht wie Mitte Dreißig und bis zum Angeödetsein erfahren, eher wie sechzehn und vor lauter Erwartung auf all die Schönheit einer wunderbaren Zukunft kitzlig, aufgeregt und nervös.

Ich verschwendete keinen Gedanken an die Mieter, die mich hätten sehen können, wenn sie aus irgendeinem Grunde wach am Fenster stünden, und legte mich hinterm Haus auf den Rasen. Und betrachtete den Mond. Und fühlte die Luft an mir wie geflüstert, wie gehaucht, wie ein vorsichtiges, leichtes Streicheln. Und schlief ein.

✧

Und wachte auf, weil irgendwas mich kitzelte. Zuerst dachte ich im Schreck, es sei Herr Sommer, Linus oder einer der beiden aus dem Dachgeschoß, ich wollte schon wegschlagen, was immer mich da berührte, aber dann sah ich, daß es Sabinchen war. Sie rieb ihr Kinn an meinem Knie. Und hinter ihr saßen Tino und Arlette. Sie waren mir hinterherspaziert und wollten sehen, wieso ich auf einmal auch nachtaktiv bin.

Ich mußte einige Zeit geschlafen haben, denn ich fror. Also beeilte ich mich, nach drinnen zu kommen und mir den Bademantel anzuziehen. Dann setzte ich Heißwasser für einen Kakao auf und fuhr den Computer hoch. Ich hatte mich schon früher hin und wieder in Chats herumgetrieben, vielleicht gab es einen für Schlaflose, und vielleicht würde mich interessieren, was da geredet wurde. Ich schaltete mich nie ein, machte nie mit, aber ich hörte, das heißt, sah manchmal ganz gerne zu.

✧

Post von Sinecure. *Vergessen Sie das. Das sind olle Kamellen. Ich will neue. Ich zahle für bewegte Bilder, also liefern Sie gefälligst welche. Das Honorar schick ich Ihnen nur, wenn ich ein Video in der Hand halte.*

Diese blöde Kuh. Ich löschte die Mail und wußte nicht, wohin mit meiner Wut. Die tausend Euro konnte ich abschreiben. Dabei hätte ich ihn nur ins Schlaf- oder Wohnzimmer bugsieren müssen und könnte jetzt den schärfsten Porno schneiden. Ich hätte schon dafür gesorgt, daß die arrogante Ziege was zu knabbern hat. Daß sie mal sieht, wie Sex richtig geht. Und ich dummes Huhn hatte heldenhaft verzichtet. Auf den Kerl und auf das Geld. Ich bin doch eine Vollidiotin.

Eigentlich müßte man der Frau mal zeigen, daß nicht immer alles nach ihrem Kopf zu gehen hat. Wie wär's denn, wenn ich Herrn Behrendt wirklich ihre E-Mails zeigen würde? Den Spieß umdrehen? Ihm die Augen öffnen? Das hatte ich doch ohnehin vorgehabt. Wenn nicht nach Plan A, dann eben nach Plan B. Ich holte die Mail wieder aus dem Papierkorb und druckte sie zusammen mit den vorhergehenden aus. Wer weiß, was ich damit noch anfangen konnte. Nur zur Sicherheit. Für alle Fälle. Für Plan B. Falls ich mich dafür erwärmen sollte.

✧

Merkwürdigerweise schlief ich gut und tief, ohne zu träumen und ohne mich von meiner Wut über das herrische Gebell dieser kurz angebundenen E-Mail weiter stören zu lassen.

Am nächsten Tag brachte ich den Mietwagen zurück und putzte die Wohnung. Die Katzen verziehen sich, wenn ich den Staubsauger anwerfe, so daß ich nicht mit ihnen diskutieren muß, wenn es darum geht, Haare, die ihrer Meinung nach am richtigen Platz sind und meiner Meinung nach am falschen, zu entfernen. Einmal im Monat mach ich das, dann kommt alles dran, Sofas, Sessel, Schlupfecken und Lieblingsplätze. Sie sind mir zwar immer ein bißchen böse, weil es hinterher nicht mehr gleich gut riecht, aber ich bin die Oberkatze. Ich hab das Sagen hier im Haus.

✧

Ich rechnete nicht damit, noch irgendwas von Behrendt zu hören. Er war zu weit gegangen und würde sich in Luft auflösen. Falls ich mich dafür entscheiden sollte, ihm die E-Mails zu zeigen, würde ich ihn irgendwo überfallen müssen. Vielleicht bei sich zu Hause. Oder auf irgendeiner Lesung. Ich konnte ja mal im Internet nach ihm suchen. Vielleicht gab es eine Art Tourneeplan.

## 18

Ich ließ mir die Haare kürzer schneiden, ging in den Zoo, verbrachte Tage damit, nach einem Pullover zu suchen, und halbe Nächte mit dem Studium all der Internet-Einträge über Axel Behrendt. Ich las noch zwei seiner Bücher, stellte mir seine weiche Stimme vor bei manchen Sätzen, die Stimme, die er für seine Frau reserviert hatte, aber so wie das erste rissen mich die Bücher nicht mehr mit. Ich mochte sie, ich las sie gern, aber es war, als stünde der Mann, der echte Axel Behrendt, zwischen mir und der Geschichte, als wäre die Geschichte nicht das Wahre, weil der Mann das Wahre war. Ich hatte recht gehabt – er meldete sich nicht mehr.

Und auch von seiner Frau hörte ich nichts. Das paßte mir gut, denn je länger ich darüber nachdachte, desto sicherer war ich mir, daß ich Lust hatte, sie auffliegen zu lassen. Ich konnte mir nicht erhoffen, daß Behrendt mir dafür dankbar wäre, machte mir keinerlei Illusionen darüber, ihn irgendwie für mich angeln zu können, er würde mich verabscheuen für das, was ich ihm angetan hatte, aber je mehr Tage ins Land gingen, je mehr er zur Erinnerung wurde, desto stärker war mein Gefühl, ich sei ihm das schuldig. Er habe es verdient. So, wie er mich behandelt, mir zugehört, mich getröstet und mich ernst genommen hatte, war er was Besonderes. Jedenfalls für mich. Noch kein Mann hatte mich ähnlich berührt. Im doppelten Sinne. Seine Bücher, sein Benehmen, wenn er nicht gerade hochfuhr, seine Stimme, auch wenn sie nicht mir gegolten hatte, waren was Besonderes. Und die Art, wie er mich im Traum um den Verstand gebracht hatte, erst recht. Er würde mich hassen, aber wenigstens wäre er klüger hinterher.

Es gab nichts zu tun. Keine Anrufe. Aber die Jobs kommen sowieso nur sehr sporadisch herein, manchmal liegen zwei Monate dazwischen, so daß ich mir keine Gedanken machte. Ohnehin hatte ich das Ganze satt. Ich bin jung genug, was Anständiges zu lernen, wieso suchte ich mir nicht einen Job, der mich forderte? Aha. Meine Tage. Schon wieder ein bißchen zu früh.

✧

Noch bevor mir klar war, daß ich überhaupt darüber nachgedacht hatte, stand meine Entscheidung fest: Ich fliege nach Paris. Ich fand im Internet einen Billigflug und ein hoffentlich hübsches Hotel und fragte Linus, ob er ein paar Tage hier unten wohnen wollte. Er war begeistert.

Seine Mutter zog ein säuerliches Gesicht, aber sie stellte sich nicht quer. Vielleicht erhoffte sie sich ein paar Einblicke, bestimmt war sie zerfressen vor Gier, herauszufinden, warum ich einfach so in den Tag hineinleben konnte. Auf die Wahrheit würde sie nicht kommen, denn meine Herrenbesuche waren zu selten. Und zu spät in der Nacht. Und sie hätte sicher längst versucht, mich aus der Wohnung zu werfen, wenn sie wüßte, wovon ich lebe.

Aber eigentlich lebe ich nicht wirklich davon. Es ist eher ein nettes Zubrot. Ich brauche nicht viel, das Haus ist renoviert und wird in den nächsten Jahren nicht neu gedeckt oder gestrichen werden müssen, ich selbst lebe bescheiden, mache keine teuren Reisen, esse kaum auswärts, außer wenn ich arbeite, und kleide mich nicht teuer. Das einzige, was wirklich Geld gekostet hat, waren die Wohnungseinrichtung, die Kameras, der überdimensionierte Computer und die paar schicken Kleider für meine Berufsausübung. Das alles hat sich schnell amortisiert, und seither spare ich. Auf mein Katzenleben später. Auch von den Mieteinnahmen bleibt fast immer was übrig, nachdem ich die Kosten für die Hausverwaltung, Steuern und Reparaturen abgezogen habe. Ich bin eigentlich eine flotte Rentnerin. Dank Murmi.

Mit ihr war ich schon mal in Paris. Vielleicht hatte ich mich deshalb so schnell entschlossen, wieder hinzufliegen.

## 19

Mein Hotel war im neunten Arrondissement, direkt gegenüber einer Synagoge, aus deren Portal sich, gerade als ich das Taxi bezahlte, eine Hochzeitsgesellschaft auf die Straße ergoß. Herausgeputzte Kinder, Frauen, Männer, die meisten von ihnen mit einem Fotoapparat oder einer Filmkamera im Anschlag. Die älteren Frauen mit Perücken, die Jungs und Männer mit diesen kleinen Käppis auf dem Hinterkopf. Ich beeilte mich ins Hotel zu kommen, denn ich hatte das Gefühl: Jede Sekunde, die ich länger dableibe und zusehe, versaut ein Bild. Mit meinem Touristendreß, Turnschuhen, Jeans und Pullover, gehörte ich eindeutig nicht dazu.

Das Zimmer war winzig, heruntergekommen und fast überall verspiegelt. Ich stand oder saß oder lag an so ziemlich jedem Fleck neben mir. In allernächster Nähe. Zu nah.

Normalerweise habe ich ein eher entspanntes Verhältnis zu meinem Spiegelbild – ich bin mir egal genug, um nicht jeden Mangel mit ätzender Selbstkritik herauszustreichen, zu beklagen oder zu verfluchen, jedenfalls war das bisher so gewesen –, aber diesmal zog ich die Vorhänge vor und ließ das Licht ausgeschaltet, weil ich mir in meiner Unförmigkeit und Blässe auf die Nerven ging.

✧

Und draußen war es nicht viel besser. Ich fühlte mich falsch. Falsch angezogen, falsch untergebracht, in der falschen Stadt gelandet mit dem falschen Plan, nämlich: einen Menschen, der mich nichts mehr anging, unglücklich zu machen. Wenigstens das Wetter paßte. Es war grau und windig und schien auf Regen hinauszulaufen.

Ich ging den Boulevard Hausmann bis zur Opéra und dann über die Place Vendôme zur Seine hinunter. Ich wollte mir das Hilton ansehen, in dem Behrendt morgen absteigen würde, und weil ich keine Lust auf die Métro hatte, machte ich den ganzen Weg zu Fuß. Ich kenne mich noch ganz gut aus, mit Murmi bin ich eine Woche lang kreuz und quer gewandert, sie wollte mir alles zeigen, was ihr gefiel an Paris, was sie kannte, wovon sie mir erzählt hatte – alles, woran sie sich erinnerte aus den knapp zwei Jahren, die sie in den späten Fünfzigern hiergewesen war.

✧

Wir hatten damals ein kleines Hotel in Saint-Germain gebucht, das einer ehemaligen Kollegin von ihr gehörte.

Das war vor sieben Jahren. Jetzt existierte es nicht mehr. Im Erdgeschoß war ein Antiquitätenladen, und die oberen Stockwerke sahen bewohnt aus. Ich hatte eigentlich vorgehabt, Murmis Kollegin guten Tag zu sagen und nach einem Zimmer für mich zu fragen, dann wäre ich den gräßlichen Spiegeln entkommen. Jetzt war ich enttäuscht. Und endlich fing es an zu regnen.

Zuerst sah ich mich nach einem Taxi um, fand keines weit und breit und überlegte, ob ich in die Métro fliehen sollte, aber dann, als alle anderen an mir vorbeihuschten, um ihre schicken Frisuren, Kostüme, Tops und Fähnchen nicht zu versauen, mußte ich lachen und stiefelte los in Richtung Eiffelturm. Die Stadt gehörte mir. Und ich war passend angezogen. Jeans, Turnschuhe, Dufflecoat – genau das Richtige. Perfekt.

Ich hatte mir die Adresse des Hilton nicht gemerkt, nur im Internet gesehen, daß es beim Eiffelturm lag, also suchte ich rechts und links des Parks danach, fand es aber nicht. Ich mußte die Seine wieder überqueren, hatte einen riesigen Umweg gemacht. Über die Champs-Élysées und den Trocadéro wäre ich viel schneller gewesen. Egal. Ich war noch immer guter Laune.

Aber als ich vor dem Hotel stand, ging ich nicht hinein, sondern setzte mich ins erste Taxi der wartenden Schlange. Eigentlich hatte ich mich in der Lobby umsehen wollen, mich entscheiden, welcher Variante der Kontaktaufnahme ich nun den Vorzug geben sollte, aber so pitschnaß, wie ich war, hätte ich schon Hotelgast sein müssen, um mich nicht vollkommen deplaziert zu fühlen. Es war schon schlimm genug, dem Taxifahrer seine

Sitze vollzutropfen. Ich entschuldigte mich bei ihm mit einem hohen Trinkgeld.

✧

Meine gute Laune hatte etwas gelitten, denn die Nässe drang langsam durch den Dufflecoat, und ich hatte keine andere Jacke, geschweige denn einen Regenmantel eingepackt, aber ich zog mich um, lieh mir von der Concierge einen Schirm und ging um die Ecke in ein kleines Restaurant, wo ich am Fenster saß und auf die Straße schaute, während ich eine leidlich eßbare Pizza verschlang. Und einen leidlich trinkbaren Chianti kippte. Ich wollte müde werden. So schnell wie möglich.

✧

Ursprünglich hatte ich mich im Hilton einmieten wollen, aber angesichts der Preise sofort umgedacht. Dreihundert oder mehr pro Nacht, das war es nicht wert. Es wäre einfach gewesen, von Zimmer zu Zimmer anzurufen und zu sagen: »Ich bin hier. Kann ich für eine halbe Stunde rüberkommen?« Länger würde ich nicht brauchen, um ihm zu erklären, was seine Frau mit ihm vorhatte, was mein wirklicher Beruf war, ihm die E-Mails zu zeigen und seine Enttäuschung und Verbitterung zu ertragen. Länger würde ich es auch nicht durchstehen. Jetzt blieb mir noch die Option, ihn im Hotel anzurufen, aber dann könnte er fliehen, könnte sagen: »Bleiben Sie mir vom Hals« und sich unerreichbar machen. Oder ich konnte ihm in der Lobby auflauern, ihn ansprechen, wenn er das Hotel verließ oder betrat, aber das war peinlich. Das war Belästigung. Und wenn ich stundenlang in der Lobby herumsitzen mußte, bis er endlich auftauchte? Dann stünde alle paar Minuten einer vom Hotel vor mir mit diesem typischen arrogan ten »Kann ich Ihnen helfen?«, der Frage, mit der man weltweit ungebetene Gäste expediert. Auch peinlich.

Eins war klar, ihm einen Brief zu schreiben kam nicht in Frage. Ich mußte ihm Auge in Auge gegenüberstehen und erklären, was vor sich ging. Vermutlich blieb mir keine andere Wahl, als an der Rezeption zu fragen, ob er da ist, und ihn dann anzurufen oder abzupassen. Am besten am frühen Abend. Nachdem sein Tagesprogramm, was auch immer das sein mochte, hinter ihm lag und bevor er das Abendprogramm in Angriff nahm.

Ich glaubte nicht, daß er zum Vergnügen in Paris war – das teure Hotel würde er sich nicht aus eigener Tasche leisten, irgendwer, das Goethe-Institut, ein Verlag oder die Botschaft, mußte das spendiert haben. Also gab es ein Programm, in das er eingespannt sein würde, und ich mußte die Lücke finden, in der ich ihn für meine halbe Stunde loseisen konnte. Morgen abend zwischen fünf und sieben Uhr.

✧

Murmi hatte Flug und Hotel schon gebucht und mich erst dann gefragt, ob ich sie begleiten wolle, so sicher war sie sich gewesen, daß ich ihr den Wunsch nicht abschlagen würde. Schon im Flugzeug redete sie wie aufgezogen. Als habe sie sich entschieden, mir ihr Leben zu erzählen. Heute tut es mir leid, daß ich viel zu oft nur scheinbar hinhörte, ihren Redefluß als Nebengeräusch nahm und meinen eigenen Gedanken nachhing, denn ich glaube, das, was sie da vor mir ausgebreitet hatte, war wirklich ihr ganzes Leben gewesen. Vielleicht war ich der einzige Mensch, der es von A bis Z erfuhr.

Jetzt wußte ich nur noch Bruchstücke, und selbst die mischten sich mit den Anblicken von Paris, die ich gleichzeitig in mich aufgenommen hatte, den Tagträumen, die ich damals mit mir herumtrug, und allerlei anderem inneren Geplauder, dem ich von Zeit zu Zeit ausgeliefert bin.

✧

Und diese Bruchstücke mischten sich nun auch noch mit Skrupeln wegen meiner Niedertracht gegenüber Behrendt, dem ich seine Frau verleiden wollte, und störrischem Beharren auf dem Plan. Ich versuchte einzuschlafen. Es gelang mir nicht.

Und immer, wenn ich die Augen aufschlug, sah ich mir selbst beim Wachliegen zu. Der Chianti hatte nicht genügt.

Und der einzige deutsche Sender zeigte Gerenne, Geschrei, Explosionen oder Blut, wann immer ich versuchte, mich mit Fernsehen abzulenken, ein Buch hatte ich nicht dabei, ich würde mir morgen was zu lesen kaufen müssen.

Nachdem ich eine Weile aus dem Fenster geschaut hatte, mit einemmal von der Zwangsidee verfolgt, ein arabischer Terrorist könnte gerade heute, hier, sechs Meter von meiner Nase entfernt, die Synagoge in die Luft jagen, zog ich mich wieder an und ging nach draußen in die immer noch belebte Stadt.

Mir war unheimlich, wenn ich durch eine menschenleere Straße ging, aber es waren nur wenige Minuten bis zu den großen Boulevards, und dort, am Boulevard des Italiens, fand ich eine Brasserie, in der ich so tun konnte, als läse ich in einer herumliegenden *Paris Match*, während ich den fehlenden Wein nachschüttete. Irgendwann nach Mitternacht trottete ich schwammig und trüb nach Hause, ignorierte mein Spiegelbild und schlief endlich ein.

✧

Die Synagoge stand noch, als ich erwachte, und am Himmel war keine einzige Wolke mehr. Wenigstens die Duschkabine war nicht verspiegelt, und meine Skrupel waren der festen Überzeugung gewichen, daß ich Behrendt die Aufklärung schulde und nur gegen meine eigene Feigheit ankämpfen müsse. Ich ging ins erstbeste Café, denn das kleine Frühstückszimmer neben der Rezeption hatte ich mit einem Blick als zu eng, zu voll und zu häßlich abgetan und mich nach draußen geflüchtet. Erst dort kam mir zu Bewußtsein, daß es auch noch verspiegelt gewesen war.

Nachdem ich mir in den Galeries Lafayette eine Sonnenbrille und einen leichten grauen Mantel gekauft hatte, der gut zwischen meine dunklen Haare und ausgebleichten Jeans paßte, brachte ich den immer noch feuchten Dufflecoat ins Hotel zurück und ließ mich treiben, sah mir Schaufenster an, Touristen, Pariser, landete irgendwann an der Place des Vosges, ging ein Stück durch die Rue Saint-Denis mit ihren Nutten, Kinos und Peepshows und verbrachte dann drei Stunden in einem Café am Boulevard Saint-Michel mit der Lektüre einiger unterwegs gekaufter Zeitschriften und meinem genießerischen Vergnügen an dem sonnigen Septembertag. Und ohne alle Skrupel. Ich war mir inzwischen sicher, daß diese ganze verwirrende, unprofessionelle und leidige Angelegenheit nur so aus der Welt zu schaffen sei.

✧

Es war wie in einer amerikanischen Durchschnittskomödie: Als ich begriff, daß er es war, der da ins Schaufenster der Buchhandlung nebenan starrte, hielt ich mir automatisch die Zeitung vors Gesicht und versuchte gleichzeitig, in meinem Stuhl zu versinken. Wieso eigentlich? Wieso sprang ich nicht auf und ging zu ihm? Ich hatte nicht viel Zeit, über diesen Reflex nachzudenken, denn aus dem Augenwinkel, mit dem ich ihn die ganze Zeit über festgehalten hatte, sah ich nun, daß eine Frau zu ihm trat. Sie legte den Arm um seine Taille und zog ihn von der Auslage weg. Sie lachte, küßte ihn, und er legte seinen Arm zärtlich, freundlich, liebevoll und sehr vertraut um ihre Schulter. Dann gingen sie zum Glück nicht vorbei an mir, sondern aufwärts in Richtung Panthéon oder Jardin du Luxembourg davon. Ein einträchtiges liebendes Paar. Die Frau war nicht seine Frau.

✧

Ich wartete noch, bis sie außer Sichtweite waren, dann beeilte ich mich zu bezahlen und in die entgegengesetzte Richtung davonzuhasten. Im nächsten Reisebüro buchte ich auf den nächsten Flug um, nahm das nächste Taxi, ließ es warten vor dem Hotel und saß knapp drei Stunden später in der Lufthansa-Maschine nach Berlin.

Seltsamerweise dachte ich nicht an Axel Behrendt, den Heuchler, den pseudoheiligen, verlogenen Moralapostel, der sein Leiden an der Sünde mit gramverwaschener Miene vor mir ausgebreitet hatte – doch, ich dachte an ihn, er stahl sich immer wieder in meine Erinnerung an Murmi, die, zwei Tage nachdem wir aus Paris zurück waren, morgens, als ich sie zum Frühstück wecken wollte, mit starren Augen und offenem Mund in ihrem Bett lag und einfach nicht mehr da war. Ihre Haut war schon kühl, als ich ihr die Augen schloß, und ihr Gesichtsausdruck war leer. Ich hörte meine eigene Stimme sagen: »Das hast du gut gemacht, Murmi«, immer wieder sagte ich diesen Satz, während ich ihr mechanisch meine Tränen aus dem Gesicht wischte.

✧

Wir überflogen den Rhein, und ich hatte ein steifes Genick, so krampfhaft starrte ich, seit die Stewardessen mit einem Imbiß durchgegangen waren, aus dem Fenster. Ich wollte nicht, daß irgendwer mein Gesicht sah.

Ich weinte nicht um Murmi. Natürlich nicht. Ich weinte um mich selbst in einer Mischung aus Wut, Verachtung und Scham, weil ich mich so naiv und lieschenmüllerhaft von Herrn Behrendts grandiosem Selbstbildnis hatte blenden lassen. Mein Gott, was für eine doofe kleine Sülzkuh ich doch war. Ich müßte eigentlich darüber lachen. Wenn ich nicht so außerordentlich wütend gewesen wäre. Auf ihn, auf mich, auf diese Frau an seiner Seite und die andere, die mich in diese alberne Situation gebracht hatte, auf mein Leben, dieses leere, blöde Dahinvegetieren von einem seelenlosen Fick zum nächsten, und auf die Lufthansa, die mir nicht schnell genug flog.

Noch bevor ich in Tegel ins Taxi stieg, stand mein Entschluß fest: Ich kriege Axel Behrendt. Auf Video. So kommt er mir nicht davon.

# 20

Linus schien mir irgendwie verhuscht, wie er da in der Tür stand und »hallo« zu meiner Gürtelschnalle sagte. Er sah mir nicht in die Augen. Zuerst hatte ich Angst, irgendwas sei mit den Katzen nicht in Ordnung, aber sie empfingen mich alle heiter und gelassen mit der üblichen Lakonie, nur Tino veranstaltete sein Begrüßungsfest mit Geschrei und Geschmuse und ständigen fordernden Blicken zu mir hoch. Ich sollte mich alle zwei Schritte wieder hinknien und ihn kraulen, loben, besingen und streicheln. Die anderen kennen das und nehmen es ihm nicht übel. Seine Privilegien werden toleriert.

»Ging's gut?« fragte ich.

»Mhm«, sagte Linus.

Ich grub den Geldbeutel aus der Tasche, um ihm sein Honorar zu geben. Wir hatten zehn Euro pro Tag vereinbart. Aber als ich ihm einen Zwanziger und einen Zehner in die Hand legen wollte, zog er sie zurück. Er studierte den Teppich, und ich wartete.

Bis es mir reichte und ich fragte: »Was ist los? Bist du sauer auf mich?«

»Könnte ich denn was anderes kriegen?« fragte er den Teppich. Die Hände hatte er inzwischen in den Hosentaschen vergraben.

»Statt dem Geld? Was denn?«

Mich beschlich eine Ahnung, aber ich gab ihr keine Chance. Das bildete ich mir ein. Weil ich versaut bin und in Männern nur noch ...

»Könnten Sie vielleicht mit mir ...« Er brachte den Satz nicht weiter heraus, aber ich wußte auch so, was er meinte. Ich mag versaut sein, aber die Welt ist es eben auch.

»Du meinst, ich soll mit dir schlafen. Sex.«

Er antwortete nicht.

Jetzt bewies ich meine eigenen Heuchlerqualitäten: »Wie kommst du denn auf so eine Idee?«

Ich versuchte, meiner Stimme einen entrüsteten, zumindest aber ablehnenden und solch undenkbarem Ansinnen wehrenden Ton zu verleihen, aber das gelang mir nicht. Ich klang amüsiert. Ich hätte mir auf die Zunge beißen können.

Er schaute nur vielsagend zu meinem Computer. Und dann wieder zu Boden. Der Teppich war noch nicht ausgelesen.

Was bin ich doch für eine Idiotin. Jungs kennen sich mit Computern aus. Jungs sehen am liebsten Filme. Jungs haben kein Problem damit, eine Datei mit der Endung »mpg« als Film zu erkennen und draufzuklikken. Er hatte meine ganze Pornosammlung gesehen. Mit mir als Star. Verdammt. Wieso archiviere ich diesen Mist überhaupt? Früher, als ich noch mit einer normalen

Videokamera gearbeitet habe – ich mußte damals immer laut Musik laufen lassen, um ihr Surren zu kaschieren –, da habe ich doch auch kein Band aufgehoben. Ich habe sie abgeschickt und fertig. Aber seit ich auf diese kleinen, stummen, billigen Webcams umgestiegen bin, wuchs mein Archiv beständig, und ich habe jeden Kerl, der mir in den letzten beiden Jahren mein Sparbuch füllen half, auf der Festplatte. Keine Ahnung wieso. Der arme Linus. Er hatte ganz gewiß nicht viel geschlafen in den letzten beiden Nächten.

»Das kommt nicht in Frage«, sagte ich.

✧

Er sah traurig aus, als er das Geld nahm. Ich legte noch einen Zwanziger drauf und bat ihn, unser Geheimnis für sich zu behalten. Ich schämte mich nicht vor ihm. Er hatte mich nackt gesehen, scheinbar haltlos, mit Geschrei und Gekiekse, in jeder nur möglichen Stellung, aus den verschiedensten Perspektiven, ich mußte für ihn die denkbar abgebrühteste Traumfrau der Welt sein, doch ich fühlte mich wie eine liebe Tante, die ihm leider den Zoobesuch abschlagen muß, weil sie was anderes vorhat. Er trollte sich. Ich ging unter die Dusche. Und vergaß nicht, das Fenster zu öffnen. Und sang laut »Chiquitita« vor mich hin.

Wieso tat ich ihm eigentlich nicht den Gefallen? Für ihn wäre es der Himmel und für mich kein Problem. Aber ich konnte dafür ins Gefängnis wandern. Man stelle sich vor, er verplappert sich stolz gegenüber irgendeinem Schulkameraden, der sagt es weiter, um ebenfalls anzugeben, und irgendwann landet die Geschichte bei Frau Sommer. Da steh ich fünf Sekunden später vor Gericht.

Hoffentlich kam er nicht auf die Idee, mich zu erpressen. Besser, ich löschte vorsichtshalber alle Videodateien, dann wären die Kameras der einzige Beweis. Ach quatsch, was überlegte ich mir denn da für einen Unsinn. Welcher Polizist würde auf die Anschuldigung hin, ich hätte Schweinkram auf der Festplatte, meine Wohnung durchsuchen. Blödsinn. Und Linus würde mich nicht erpressen. Er würde sich drum reißen, meine Katzen zu hüten. Weiter nichts.

# 21

Ich saß den ganzen Abend vor dem Fernseher, Valentino auf dem Schoß, Josef zu meinen Füßen, Arlette auf der Sofalehne, Fee und Sabinchen auf dem Teppich, eine Kanne Kräutertee in Reichweite und den Heuchler Behrendt im Kopf. Nein, eigentlich hatte ich nicht ihn im Kopf, sondern die Frage, wie ich Kontakt aufnehmen sollte. Zu einer Lesung fahren? Das ginge. Aber ich riskierte, ihn dort mit der nächsten Frau zu überraschen oder noch mal mit der aus Paris, vielleicht folgte die ihm ja, war seine Reiseaffäre, vielleicht war es gar die ominöse Schwester, deren Verlockungen er endlich erlegen war, nachdem er seine Schuld gebeichtet und damit gut katholisch den Weg für neue Sünden freigeschaufelt hatte. War ich schuld daran? Hatte ich ihm Absolution erteilt? Vermutlich ja. Ich hörte mich noch sagen, das sei alles nicht so schlimm, er solle sich nicht so haben, er lebe im falschen Jahrhundert. Jetzt hatte er sich nicht mehr so, und mir war's auch wieder nicht recht. Er hatte mich verschmäht und vergnügte sich fröhlich mit der. Obwohl, das stimmte so nicht. *Ich* hatte mich *für ihn* verschmäht. Er nicht. Er war schon feste dabeigewesen, als ich seine Ritterehre unserem Vergnügen vorgezogen hatte.

Sollte ich ihm zu Hause auflauern? Um die Hecke schleichen und den Moment abpassen, wenn seine Frau zum Einkaufen fährt? Unmöglich. Kam nicht in Frage.

Ihn wieder anlocken? Aber wie?

✧

*Keine Angst, ich werde Sie jetzt nicht mit E-Mails bombardieren. Dies ist nur ein einmaliges Angebot. Einmalig natürlich im Sinn des Wortes, nämlich, daß ich es nicht wiederholen werde. Sie wollten doch so gern meine Geschichte hören und haben sich in Luft aufgelöst, bevor ich sie fertig erzählen konnte. Sollten Sie also den Schluß noch wissen wollen, dann melden Sie sich einfach, wenn Sie das nächste Mal in Berlin sind. Vera.*

✧

Mein Anrufbeantworter hatte vier aufgelegte Anrufe auf dem Display, also wunderte ich mich nicht, als das Telefon klingelte und eine verzweifelte Frau aus Halle meine Dienste verlangte. Ihre Stimme klang jung und vertraulich, als sie mir erklärte, daß ihr Mann eine kleine Wohnung in Schöneberg habe, wo er viel zu oft das Telefon nicht abnehme. Ihr sei schlecht vor lauter Kummer, Wut und Eifersucht. Seit einem halben Jahr.

»Sie wissen, daß Sie auch einen Detektiv nehmen könnten?« fragte ich. Das mach ich manchmal, wenn mir die Frauen leid tun. Ich versuche, ihnen zu erklären, daß sie sich irren könnten und ein Detektiv womöglich dieses bessere Ergebnis herausbekäme. Wenn ich mich engagiere, ist das Ergebnis auf jeden Fall schlecht.

»Ich weiß, daß er's tut«, sagte sie. »Er ist mir nur über. Ich halt's einfach nicht mehr aus.«

✧

Zwei Tage später hatte ich Geld, Foto und einen Zettel mit Adresse, Stammkneipen und Arbeitsstelle im Briefkasten und machte mich ans Werk. Ich verbrachte den Tag in einem lauten Café und den Abend in einer ebenso lauten Kneipe. Ich trug enge knielange Hosen und ein korsettähnliches Top und hatte schon am ersten Abend Erfolg. Er war mit Freunden oder Kollegen da, aber er ließ die Augen nicht von mir. So wie die meisten in dem Laden, aber ihm gab ich den einen oder anderen forschenden Blick zurück. Er sprach mich nicht an, bis seine Kumpels einer nach dem anderen verschwunden waren. Erst als die Kneipe sich fast vollkommen geleert hatte, drehte er sich um zu mir, die Theke, an der er den ganzen Abend gestanden hatte, im Rücken, und sah mich an, als entdecke er eben erst, daß ich da war.

Ich hatte schon den ganzen Abend einen Schreibblock vor mir liegen und machte kleine Notizen. Er kam her.

»Daß Sie sich hier konzentrieren können. Darf ich?« Er legte die Hand auf eine Stuhllehne. Ich nickte, und er setzte sich. »Was ist das denn?« fragte er mit Blick auf meinen Block, den ich jetzt zuschlug und in der Tasche verstaute, denn ich wollte nicht, daß er die Männchen und Smileys und Blümchen sah, die ich gekritzelt hatte. »Notizen für einen Artikel über den Einheitsbrei im Radio heutzutage.«

»Ich bin Musikredakteur beim MDR«, sagte er und trank einen Schluck von seinem Whisky. Sicher der fünfte oder sechste an diesem Abend. Er schien einiges zu vertragen, denn er sprach vollkommen klar.

»Was? Das ist irre«, sagte ich, »kann ich Sie ein paar Sachen fragen? Ich könnte das eine oder andere Originalzitat brauchen.«

»Unter zwei Bedingungen.«

»Ja?«

»Erstens, Sie lassen meinen Namen aus dem Spiel, dann macht's auch mehr Spaß, weil ich dann nämlich vom Leder ziehen kann, und zweitens, wir gehen irgendwo hin, wo es ruhiger ist. Hier versteht man sein eigenes Wort nicht.«

»Gern«, sagte ich, »wenn Sie wollen, zu mir. Ruhiger geht's gar nicht.«

Und so weiter, und so weiter, der Small talk im Taxi, der Champagner, das Verschütten, das Umziehen, der zu locker geschnürte Bademantel und dann das planmäßig spontane Übereinanderherfallen. Sein Schwanz war krumm, sein Rasierwasser penetrant, er hatte Schuppen, rammelte grob und kam trotz des vielen Alkohols nach zwei Minuten. Danach verbarg er nur mühsam seine schlechte Laune und verzog sich, sobald er seine Kleider wieder beisammenhatte. Allerdings nicht ohne nach meiner Telefonnummer zu fragen. Ich gab ihm eine falsche.

Ich ging unter die Dusche und schnitt hinterher die hübschesten Szenen aus den zwei Minuten zusammen – wie immer mindestens eine, in der zweifelsfrei sein Gesicht zu erkennen ist, und den Rest möglichst so, daß er die Penetration nicht leugnen kann. Als ob es darauf ankäme.

Ich überspielte die Datei auf Video, packte ein, adressierte, und mein Tagwerk war getan.

✧

Die nächsten beiden Wochen vergingen ohne Jobs. Das Wetter wurde schlecht, Frau Sommer machte sich hektisch im Garten zu schaffen, sie verstümmelte wie jedes Jahr die Büsche, harkte wie besessen die ersten gefallenen Blätter vom Gras und faßte sich, wann immer sie glaubte, daß jemand hersah, mit leidvoller Miene ins Kreuz.

Linus schlich um mich herum, sooft er konnte, aber ich blieb hart. Und ich langweilte mich. Kein Großputz, keine Update-Orgie am Computer und kein Lesemarathon konnten mich davon ablenken, daß mir mein Leben nicht mehr gefiel. Das verdankte ich dem heiligen Axel.

Auf einmal wollte ich irgendwo dazugehören, wollte mit Menschen zu tun haben, wollte was lernen, was können, was erreichen oder scheitern, kam mir selbst vor wie ein Vorschlag, den alle überhören. Ich schob diese Stimmungen nicht mehr auf meine Periode. Ich war durchgehend deprimiert. Und konnte mich zu nichts entschließen.

In Wirklichkeit wartete ich die ganze Zeit, daß mein Lockruf auf Gehör getroffen sei und Behrendt sich melden würde, und ich wurde desto lahmer und verzagter, je länger seine Reaktion ausblieb. Ich legte stundenlang Patiencen.

✧

Er klang nervös: »Ich lese morgen abend in Potsdam, wenn Sie Lust hätten zu kommen, es ist in der Buchhandlung Sielmann, zwanzig Uhr. Danach hab ich zwei Tage frei, an denen ich Ihr Angebot gern wahrnehmen würde. Wenn es noch gilt. Ich bin wieder im Residenz, aber Sie könnten mich auch auf dem Handy erreichen. Null-eins-sechs-eins-sechs-acht-null-fünf-null-fünf-drei. Ich glaube, ich würde mich freuen.«

Ich stellte die Einkaufstüte ab und spulte zurück. Dann hörte ich den Text noch einmal ab. Eindeutig. Er war nervös. Die Worte klangen so, als hätte er sie vor sich auf einem Zettel stehen, um sich nicht zu verhaspeln. Ich weiß nicht, ob ich erleichtert oder aufgeregt war. Oder triumphierte.

# 22

Den Mietwagen sparte ich mir diesmal und nahm die S-Bahn. War der Porsche eben wieder in der Werkstatt, falls er fragte. Ich hatte schon die Tür hinter mir geschlossen, als ich noch mal umdrehte und den hellgrauen Mantel wieder auszog. Er gefiel mir nicht mehr. Und das Wetter war auch nicht mehr danach. Ein heftiger Wind fegte Blätter durch die naßkalte Luft. Da paßte der blaue Dufflecoat viel besser. Ich kam zu spät.

Behrendt las schon. Ich mußte neben der Tür stehen bleiben, weil kein einziger Stuhl mehr frei war. Da saßen vielleicht fünfzig, vielleicht siebzig Leute und lauschten seiner Stimme. Er hatte einen Stapel Manuskriptseiten vor sich, und ich kannte den Text nicht. Vielleicht war es schon das neue Buch. Ich konnte mich nicht konzentrieren.

Das war ein anderer Mensch, der da vorn auf dem kleinen Podium saß und mit leiser Stimme ins Mikrofon sprach. Er hatte Charisma. Nach kurzer Zeit zog er auch mich in seinen Bann, und ich vergaß, mir die Leute anzusehen, mir zu überlegen, was ich sagen würde nachher, meine Enttäuschung über seine Verlogenheit, ich vergaß alles. Ich hörte zu.

Seine Stimme war fast die, nach der ich mich gesehnt hatte – es war eine Variation der privaten, liebevollen und weichen Stimme. Wie kam das? Wen liebte er? Sein Publikum oder seinen Text?

✧

Noch während des Applauses verlor er seine Präsenz und Dominanz, schon im Aufstehen wurde er wieder linkisch und scheu, und schon die Blicke, die er ins Publikum warf, um sich mit einem Lächeln bei der einen oder anderen besonders laut klatschenden Hörerin zu bedanken, wirkten verlegen und so, als wünschte er sich egal wohin, nur weg von hier. Eine seltsame Verwandlung.

Er sah sich im Raum um, suchte nach mir, aber gleich war er von Leuten umringt – fast nur Frauen –, die ihn bedrängten mit Fragen oder ihm Bücher hinhielten, die er signieren sollte. Ich verzog mich nach draußen.

Eine Hand krallte sich in meine Schulter und riß mich herum. Der Radioheini stand vor mir. Sein Gesicht war schwammig, er war offenbar betrunken, außerdem unrasiert und verlottert. Also hatte ich ganze Arbeit geleistet.

»Was sind Sie denn für eine miese Fotze?«

»Was ist das denn für eine tolle Frage?«

Er schnaubte verächtlich und starrte mich an. Ich glaube, ich verdankte es nur den Besuchern, die jetzt hinter uns aus der Buchhandlung strömten, daß er mich nicht noch schnell mit einem Faustschlag ins Gesicht niederstreckte. In einer stillen Gasse hätte ich ihm nicht über den Weg laufen dürfen. Da hätte er mich vermöbelt. Er trollte sich.

Die nächste Hand, aber diesmal vorsichtig. Ich drehte mich selbst um.

»Was war das denn?« fragte Behrendt. Er sah besorgt und verärgert aus. Er mußte den Dialog mitgekriegt haben.

»Eine der Schattenseiten«, sagte ich.

✧

»Ich bin froh, daß Sie gekommen sind«, sagte er, als wir endlich im Taxi nach Berlin saßen. Es hatte ewig gedauert, bis er sich losreißen konnte, der Buchhändler war sichtlich enttäuscht. »Haben Sie noch Hunger? Wollen wir was essen?«

Ich hatte tatsächlich Hunger, und wir ließen uns an dem kleinen Restaurant in der Meinekestraße absetzen. Hier hatte unser allererstes Treffen stattgefunden, der minutenkurze Gesprächsabsturz, gefolgt von meinem wütenden Abgang. Und von hier waren es nur ein paar Schritte zu seinem Hotel.

»Ich denke andauernd über Sie nach«, sagte er zur Speisekarte, »ich glaube, ich würde Sie tatsächlich gern zur Figur in einer Geschichte machen. Wenn Sie einverstanden sind.«

»So denken Sie über mich nach? Als Figur für eine Geschichte?«

»Nicht nur. Alles andere geht mir auch nicht aus dem Kopf. Ich kenne mich selbst nicht mehr. Bisher war ich mir eigentlich sicher, ich wüßte, wer ich bin, was ich kann, was ich will und was nicht, aber jetzt ist alles ein großes Gemisch, und ich mißtraue mir. Inzwischen glaube ich, die Geschichte, die ich über Sie schreiben könnte, würde mir da raushelfen. Am Ende wäre es vielleicht so, als hätte ich Sie erfunden. Ich stelle mir vor, die Gefahr, die von Ihnen ausgeht, wäre dann gebannt. Als Geschöpf meiner Phantasie wären Sie … ach, das läßt sich nicht erklären. Ich versuch's immer wieder, aber es geht nicht. Wären Sie denn einverstanden? Wenn ich Ihr wirkliches Leben in eine Erfindung überführe?«

»Ja. Wieso nicht. Vielleicht wär ich sogar stolz drauf.«

»Verzeihen Sie mir meine Flucht?«

»Sie hatten alles Recht dazu.« Jetzt tat ich heroischer, als mir zumute war. Ich fing schon wieder zu schauspielern an.

»Recht hat nichts damit zu tun, ob Sie mir verzeihen oder nicht«, sagte er, und ich spürte sofort meine Zehen. Da war er wieder, der arrogante Besserwisser.

»Könnten Sie mal eine Weile auf Zurechtweisungen verzichten? Ginge das?«

Er grinste breit und legte die Speisekarte vor sich hin. »Bin ich froh, daß ich Sie noch auf die Palme bringen kann.«

Ich verkniff mir eine Antwort und sah ihn nur an. Bis er wieder ernst wurde und irgendwann, viel leiser als bisher, sagte: »Ich bin tatsächlich völlig durcheinander seither.«

»Mir geht's ähnlich«, sagte ich und überraschte mich selbst damit. Das war die Wahrheit. Ohne Not und Absicht ausgeplaudert.

»Ich will mich nicht verlieben.«

»Das kann man sowieso nicht wollen.«

»Vielleicht. Aber man kann sich wehren dagegen.«

»Vielleicht.«

✧

Der Anblick essender Menschen ist ja nicht gerade attraktiv. Da kann man noch so manierlich mit Besteck und Serviette hantieren, es geht trotzdem darum, sich weiche Dinge in den Mund zu befördern, sie dort, unter Umständen sogar geräuschvoll, zu zerkleinern und zu schlucken, man bläst die Backen auf dabei, das Gesicht gerät aus der Form, und jeder weiß, man versorgt Magen und Darm mit einem Brei, dessen Reste am nächsten Morgen auf die denkbar unappetitlichste Art und Weise wieder aus einem herausfallen werden. Seltsam, daß man ißt, wenn man sich näherkommen will. Oder ist das schon die erste vorweggenommene Intimität? Ich mochte es, wie er aß, sein Umgang mit dem Besteck war beherzt und doch wie nebenbei, und seine sichtliche Freude über die gute Küche übertrug sich auf mich.

Ich konnte inzwischen umgehen mit meiner Ambivalenz und sprang locker von einer Haltung zur nächsten. Der eine Satz wurde von der professionellen Männerjägerin gesprochen und der andere von einer Frau, die sich preisgab, die Nähe und Vertrautheit suchte, sich öffnete und Offenheit ertrug. Und ich genoß das Flirren, das Unklare, das Changieren und Melee, und irgendwann vergaß ich, mich zu kontrollieren. Ich wollte nicht mehr unterscheiden, wollte nicht mehr wissen, was ich tat, ich ließ mich treiben und vertraute dem Moment.

Ich fragte ihn über sein Buch aus, und diesmal gab er mir Auskunft, kam richtig ins Reden, verfranste sich gelegentlich in Details, und ich konnte ihm einfach nur zuhören, bis er sich irgendwann unterbrach, den leergegessenen Teller von sich schob und sagte: »Sie haben mich gerettet. Danke.«

»Das war aber leider lächerlich«, sagte ich, ohne ihn dabei anzusehen.

»Wieso?«

»Sie haben jetzt genausoviel zu verbergen. Der Abbruch war völlig sinnlos.«

✧

Es war spät, und die Kellner hatten sich mit einigem Räuspern, Wischen, Stühlerücken und Lüften bemerkbar machen müssen, um uns endlich zu verjagen. Wir standen auf der Straße, und er sah unschlüssig drein. Überlegte, ob er mich auf sein Zimmer bitten sollte, kämpfte mit sich, er wollte und wollte nicht. Ich nahm ihm die Entscheidung ab, indem ich einem Taxi winkte, meine Hand auf seinen Arm legte und sagte: »Bis morgen. Rufen Sie an. Okay?«

»Okay«, sagte er. Es klang erleichtert. Ich stieg ein.

**23** Eins hatte ich inzwischen begriffen. Es ging langsam bei diesem Mann, und es ging über die Sprache. Sein Vertrauen, eine gewisse Entspanntheit und vor allem seine emotionale Anwesenheit gewann man nur mit Geschichten, mit Worten, mit Vorstellungen, die man in seinem Kopf erzeugte. Ein Körper wie meiner genügte hier nicht. Dieser Mann war tatsächlich die Ausnahme. Er war nicht in der Lage, seinem Trieb zu folgen, er mußte sich erst überlisten. *Ich* mußte das tun.

Ich war sehr zufrieden mit mir, als ich ins Bett ging. Ich hatte es geschafft, alle Nähe wieder zurückzuerobern, und konnte gelassen seinem Anruf morgen entgegensehen.

✧

Der kam jedoch erst kurz nach vier. Bis dahin war ich längst nicht mehr gelassen. Er hat gekniffen, dachte ich immer wieder, je öfter ich das Telefon umschlich, und ich Idiotin habe ihm die Gelegenheit dazu verschafft. Wieso nicht geradeaus ins Bett und vor die Kamera. Nein, ich mußte Tausendundeine Nacht spielen. Erst Geschichten hören, labern, sein Gehirn verführen. Scheiße. Ich dumme Kuh.

Als er endlich anrief, war ich schon drauf und dran gewesen, zu ihm zu fahren. Ich hatte meine Stimme kaum unter Kontrolle, ich krächzte und mußte mich räuspern.

»Tut mir leid«, sagte er, »meine Agentin hat mich überfallen, und ich konnte sie nicht einfach stehenlassen. Mir ist keine schnelle Lüge eingefallen.«

»Schon gut«, sagte ich, inzwischen ohne zu krächzen, »was machen wir?«

»Spazieren und Spaghetti. Alte Schulden abtragen. Sie erzählen die Geschichte, ich koch die Spaghetti.«

Ich hatte einen Strauß Astern auf den Glastisch gestellt. Und ein paar Gewürze aus dem Büro mitgebracht. Pfeffer, Salz, Origano. Eigentlich hätte es mir gefallen, in den Park hinterm Charlottenburger Schloß zu gehen, aber der Himmel war schwarz, also plädierte ich dafür, den Spaziergang zu streichen.

»Okay, dann Whisky und Spaghetti. In der Reihenfolge.«

✧

Als er ankam, war er nur knapp dem gewaltigen Regen entwischt, es begann zu schütten, als ich die Tür hinter ihm schloß.

Er sah die Blumen.

»Schön«, sagte er.

Ich wollte Licht anmachen, aber er bat mich, es aus zu lassen. »Düsterlicht ist gut zum Erzählen.«

»Und gut zum Betrinken.«

»Nein. Ich trink nur ein Glas. Will noch was von dem schönen Wein hier haben«, und er hob die mitgebrachte Flasche und stellte sie mit den anderen Sachen in die Küche.

✧

Ich war fast eine Stunde unterwegs gewesen, als ich nach Hause kam. Und hatte die ganze Zeit nur daran gedacht, daß ich den Urwald zwischen meinen Beinen rasieren mußte. Stur wie eine Maschine, die nur eine einzige Aufgabe mit stetiger Präzision erledigt, hatte ich einen Schritt vor den anderen gesetzt, um nach Hause und ins Badezimmer zu kommen. Das Wetter war schön, und ich weiß noch, wie es roch, wie die Gerüche wechselten, als ich aus dem Wald kam, durch die Weinberge, dann Weizen- und Rapsfelder und schließlich die Gärten mit ihren Obstbäumen, Blumen und Salatköpfen.

Dieses dunkle Dreieck war ein Makel. Stefanies war blond und spärlich, nicht so dicht wie meins, komisch eigentlich, daß sie mich nie darauf aufmerksam gemacht hatte. Vielleicht um ihren Vorteil nicht zu schmälern? Ich hatte mir, immer wenn ich den Bikini anzog, mit einer Nagelschere die herausschauenden Härchen weggeschnitten und mir nichts weiter gedacht dabei. Das war eben so. Da mußte erst Marc daherkommen mit seinem gläsernen Kameraauge und mir sagen, daß ich widerlich aussehe.

Meine Mutter hatte eine Freundin zu Besuch. Ich wollte an ihnen vorbei nach oben, aber sie rief mit ihrer zuckersüßesten Stimme: »Schatz, wie war die Flötenstunde?«

»Keine Ahnung«, sagte ich und verzog mich aus ihrem Gesichtskreis. Diese süße Stimme hatte sie immer parat, wenn Besuch da war. Sie spielte aller Welt die liebende Mutter vor.

Ich wusch mich zuerst, denn ich wollte nichts berühren, was vielleicht noch von Roman an mir kleben konnte, dann nahm ich den altmodischen silbernen Rasierer meines Vaters und setzte mich auf den Badewannenrand. Ich benutzte keinen Schaum, denn ich wollte genau sehen, was ich tat. Es würde zwar mehr weh tun so, aber das war mir egal. Nein, es war mir sogar recht. Ich glaube, ich wollte, daß es weh tut. Zumindest nahm ich es in Kauf als Preis für meine Blödheit, mich von Roman so verarschen zu lassen. Es sollte weh tun. Und das tat es.

Ich erstarrte, als ich die Schritte meines Vaters hörte, der aus seinem Arbeitszimmer kam. Ich saß einfach bloß da, wenn er jetzt hereingekommen wäre und mich gesehen hätte, die Beine weit auseinander, den Rasierer seitlich angesetzt und eben dabei, den ersten kleinen Busch wegzuschaben – ich wäre vielleicht ohnmächtig geworden. Aber er klopfte an die Tür und fragte: »Vera, bist du da drin?«

»Ja«, sagte ich und versuchte, meiner Stimme einen

normalen Klang zu geben. Das klappte. Er ging wieder zurück.

Es tat sogar höllisch weh. Inzwischen war das Haar wieder fast trocken, und mir kamen die Tränen, als ich die ersten Züge machte. Es war schlimmer, als Beinhaare mit Wachs abzureißen. Und dann rutschte ich mit dem Fuß auf dem nassen Boden aus. Ich hielt mich fest, um nicht vom Wannenrand zu fallen, und verriß gleichzeitig den Rasierer so, daß ich ihn nicht mehr quer zu den Haaren, sondern in Längsrichtung zog. Es blutete sofort. Und es blutete stark.

»Papa«, schrie ich und ließ den Rasierer fallen. Sofort stand er in der Tür, erfaßte wohl sogar gleich, was passiert war, denn er kniete sich vor mich hin, preßte die rechte Hand auf den Schnitt und versuchte, mit der linken an das Klopapier zu kommen. Er reichte nicht bis dort. »Kommst du da dran?« fragte er, »reiß mal was ab, wenn du kannst.« Ich versuchte es, bog mich, so weit es ging, nach rechts und erreichte die Klorolle, zog und zog, und dann stand meine Mutter in der Tür. Hinter ihr die Freundin. Und beide mit zuerst einem unsäglich blöden, dann unerträglich entrüsteten Ausdruck im Gesicht. Sie verschwanden einfach wieder. Waren weg wie ein Spuk. Mein Vater hatte sie gar nicht bemerkt. Er hatte es jetzt geschafft, Papier auf den Schnitt zu legen, und bat mich, die improvisierte Kompresse festzuhalten, dann stand er auf, um nach einem Pflaster zu suchen. »Ich glaube, das ist nicht schlimm«, sagte er, »wenn es aufhört zu bluten, heilt es auch schnell.« Er hatte Pflaster gefunden und legte es mir auf. Das würde beim Abziehen noch mehr weh tun als das Rasieren.

Er atmete tief ein. »Wieso willst du dich denn da verschönern?« fragte er, »ist das jetzt Mode? Muß man das als junges Mädchen? Wieso machst du so einen Blödsinn mit?«

»Danke, Papa«, sagte ich nur. Ich hatte jetzt beide Hände draufgelegt, und er schloß schnell die Tür, als er sah, daß ich mich vor ihm schämte.

Noch bevor ich ganz angezogen war, dämmerte mir, was meine Mutter und ihre Freundin denken mußten. Mein Schrei konnte für sie wie Protest geklungen haben, und dann fanden sie meinen Vater, mit der Hand zwischen meinen Beinen. Ich mußte mich setzen, mein Kreislauf machte nicht mehr mit.

✧

Ins Gesicht meiner Mutter stand der blanke Haß geschrieben. Haß auf mich, nicht auf meinen Vater, der oben in seinem Arbeitszimmer saß und keine Ahnung hatte von der Katastrophe, die sich jetzt gerade, hier, direkt unter ihm, mitten in seinem Leben, in seiner Familie, seinem eigenen Haus anbahnte. Ich hatte mich aufgerappelt, denn mir war klar, ich mußte meiner Mutter sofort erklären, daß sie sich irrte. Ihre Freundin sah den Boden an und wagte nicht, den Kopf zu heben.

»Mama, das ist nicht so, wie du denkst«, sagte ich. Den lächerlichsten Satz der Welt, der alle Hilflosigkeit und alles Ausgeliefertsein an eine Situation enthält, die man nicht mehr zu beherrschen vermag. »Ich wollte mich da bloß rasieren und hab mich geschni…« Es klingelte an der Tür. Meine Mutter ging nach draußen.

Ich hörte gleichzeitig die Schritte meines Vaters auf der Treppe und die Schritte meiner Mutter und einer weiteren Person im Flur. Dann stand mein Vater in der Tür und sagte: »Das ist nicht zu glauben, was sich die Kinder heutzutage antun«, als er registrierte, daß da nur die Freundin saß, und verstummte.

Und jetzt stand meine Mutter in der anderen Tür und hinter ihr ein Polizist, der sagte: »Herr Sandin, bitte kommen Sie mit.«

Mein Vater verstand sofort, was da vor sich ging. Zuerst sah er mich an, dann meine Mutter, dann versuchte er, etwas zu sagen, aber er brachte keinen Ton heraus.

»Das ist alles Quatsch!« schrie ich, denn ich hatte das Gefühl, es gehe um Sekunden. Aber ich wurde ignoriert. Der Polizist sagte noch einmal: »Herr Sandin, ich muß Sie bitten mitzukommen«, und meine Mutter sah wieder mit dieser nackten, vom Haß verzerrten Fratze auf mich. Mein Vater war kalkweiß und auf einmal ganz ruhig. Er schlug zuerst meine Mutter ins Gesicht und dann den Polizisten, er gab ihnen Ohrfeigen, als wären sie dumme oder freche Schüler, dann ging er wortlos an dem Polizisten vorbei. Zur Haustür und nach draußen. Zum Polizeiwagen, in den er sich reinsetzte und darauf wartete, daß der verdutzte Polizist ihm folgte. Das sah ich aus dem Küchenfenster.

✧

Draußen raste der Regen. So mußte es in den Tropen sein. Behrendt hatte seinen Whisky nicht angerührt und saß da, versunken, eine Silhouette im Dunkel, er hätte auch eine Projektion sein können, Einbildung, eine Figur meiner Phantasie, die ich mir zum Erzählen als Gegenüber erschaffen hatte. Aber noch die Silhouette schien mir angespannt und aufgewühlt. Und jetzt nahm sie einen Schluck und sprach: »Das ist schier nicht auszuhalten. Wie alt waren Sie da?«

»Noch fünfzehn«, sagte ich.

»Ich wage nicht, mir vorzustellen, wie die Geschichte weitergeht«, sagte er.

»Das müssen Sie auch nicht. Ich erzähl's.«

# 24

Der Arzt riß das Pflaster ab und fotografierte den Schnitt. Dann fuhrwerkte er in mir herum, nahm einen Abstrich und veranstaltete alles mögliche mit mir, immer unterbrochen von Notizen, für die er sich an seinen Schreibtisch setzte. Währenddessen lag ich in diesem Stuhl, die Beine in der Luft, meinen Unterleib seinen Blicken und denen der Sprechstundenhilfe ausgesetzt, die mehrmals hereinkam und sich flüsternd mit dem Arzt besprach. Wie widerlich die Situation war, wußte ich nur im Kopf. Mein Gefühl war nicht beteiligt, denn die Gedanken an meinen Vater, an das, was ihm jetzt gerade passierte, die Fragen, die man ihm jetzt stellen würde, den Verdacht, der so ungeheuerlich mit jeder Frage auf ihn prallen mußte, das alles machte mich so krank, daß ich weder das gütige Getue des Arztes noch seine kalten Handschuhfinger in mir und an mir, noch das Entwürdigende und Beschämende an der ganzen Situation zu mir vorließ. Es war wie ein Bild, das ich ohne Interesse betrachtete.

✧

Und als ich später bei der Polizei einer sich ebenfalls gütig gebenden Frau erklären sollte, woher das Sperma stammte, das man in mir gefunden hatte, und sie mir nicht glaubte, daß es von einem Jungen war, mit dem ich geschlafen hatte, da schrie ich nicht, tobte nicht, heulte nicht, sondern gab einfach auf. Die wußten es alle besser als ich. Wußten alle, daß mein Vater mich mißbraucht hatte, was sollte ich sie da noch mit der Wahrheit stören. Wozu? Das, was sie ihm jetzt gerade antaten, würde niemand je wiedergutmachen können.

Zu Hause redete ich kein Wort mit meiner Mutter, was ihr ganz offensichtlich recht war, denn dann konnte sie weiterhin die Besorgte spielen und würde sich nicht verplappern und ihren Haß auf mich zeigen.

Niemand hatte mir geglaubt, als ich immer wieder gesagt hatte, ich wollte mich rasieren, habe mich geschnitten, dann meinen Vater zu Hilfe gerufen, und er hat das Blut gestillt, obwohl der Arzt das anrasierte Haar fotografiert hatte, obwohl er den Schnitt fotografiert hatte, sie alle wußten es besser.

✧

Ich mußte nicht zur Schule. Ich blieb in meinem Zimmer und starrte aus dem Fenster. Wenn meine Mutter mich zum Essen rief, kam ich nicht, und wenn sie mir was aufs Zimmer bringen wollte, aß ich es nicht. Sie stellte es vor die Tür und holte es wieder ab, wenn es unberührt kalt geworden war.

Ich rasierte mich fertig, als der Schnitt verheilt war.

Jetzt hatte ich einen Strich da, wo vorher ein Dreieck gewesen war.

Ich durfte meinen Vater nicht besuchen. Und er durfte nicht nach Hause. Es waren Ferien, und er schlief in seinem Büro in der Schule. Und nach vier Tagen, noch bevor das Ergebnis der Spermauntersuchung ihn entlasten konnte, war er tot. In der Turnhalle erhängt. Und ich bin seither auch tot.

✧

Behrendt war blaß. Das konnte ich sehen, weil er aufstand, zur Tür ging, sie öffnete und in den noch immer sintflutartigen Regen starrte. Ich blieb sitzen. Vermutlich war ich ebenso blaß.

Als ich wahrnahm, daß er sich die Augen wischte, begriff ich erst, wieso er an die Tür gegangen war. Er heulte. Um mich. Ich ließ ihn da stehen und heulte mit. Geräuschlos. Er sollte es nicht merken. Er wollte ja auch nicht, daß ich es mitbekam. Die Dunkelheit half uns beiden, unser Mitleid miteinander zu verbergen.

✧

»Sie sind nicht tot«, sagte er irgendwann. »Sie sind schwerverletzt, aber Sie kommen durch. Sie schaffen es.«

»Danke, Doc.« Ich mußte nun doch schniefen und hoffte, er bekäme es nicht mit. Gleichzeitig spürte ich, daß ich lächelte über meine freche Antwort. Ich nahm einen Schluck Whisky. Er brannte in der Kehle.

Ich wollte raus aus dieser Stimmung. Diese Ergriffenheit paßte mir nicht mehr. Jetzt hatte ich mich zum drittenmal ihm gegenüber in so ein selbstmitleidiges Schwelgen verrannt und ihn mit hineingerissen, was mir anfangs zwar gut in den Kram gepaßt hatte, schließlich ging es ja darum, ihn zu verführen, aber jetzt war's mir auf einmal nicht mehr recht. Ich wollte diese Unterlegenheit nicht mehr. Und nicht sein Mitleid. Ich wollte zurück auf Augenhöhe.

»Ich mußte ein Jahr lang zu einer Psychologin gehen«, sagte ich ins Dunkel. Er schloß die Tür und kam wieder her. Er setzte sich. Und trank.

✧

»Und irgendwann fand ich ein Bild in meiner Tasche. Ein Foto. Von mir und Roman auf der Blumenwiese. Eins der Augen war ein Fotoapparat gewesen. Zuerst wollte ich es zerreißen, aber dann behielt ich es. Als eine Art Talisman. Ich habe es nie wieder angesehen, aber ich besitze es noch. Ich kann jede Einzelheit beschreiben. Romans schwarze Kapuze mit den Augenlöchern, darunter sein jungenhafter Körper, man sieht ein Stück von seinem Schwanz, wie er gerade in mich reinfährt, man sieht die Blumen, meinen Hintern, meine herunterhängenden Brüste, mein verzücktes, blödes Gesicht sieht man glücklicherweise aus dieser Perspektive nicht, das war nicht wichtig, anderes war wichtiger, wen interessiert schon ein Gesicht, wenn er Arsch und Titten haben kann.«

»Haben Sie sich je an dem Kerl gerächt?«

»Das ist jetzt schon das zweite Mal, daß Sie mich das fragen. Nein. Wozu? Was wäre denn besser geworden dadurch?«

»Vielleicht würden Sie besser oder anders drüber wegkommen?«

»Bin ich doch längst. Das ist mir alles so egal.«

»Sie sagten vorher, Sie seien tot.«

»Nicht wegen Roman.«

## 25

Weil wir wieder eine Weile schwiegen, hatte ich Zeit, mich zu ärgern. Darüber, daß ich mich ihm durch meine Erzählung als tragische Figur dargestellt hatte. Wieso hatte ich das gesagt, seither bin ich auch tot? Das hatte ich vorher nie so gesehen, diesen Gedanken nie gedacht, wieso auf einmal dieses Abtauchen in den historischen Schlamm? Das lag alles hinter mir, es ging mich nichts mehr an, mein Leben war frei von diesem alten Zeug. Und doch hatte ich ihm den Eindruck vermittelt, eine zerstörte und verletzte Frau zu sein, die unter bösen Erinnerungen leidet und ihr Leben verkorkst, weil sie nicht davon loskommt. So ein Blödsinn. Psychoquark.

»Ist Ihr Verhältnis zu Ihrer Mutter je wieder ins reine gekommen? Hat sie sich geändert? Hat sie begriffen, was sie angerichtet hat?«

»Ich habe keine Ahnung«, sagte ich, »seit ich in Berlin bin, hab ich nichts mehr gehört von ihr.«

»Und wollen Sie was von ihr hören?«

»Höchstens, daß sie tot ist. Und nicht mal dann würde ich ans Grab gehen. Nicht mal, um drauf zu spucken.«

Jetzt ließ ich *ihn* meinen Ärger spüren. Das war ungerecht. Er konnte nichts dafür, daß ich mich so gesuhlt und meiner wilden Geschichte diese wehleidige Grundierung verpaßt hatte.

»Haben wir Hunger?« fragte ich deshalb. Ich wollte das Thema wechseln.

Aber er war nicht abzulenken. »Glauben Sie, das alles, diese Fehlstarts in die Liebe, dieser viel zu frühe Blick in den Abgrund, wenn Sie mir bitte die pathetische Formulierung verzeihen wollen, glauben Sie, das hat Ihre Entscheidung für die Prostitution befördert?«

»Dafür hab ich mich nicht entschieden. Das kam einfach so. Hat sich ergeben und war dann halt eine Möglichkeit, an Geld zu kommen.«

»Wie hat sich das ergeben?«

»Klassisch. Beim Trampen. Ein netter Herr fragte ganz höflich, ob ich ihn nicht auf sein Zimmer im Hotel begleiten wolle. Es solle mein Schaden nicht sein, sagte er. In dieser verquirlten Formulierung.«

»Und wie war das für Sie?«

Ich zuckte die Schultern. Aber vielleicht konnte er das nicht sehen. Ich war ja auch nur eine Silhouette für ihn, also sagte ich: »Nicht schlimm. Nicht sehr unangenehm. Ich lag eben da, und er tat, was er wollte. Danach gab er mir fünfzig Mark und wollte mich zum Essen einladen. Aber ich hatte was vor und ging. Das war alles. Er roch gut.«

✧

Ich streute wieder ein paar Hurengeschichten ein, das tat mir gut, es machte mich wach und hob mich aus der miesen Stimmung. Ganz nebenbei erinnerte es mich auch daran, daß ich ihn ja noch immer auf meiner Abschußliste hatte, und ich ging in die Küche, holte zwei Kerzen und zündete sie an. Als dunkelgrauer Schatten nützte er mir nichts auf Video.

Das Wetter schien für immer so bleiben zu wollen, tiefschwarzer Himmel, dröhnender Regen und wilde Böen, die ab und an die Jalousie abzureißen drohten. Jedenfalls klang es so. Es klang wütend. Abenteuerstimmung.

»Meiner Mutter hab ich übrigens die Rechnung präsentiert«, sagte ich, »danach hatte sie wenigstens Grund, mich zu hassen.«

✧

Herr Öhlmann wurde ihr ständiger Begleiter. Er kam anfangs immer nur spätabends oder nachts zu ihr, aber bald auch am Tag, denn inzwischen wußten es alle, da brauchte man die Liaison auch vor mir nicht mehr zu verbergen. Es ging meiner Mutter wohl auch mehr darum, mich von ihm fernzuhalten, denn ihr entgingen die Blicke, die er in Momenten, in denen er sich unbeobachtet glaubte, auf mich warf, ebensowenig wie mir. Und ich tat mein Bestes, diese Blicke nicht nur so oft wie möglich anzuziehen, sondern auch, ihnen recht viel Futter zu geben. Inzwischen hatte ich *Lady Chatterley*, *Fanny Hill* und *Josefine Mutzenbacher* gelesen und kannte mich in der Materie schon um einiges besser aus. Ich ließ den BH weg, wenn Öhlmann da war, kniff mir in die Brustwarzen, damit sie hervorstachen, bückte mich, wenn sich die Gelegenheit ergab, möglichst so, daß er tiefen Einblick in mein Dekolleté oder wenigstens einen prallen Hintern vor Augen bekam, kurz, ich tat mein Möglichstes, um ihn verrückt zu machen. Auch das entging meiner Mutter nicht, aber zwischen uns herrschte inzwischen offener Krieg, sie hatte keine Chance mehr, mir irgendwas zu verbieten.

Ihn nicht mehr mit nach Hause zu bringen war auch keine Lösung, denn seine Tochter aus geschiedener Ehe kam alle paar Wochen zu Besuch und ertrug den Anblick meiner Mutter nicht. Also mußte er, wenn er mit ihr schlafen wollte, zu uns kommen, und ihr blieb keine Wahl, denn sie wollte ihn mit aller Macht an sich binden. Er war eine gute Partie.

Ich hatte mir angewöhnt, die beiden beim Sex zu beobachten, wann immer es möglich war, meist durchs Schlüsselloch, da sah ich nicht viel, nur manchmal seinen bleichen Hintern und die wabbligen Schenkel meiner Mutter, aber ich hielt meine Ohren offen und bekam mit, wenn sie es im Wohnzimmer trieben oder die Schlafzimmertür meiner Mutter nicht richtig schloß. Dann sah ich durch den Türspalt, und das war meistens ergiebiger.

Und ich ergriff die Gelegenheit, als sie sich mir bot: Es war einen Tag nach der Abiturfeier, und ich kam spät nach Hause, weil ich mir im Kino zwei Filme hintereinander angesehen hatte. Ich fiel todmüde ins Bett und war sofort eingeschlafen. Als ich später in der Nacht aufs Klo mußte, sah ich den Lichtschein aus dem Zimmer meiner Mutter.

Er stand vor dem Bett, und meine Mutter, ganz die willfährige Schlampe, die sie ihm vorspielen wollte, damit er sie heiraten würde, kniete vor ihm mit dem Rücken zu mir und hatte ihn im Mund.

Ich war barfuß im Schlafanzug herangeschlichen, wie immer, erst nachdem ich ein paar Kniebeugen gemacht hatte, damit meine Gelenke nicht knacken würden, und hatte ihnen schon eine Weile zugesehen, als ich einem plötzlichen Impuls nachgab, die Tür behutsam aufstieß – ich wußte, daß sie nicht knarren würde – und mich weiter in den schwachen Lichtschein ihrer Nachttischlampe vorwagte. Er sah mich. Und sagte nichts. Starrte nur her. Und ich starrte zurück.

Dann zog ich mir das Schlafanzugoberteil hoch und ließ ihn meine Brüste sehen. Sein Blick wurde wäßrig, soweit ich das auf die Distanz beurteilen konnte, und er atmete schwerer. Und fraß mich mit den Augen.

Meine Mutter schrieb sein Keuchen ihrem Wirken zu und intensivierte ihre Anstrengungen. Jedenfalls machte sie lautere Schmatz- und Schlürfgeräusche und gebärdete sich wilder. Ich zog jetzt auch noch die Hose ein Stück weit herunter, so daß er mich praktisch nackt betrachten konnte. Jedenfalls alles, worauf es ihm ankam.

So stand ich vielleicht eine Minute, bis ich an seinem Stöhnen und dem Gurgeln meiner Mutter hörte, daß ich verschwinden mußte, zog die Hose hoch, ließ das Oberteil fallen und huschte wie ein Gespenst in mein Zimmer zurück.

Ich hatte eigentlich erwartet, daß er am nächsten Nachmittag, wenn meine Mutter im Büro war, auftauchen würde, aber mein Anblick hatte ihn wohl um den Schlaf gebracht. Er stand noch in derselben Nacht vor mir. Ich schlief nicht, denn die Szene hatte mich so aufgeregt, daß ich rauchend am Fenster gestanden und mir sogar überlegt hatte, ob ich mich anziehen und in der Nacht spazierengehen sollte.

Ich hörte seine verstohlenen Schritte auf dem Flur, sah die Türklinke sich bewegen, sah ihn hereinkommen und die Tür leise wieder hinter sich schließen – all das, ohne daß er mich bemerkte. Erst als er im Raum stand und sich in der Dunkelheit zu orientieren versuchte, riß ich ein Streichholz an, und er erschrak.

Ich zog mich schweigend aus und lotste ihn zu meinem Bett. Er war noch von dem Streichholz geblendet und hätte einen Stuhl umgestoßen oder irgendwas von meinem Schreibtisch gefegt. Ich zog auch ihm die Unterhose aus und drapierte ihn dann so auf dem Bett, daß ich mich auf ihn setzen und ihn reiten konnte. Auf diese Weise war mein Gesicht weit genug von seinem entfernt, daß er nicht auf die Idee kommen konnte, mich zu küssen. Ich ließ es zu, daß er meine Brüste anfaßte, das war nicht zu umgehen. Er war grob.

Als ich mir sicher war, ihn so weit zu haben, daß er nicht mehr schnell reagieren konnte, weil er nur noch aufs Kommen konzentriert war, gab ich laute Lustschreie von mir. Sie klangen unehrlich. Aber sie waren laut genug, um meine Mutter aufzuwecken, und mehr sollten sie nicht bewirken. Er versuchte noch, sich aufzurichten, mir die Hand auf den Mund zu legen, mich anzuflehen, ich solle doch leise sein, aber da war er schon so weit, und zwei Sachen gleichzeitig schaffte er nicht. Kommen und mich zum Schweigen bringen. Und es wäre auch zu spät dafür gewesen, denn meine Mutter hatte schon die Tür aufgerissen und stand mit vor Entsetzen blödem Gesicht und mit dem Mund schnappend wie ein Fisch da, um sich zerschmettern zu lassen vom Anblick ihres Geliebten, der sich eben in ihre Tochter ergoß.

Den Rest der Nacht verbrachte sie heulend im Badezimmer, während ich in aller Ruhe meine Tasche packte, mir bei jedem Ding, das ich in die Hand nahm, überlegte, ob ich es mitnehmen sollte oder nicht, jeden Teddy, jede Puppe faßte ich an und legte alles zurück. Am Ende hatte ich nur ein paar Kleidungsstücke eingepackt. Alles andere würde ich nie mehr wiedersehen.

Ich weiß noch, daß ich dachte, irgendwann kommt sie aus dem Bad und bringt mich um, oder das Heulen hört endlich auf, und sie hat sich umgebracht, aber ich hörte sie wimmern und schluchzen bis zum frühen Morgen, bis ich endlich losging, weil ich es nicht mehr ertrug und lieber eine Stunde auf dem Bahnsteig warten wollte als weiter diesem Elend lauschen.

Ich schlief im Zug nach Berlin.

✧

Behrendt hatte mir zugehört wie immer, aber ich spürte, daß ihn die Geschichte störte. Er wollte mich vielleicht nicht als gemeines, hinterhältiges Luder sehen. Meine bisherigen Erzählungen hatten mich eher als Unschuld oder Opfer hergezeigt, diese zeigte mich als Täterin. Gnadenlos, herzlos und skrupellos. Eine Hure eben.

»Ist das wirklich so passiert?« fragte er schließlich, nachdem wir eine Zeitlang geschwiegen hatten.

»Wieso fragen Sie das? Mißtrauen Sie mir auf einmal?«

»Es klingt so ausgedacht. So perfekt. Und so überraschend fies.«

»Daß ich fies sein kann, sollte Sie langsam nicht mehr überraschen.«

»Tut es aber.«

»Das ist wohl auf Umwegen ein Kompliment. Danke. Obwohl es mir nicht zusteht.«

»Verstehen Sie mich nicht falsch, ich finde, Sie hatten alles Recht, ihrer Mutter das anzutun. Ich gönne Ihnen den Triumph. Was mir weh tut an der Geschichte, ist, daß Sie sich selbst dabei mißbraucht haben. Ihren eigenen Körper zum bloßen Instrument degradiert. Und das mit vielleicht sechzehn Jahren.«

»Na und? Ich bin eine Hure.«

»Waren Sie aber damals noch nicht.«

»Vielleicht hab ich ja da damit angefangen.«

»Ja. Vielleicht. Ich kritisiere Sie nicht. Ich bewundere Sie eher.«

»Wofür denn?«

»Klaren Verstand, scharfe Diktion, präzise Sicht auf

die Wirklichkeit, eine poetische Ader, was weiß ich, vieles.«

»Meine Aura? Meine Schönheit? Meine Verfügbarkeit? Daß ich ein Mythos bin?«

»Auch«, er lächelte und griff nach der Weinflasche, um sie zu öffnen. »Und noch so manches mehr.«

✧

Ich verstehe nichts von Wein, aber der mußte teuer gewesen sein. Er schmeckte wundervoll.

»Der ist was Besonderes«, sagte ich, »oder?«

»Sie auch.«

Wir hatten uns doch noch ans Kochen gemacht, ich als Assistentin fürs Zwiebelschneiden, Salatputzen und Käsehobeln, er als Fachmann für den Zeitpunkt, an dem die Spaghetti rausmußten. Die Soße war klassisch, also simpel.

»Wenn ich nun wirklich Ihre Geschichte für einen Roman verwende«, sagte er irgendwann, während er sich die letzten Nudeln in den Mund schob, »ertragen Sie das dann?«

»Wieso, was gibt's da zu ertragen?«

»Ich werde Ihrer Erinnerung nicht treu sein. Geschichten sind immer ein Steinbruch für Erfindungen …«

Wie recht du hast, dachte ich und gab mir Mühe, nicht zu grinsen. Ich wußte genau, wovon er sprach.

»… Sie könnten sich benutzt und hintergangen fühlen, wenn Sie lesen, was am Ende draus geworden ist.

Sie werden Ihre Originalerlebnisse oft nicht wiedererkennen.«

»Das schaff ich dann schon«, sagte ich und begann die leergegessenen Teller und Schüsseln aufeinanderzustapeln. Er stand auf und half mir.

✧

Als alles in der Spülmaschine verstaut war und er unsere Gläser wieder gefüllt hatte, zog er eine zweite Flasche aus der Plastiktüte und entkorkte sie vorsichtig. »Das hätte ich schon vor zwei Stunden tun sollen«, sagte er, »Rotwein braucht Luft.«

»Wie viele haben Sie denn doch da drin?«

»Nur die noch. Es sollte nicht nach Sauforgie aussehen.«

»Nach was denn dann?«

Ich war gerade wieder auf den Geschmack gekommen an diesem leichtfertigen Geplänkel, als er ernst wurde und nach einem Augenblick Nachdenken sagte: »Das ist unser Abschied. Ich möchte mich nicht mehr mit Ihnen treffen. Die Gefahr ist zu groß.«

## 26

Ich weiß nicht mehr, wie lange wir schwiegen. Ich saß da, konzentrierte mich auf die Kerzenflamme und hing meinen Gedanken nach oder dem, was da so fetzenhaft in mir durcheinanderflatterte. Verhuschte Bilder, Gerüche, Worte – alles hatte irgendwie zu tun mit ihm, mit den paar Tagen, die wir zusammen verbracht hatten: unser Interruptus in der Küche, das Aufflammen von Aggressivität mitten in harmlosen Gesprächen, die Stille, die von ihm ausgehen konnte, wenn er zuhörte, der Zauber in der Buchhandlung, die Energie, die ich auf irgendeine Weise von ihm getankt hatte –, ich nahm wohl gerade Abschied von ihm.

✧

Er war es, der das Schweigen brach. Er stand auf, ging wieder zur Tür und sah nach draußen. Der Regen fiel immer noch stetig und massenhaft, aber der Wind hatte aufgehört. »Ich werde zum Taxi schwimmen müssen«, sagte er.

Ich hatte inzwischen mein Glas ausgetrunken und goß mir nach. Ich schenkte auch sein Glas voll und brachte es ihm. Dann stießen wir an.

»Auf die Treue«, sagte ich.

»Auf Ihre Geschichte«, sagte er.

»Unsere«, sagte ich.

Wir schauten uns das Regenkino an.

»Ich hab sie noch niemandem erzählt«, sagte ich. Und wußte nicht, warum ich das sagte. Ich sagte es eben.

»Keiner Freundin, keinem Freund?«

»Was für ein Freund denn?«

Er sah mich erstaunt an. »Hatten Sie noch nie einen Freund? Auch nicht früher? Nach Roman, meine ich.«

»Sie wären der erste gewesen.«

✧

Er stand neben mir, und ich spürte, wie alle Luft aus ihm entwich. Oder alle Kraft. Oder aller Widerstand. Ich kann nicht sagen, was genau aus ihm verschwand, aber er war von einem Augenblick zum andern wie ein Hologramm.

Das Hologramm umarmte mich.

Und die Umarmung wurde zum Liebesspiel. Hände, Münder, Schenkel, alles fand sich und paßte ineinander wie zwei Hälften eines Ganzen, wie im Tagtraum, wie im Kino, wie im Buch.

✧

»Bett«, sagte ich irgendwann zwischen zwei Küssen und nahm ihn an der Hand. Er folgte mir. Die ersten Kleidungsstücke, Jackett, Hemd, T-Shirt, zogen wir uns gegenseitig aus, die letzten, Hosen, Strümpfe, Slip und BH, nahm jeder wieder selbst in die Hand.

Ich hatte die Schlafzimmertür angelehnt und im Flur im Vorbeigehen Licht angemacht, so daß ein für Auge wie Kamera gleichermaßen angenehmes Halbdunkel im Raum herrschte. Ich war zwei Personen in einer. Beide wollten dasselbe, mit diesem Mann schlafen, aber sie wollten es aus entgegengesetzten Motiven. Mein angekratztes Ich wollte Abschied nehmen von diesem Mann, wenigstens einmal seinen schmalen und irgendwie spärlichen Körper in Besitz nehmen, diese Stimme nur ein einziges Mal auf sich beziehen können, nur einmal sich in die Illusion betten, einen Geliebten, diesen Geliebten haben zu können, und nur einmal sich als Hälfte eines Ganzen fühlen dürfen – und mein anderes Ich, das enttäuschte, belogene, hintergangene, wollte sich einbilden, es übe seinen Beruf aus wie immer und habe alles wie immer im Griff. Für tausend Euro im Briefumschlag.

✧

Nichts hatte diese Person im Griff, das konnte sie später beim Schneiden des Videos in aller Ausführlichkeit betrachten: Sie wurde nach vielleicht zehn Minuten zum erstenmal und bald, nach einer Pause und einem unendlich zarten Cunnilingus, ein zweites Mal von Orgasmen zerrissen, die nichts mehr von ihr übrigließen. Fast nichts.

✧

Auf dem Weg zum Taxi büßte Behrendt alles an seiner nachlässigen, ausgebeulten Eleganz ein, was ihn geschmückt hatte, beim Einsteigen war er nur noch naß und mager, der Regen prasselte immer noch mit einer Wucht herab, als sollte die Stadt noch in dieser Nacht von der Landkarte gewaschen werden.

»Danke für alles«, hatte er zum Abschied gesagt, nach einem letzten Kuß auf meinen Mund.

»Gleichfalls«, hatte ich geflüstert und mich beherrscht, ihm nicht noch nachzurufen: »Vergessen Sie nicht, Sie haben mich erfunden«, denn das letzte, was er von mir hörte, sollte nicht sarkastisch klingen. Mir war nicht nach Sarkasmus. Mir war zum Heulen.

# 27

Das wenige, was von der professionellen Vera noch übrig war, setzte sich an den Computer und schnitt mit geübter Hand ein aufregendes Vier-Minuten-Video zusammen, überspielte es, schrieb einen Zettel mit der Bitte, tausend Euro im Briefumschlag an die Absenderin zu schicken, steckte die Kassette in einen gefütterten Umschlag, adressiert an Frau Behrendt. Und legte das Päckchen auf den Schreibtisch.

Der Rest von mir heulte vor sich hin, hatte die linke Hand in den Schoß gepreßt, rauchte sieben Zigaretten und ging am Ende erleichtert und unglücklich schlafen. Und träumte nie wieder von Axel Behrendt, von seiner Stimme und dieser Stille um ihn, die so warm und tröstlich wie nichts mehr in meinem Leben seit Papas Interesse und Murmis Humor meine Verwirrung und Verzagtheit aufgefangen hatte.

✧

Am nächsten Vormittag brachte ich das Päckchen zur Post, und ich zögerte keine Millisekunde am Briefkastenschlitz – ich öffnete und ließ es fallen –, und ich wußte, daß ich das alles nicht mehr wollte. Es gab seriöse Callgirl-Agenturen. Ich konnte mein Geld auch ganz normal in Hotelzimmern verdienen.

✧

Ich löschte alle Videodateien auf meiner Festplatte bis auf die letzte. Ob ich sie mir jemals wieder ansehen würde, wußte ich nicht, aber ich hatte das Gefühl, sie bewahren zu müssen, für irgendeine Zukunft, und sei es, daß ich irgendwann als alte Frau noch einmal wissen wollte, wie das aussah, was meine Erinnerung vielleicht verloren hätte.

✧

Jetzt, da es zu spät dafür war, fielen mir immer neue Fragen ein, die ich ihm nicht gestellt hatte: Wie ist das, wenn man jedes Erlebnis auf seine Tauglichkeit für Geschichten überprüft, entwertet das nicht den Augenblick? Landet nicht jeder Schmerz, jede Lust oder Freude in einer Schublade oder auf einer Karteikarte? Und wie ist das, wenn man seine Umgebung ständig ausspioniert? Alle Eigenheiten, alles Unverwechselbare an den Menschen zur späteren Verwendung notiert? Ist das nicht wie Diebstahl? Und wie ist das, wenn man der Fiktion größere Macht zugesteht als der Wirklichkeit? Ist Ihr Leben dann nicht nüchtern, leer und arm? Und leben Sie stattdessen mehr im Kopf als in der Welt? Und so weiter, und so weiter, ich wollte ihm Vorwürfe machen, ihn als eine Art Parasiten hinstellen. Mir genügte seine Heuchelei nicht mehr als Grund dafür, daß ich sein Leben ruiniert hatte. Darauf würde es nämlich hinauslaufen. Sein Leben war zerstört. Und ich war schuld daran.

Aber ich hatte ihm auch gezeigt, was für ein Luder seine Frau ist; wenn sie jetzt wirklich mit ihm Schluß machte, dann könnte er sich ja bei seiner Reiseliebe ausheulen. Oder die Schwester nehmen. Falls das nicht ohnehin ein und dieselbe war. Ach, was ging mich das an. Das lag doch hinter mir. Trotzdem fühlte ich mich furchtbar.

## 28

Als das Honorar nach einer Woche noch nicht da war, begann ich mich zu ärgern. Ausgerechnet jetzt, wo ich Schluß damit machte, sollte ich ums Geld geprellt werden. Aber sie konnte ja auch ein paar Tage weg sein, oder die Post hatte sich Zeit gelassen. Es war noch zu früh für Streß und Ungeduld.

Allerdings, wenn sie wirklich weg war und er ihre Post annahm? Und öffnete? Und das Video verschwinden ließ? Ich hatte die Datei noch. Konnte jederzeit eine zweite Kopie schicken. Vielleicht waren sie auch zusammen weg. Geduld.

✧

Zuerst dachte ich, eine Paketzustellerin oder Kurierfahrerin hat sich in der Adresse geirrt, als ich die Frau am Gartentor stehen sah, eine Hand am Gitter, als wolle sie das Tor notfalls aufstoßen, und in der anderen ein Päckchen, so angefaßt und von sich weggehalten, wie man es nur mit Dingen tut, die einem nicht gehören, die man so schnell wie möglich loswerden will.

Wäre ich nicht mit den Gedanken ganz woanders gewesen, dann hätte ich registrieren müssen, daß die Frau gut gekleidet war, viel zu teuer für die Post, und daß nirgendwo an der Straße ein Auto stand. Sie mußte mit dem Taxi oder zu Fuß gekommen sein.

Erst am Gartentor sah ich, daß das Päckchen eine Videokassette war, meine Videokassette, daß ich die Frau von irgendwoher kannte, daß sie mich anstarrte, als müsse sie sich dazu zwingen, nicht angeekelt wegzusehen, und noch während ich ihre Stimme mit überdeutlicher Artikulation meinen Namen aussprechen hörte, als Frage, worauf ich nickte, und die Stimme fortfuhr: »Was ist das für eine Geschichte? Was soll das?«, da begriff ich, wer das war: die Frau aus Paris.

Mehr begriff ich nicht – das Ganze war mir unerklärlich. Wie kam die an das Video? Was wollte die von mir? Wer gab ihr das Recht, mir mit harter Stimme und kaltem Blick solche Fragen zu stellen?

»Wer sind Sie?« fragte ich.

✧

»Ich bin Marie Behrendt«, sagten Sie.

✧

Ich glaube, ich versuchte noch, so arrogant es ging dreinzublicken, als ich das hörte, aber mein Gesicht muß aus allen Fugen geraten sein, denn mir wurde klar, was ich getan hatte. Ich drehte mich um und ging Ihnen voraus – ins Büro, ich wollte Ihnen nicht die Wohnung zumuten –, Sie kennen den Rest, ich muß das nicht noch mal erzählen.

✧

Als ich fragte: »Wer war die Frau, die mich engagiert hat?« und Sie, noch immer mit diesem harten, leeren Gesicht, sagten: »Meine Schwester«, da wäre ich am liebsten aus der Welt verschwunden. Hätte ich irgendwas gehabt, eine Pistole, ein Messer oder ein Fläschchen Arsen, mit dem ich mich von einer Sekunde zur nächsten aus meinem Leben, aus Ihren Augen, aus dieser grauenhaften Situation hätte stehlen können, ich hätte es getan. Aber da war nichts, und ich mußte Ihren Blick aushalten, konnte nicht mal ins Bad verschwinden, um zu kotzen oder in Ohnmacht zu fallen, war wie festgetackert auf meinem Schreibtischstuhl und konnte nichts tun. Nichts, um diesen Irrsinn ungeschehen zu machen, um diese abscheuliche Gemeinheit nicht getan zu haben. Ich weiß nicht, was ich dafür gegeben hätte, einfach aus einem Alptraum aufwachen und erleichtert den Schweiß, den Schrecken, die Scham von mir duschen zu dürfen.

»Ich fühle mich fürchterlich«, sagte ich.

✧

Und hätte mir auf die Zunge beißen können, denn Ihre Antwort kam prompt und mit allem Recht der Welt so verächtlich, wie ich es verdiente: »Ihre Gefühle sind das letzte, was mich interessiert.«

Ich hätte gern geheult, aber aus irgendeinem Grund konnte ich Ihnen das nicht antun. Ich war Ihnen schuldig geradezustehen, ein Zusammenbruch kam nicht in Frage. Also saß ich einfach da und wartete, was Sie als nächstes sagen würden. Ob Sie mich noch mehr zerschmettern, in meine Einzelteile zerlegen würden, ob Ihr nächster Satz eher so etwas wie Schotter, Kies oder Sand von mir übriglassen würde.

»Ich will die ganze Geschichte hören«, sagten Sie, »aber ich will nicht stundenlang mit Ihnen in einem Raum sein. Wären Sie bereit, mir das Ganze auf Band zu sprechen? Ich bezahle Sie dafür.«

»Ja«, sagte ich.

Damit Sie wieder gehen.

✧

Ich spürte die Geldscheine, die Sie mir mit den Worten »Das bin ich Ihnen ja wohl schuldig« gegeben hatten, in meiner Hand, als wären sie giftig oder ich allergisch. Sie gingen zum Gartentor, und ich rief Ihnen nach: »Verzeihen Sie ihm. Er kann nichts dafür.«

Ich weiß nicht, ob Sie mich gehört hatten, denn Sie sagten gleichzeitig, ohne sich nach mir umzudrehen: »Damit kann ich nicht leben«, und hoben das Video in die Höhe, als wollten Sie mir damit winken.

## 29

Den Versuch, alles auf Band zu sprechen, gab ich schnell auf. Ich ertrage den Klang meiner Stimme nicht. Also setzte ich mich an den Computer und schrieb auf, was Sie von mir wissen wollten. Und einiges mehr, denn es ist mir inzwischen egal, ob Sie sich für meine Gefühle interessieren oder nicht – die müssen Sie schon mitlesen –, ohne meine Gefühle kriegen Sie die Geschichte nicht.

Und ich bin mittlerweile auch nicht mehr nur von Scham und Schuldgefühlen Ihnen gegenüber zerfressen. Tut mir leid, wenn ich das sage, aber: Ihr Leben ist Ihre Sache, mein Leben ist meine. Ich habe ihn nur verführt. Eingelassen hat *er* sich mit mir. Vergiften Sie Ihre Schwester, ruinieren Sie Ihren Mann, von mir aus tun Sie, was immer Ihnen hilft, aus dieser widerlichen Geschichte heil rauszukommen, aber machen Sie nicht mich dafür verantwortlich. Das tu ich schon selbst. Und nur mir steht es zu, denn nur ich habe das Recht, meinen Anteil an der Sache zu verfluchen.

*Starnberg, den 30. Mai 2003*

*Hallo Chef,*

*du weißt, wie sehr ich Dich als Lektor und Verleger schätze, wie oft ich Deinen Rat beherzigt habe, wie laut ich Dein Loblied singe und die Hilfe rühme, die Du meiner Arbeit immer angedeihen läßt, also kann ich mir das Wortgefuchtel sparen und Dich bitten, kurz und knapp und klar: An diesem Text wird nichts geändert.*

*Laß den grünen Kuli stecken und lies, dann entscheide, ob Du ihn herausbringen willst, und wenn ja, gib ihn weiter ans Korrektorat. Außer Satzzeichen und Rechtschreibung werde ich nichts akzeptieren. Diese Geschichte, zumindest alles, was ich darin erlebt, getan oder erfahren habe, ist so passiert, und deshalb muß sie so, in diesem Tonfall, in diesem vielleicht rohen Zustand und in dieser vielleicht rabiaten Form auf dem Papier stehen.*

*Du kannst Dir vorstellen, wie schwer es für mich war, das alles aufzuschreiben, schließlich kennst Du das Fiasko, die Trennung von Marie, mein ganzes unrasiertes Vegetieren seit-*

*her, mein Betteln, mein Kämpfen, meine Werbung um sie und ihre bis jetzt anhaltende rigorose Ablehnung all meiner Versuche, sie wiederzugewinnen. Und Du weißt, wie ich mich fühle, denn an alldem bin ich schuld.*

*Für mich ist diese Geschichte im Wortsinne notwendig, ich mußte sie erzählen, und sie wird vielleicht meine letzte sein, denn ich weiß nicht, was von mir übrigbleiben wird ohne Marie. Mein Talent, meine Sicherheit, mein Selbstvertrauen – das alles steht und fällt mit ihr.*

*Der Kunstgriff, die Geschichte aus der Sicht von Vera zu erzählen, war unumgänglich. Dieses Minimum an Draufblick mußte ich mir verschaffen, sonst wäre der Text eine einzige Rechtfertigung meiner Schwäche, Feigheit und Larmoyanz geworden. Und so, aus dieser Perspektive, enthält er auch klar und deutlich die andere Schuld, die mich fast ebenso niederdrückt wie der Verrat an Marie: Ich habe eine Liebe ausgeschlagen, eine Seele, die mir vertrauensvoll angeboten wurde, einfach aus meinem Blickfeld gewischt und damit vielleicht Veras Rückkehr in ein menschenwürdiges und gutes Leben, ihre vielleicht letzte Chance darauf abgewählt.*

*Lies und gib mir bald Bescheid. Und drück mir die Daumen, daß ich auf dem Umweg über die Fiktion schaffe, was mir mit den anderen Mitteln, Briefen, Faxen, E-Mails nicht gelungen ist: Marie zurückzugewinnen. Ich weiß zwar nicht, wieso ich darauf hoffe, wieso ich glauben will, ein Roman hätte die Kraft, an Maries Verzweiflung noch irgendwas zu ändern, aber es ist meine letzte Hoffnung, die halte ich aufrecht, solange ich es vermag. Sei herzlich, wie immer, umarmt von Deinem*

*Axel*

Danke allen Erstlesern, die mir geholfen haben, dieses Manuskript besser zu machen, als ich es alleine gekonnt hätte: Jone Heer, Axel Hundsdörfer, Manuela Runge, Uli Gleis, Claudia und Uli Kettner, Michael O. R. Kröher, Uschi Keil, Axel Ulber, Ulli Nehrig, Karin Mansel, Klaus Hemmerle, Patrick Langer, Vera Eichholz-Rohde und Ute Bredl-Heydt.

# Der langsame Tanz

SERIE PIPER

Für Jone

Ein Mädchen träumt, sie wäre wach
und hinge ihren Träumen nach

# 26.

Befreit? Aber wovon denn? Von der Zeit etwa? Blödsinn. Zeit ist abstrakt. Man wird sie nicht los, indem man eine Uhr wegwirft. Und doch, er fühlt sich so, als ginge er auf Einlegesohlen aus Luft. Vier Millimeter höher. Und wenn er sich nur selbst damit beeindruckt hat: Eine Dreihundertmarkuhr einfach so fallenzulassen war eine erlösende Tat. Den Trick merk ich mir, denkt er, im Trauerfall die Uhr in den Gully, und schon ist im Paß der Eintrag »Körpergröße« falsch.

Trauerfall? Aber ohne mich. Ich werfe nur Ballast ab. Die Uhr war ein Geschenk von Marianne. Wozu sich jetzt noch mit Gewichten belasten, die sie mir angeschnallt hat? Brauchst du mich nicht, dann brauch ich deine Uhr nicht. So einfach ist das. Und so wohltuend. Nur eine Geste. Ein Symbol. Nur Imponiergehabe ohne Publikum, und doch so befreiend wie ein Zug an der Krawatte.

Er hat die Uhr vom Handgelenk gestreift und sie, zwischen Daumen und Zeigefinger baumelnd, über dem nächsten Kanaldeckel der Schwerkraft überlassen. Ab in die Kloake mit Mondphase, Datum und Sekundenzeiger. Tschüß Eidechsband, und Tschüß vor allem: Marianne.

Er ist irgendwo im Elsaß. Wo genau, das weiß er nicht, denn bei der Einfahrt ins Städtchen hat er das Ortsschild übersehen. Erst der Anblick eines schlanken, blaßroten Turms, umgeben von blumenbewachsenen Häusergesichtern, verlockte ihn zum Halten. Nun steht er auf dem Marktplatz und wird seiner Nase folgen auf der Suche nach einer Tasse Milchkaffee.

Und er ist irgendwo in seinem Leben und weiß auch hier nicht, wo genau. Er sieht sich stehen und spürt sich fahren, ohne Gewißheit, welches von beiden, Anblick oder Gefühl, der Wirklichkeit entspricht. Er könnte im Auto sitzen und sich vorstellen, er stünde hier und stellte sich vor zu fahren. Seit vier Tagen ist er schon in diesem Zustand.

Das Tempo des Films, dessen Zuschauer und Darsteller er ist, hat sich verdoppelt. Als habe Gott mal eben etwas in der Zukunft nachsehen wollen und den Videorecorder auf Schnellvorlauf geschaltet. Und entweder ist Gott eingeschlafen oder hat noch immer nicht gefunden, wonach er sucht. Das Tempo jedenfalls hält an.

Ein schlichter Zettel auf dem Küchentisch: *Ich bin jetzt erst mal zwei Wochen weg, und dann ziehe ich zu Volker. Komisch, ich habe das Gefühl, Du verstehst mich. Versuch, nicht zu verzweifeln, und bewahre Deine Schönheit. Anne.*

Verzweifeln. Was für ein Witz. Diese angeberische Lakonie. Auch sie versucht, sich selbst zu imponieren. Er kaufte im Trekkingladen um die Ecke ein kleines Beil und schlug es mitten durch den Zettel in die Intarsien der Tischplatte. Mit einem Grinsen auf dem

Gesicht. Bezeugt vom ehrlichen Spiegel. Hoffentlich ist dir das verzweifelt genug, dachte er und überlegte, ob er noch ein wenig rote Farbe darüber träufeln sollte. Statt dessen entschied er sich dafür, den ehrlichen Spiegel zu zertrümmern. Zum Rasieren würde auch der unehrliche im Flur genügen. Was tat es, wenn er schlierig und verzerrt darin erschien?

Und am nächsten Morgen dieser Brief einer »Basler Kantonalbank«: Herr Martin Bodinek, geboren am 5. Oktober 1958, solle sich bitte persönlich mit dem Unterzeichneten in Verbindung setzen, betreffend ein Guthaben, von dessen Existenz er möglicherweise bislang nicht unterrichtet gewesen sei.

Dieser Tag verging wie eine Stunde im Planetarium. Alles in der Wohnung und alles außerhalb schien fremd und fern und ohne entschlüsselbaren Sinn. Es machte keinen Unterschied, ob er in die Splitter des ehrlichen oder den Seegang des unehrlichen Spiegels starrte, heraus schaute, einmal zerschnitten und einmal verzerrt, ein entgeisterter, ihm unbekannter Kopf.

Der dritte Tag im neuen Tempo brachte einen Umschlag von Marianne mit ein paar Geldscheinen, ihrem Anteil an der Miete. Einen, den kleinsten, zerriß er und verteilte die Schnipsel um das Beil. Die mischten sich dekorativ mit den Spiegelscherben und fügten dem Arrangement der Verzweiflung eine Spur Hohn an. Er drehte ein paar Bücher in der Hand, steckte seinen Ausweis ein, nahm zwei Pullover und etwas Wäsche unter den Arm und ging, ohne die Tür abzuschließen. Eine Chance für die Diebe.

»Tschüß Hamburg«, rief er hinüber zu den Schiffen, und »Tschüß Marianne Borowsky«, murmelte er, als er ihre Sonnenbrille aus dem Handschuhfach nahm und in Richtung Grünstreifen aus dem Fenster warf. Entschuldigung: Anne Boro. Eine Künstlerin heißt ja nicht Marianne. Und schon gar nicht Borowsky.

Je weiter nach Süden er kam, desto heller wurde der Himmel, und ab Northeim erinnerte er sich wieder daran, wie ein Mai in seiner Kindheit ausgesehen hatte. In Hamburg erkennt man ihn an Leuten, die mit zugeklapptem Schirm durch den Nieselregen gehen. Kurz hinter Göttingen gab es keine Wolke mehr am Himmel.

Und ab Heidelberg war er glücklich.

Irgendwo hinter Karlsruhe verließ er die Autobahn, verlockt von einem Schild mit dem lakonischen Hinweis »Frankreich«. Er fuhr langsamer über Landstraßen und genoß die warme Luft des Nachmittags.

Die Kassette mit »So long Marianne« schien ihm übertrieben gut zu passen; einen Film, der ihm so etwas anzubieten wagte, würde er abschalten. Aber das Leben schert sich nicht um Glaubwürdigkeit und nicht um Rezensionen, und »So long Marianne« war seit langem schon sein Lieblingslied. Schon lange vor ihr war es das gewesen und würde es auch lang nach ihr noch sein. Er ging pfleglich damit um. Es hatte eine Kassette nur für sich allein, und er hörte es nicht immer, wenn er wollte. So verlor es nicht sein Leben vor der Zeit.

In Haguenau nahm er sich ein Hotel. Zum ersten Mal in seinem Leben ließ er sich den Entschluß nicht vom

Zimmerpreis diktieren, sondern von der Schönheit der Fassade und des Eingangs. Da waren Blumen vor den Fenstern und eiserne Balkone, und er lehnte sich an die Theke, um zu fragen, ob es ein Zimmer gäbe. Und nicht, was es denn koste.

Das Zimmer lag zur Straße. In der einfallenden Dämmerung saß er auf der Bettkante und lauschte dem Klang des städtischen Abends: das Lachen junger Frauen, Gespräche, Schritte, Hupen aus der Ferne und, seltener, das Jaulen hochtouriger Kavalierstarts. Und all das auf französisch.

Er ging, hungrig geworden, hinaus und schlenderte, die Augen überall, durch den Orchestergraben zwischen den Musikanten des eben gehörten Konzertes hindurch. In einer Pizzeria fand er Platz ganz hinten an der Wand. Er saß gerne so. Mit der ganzen Besetzung der alltäglichen Seifenoper vor Augen und nichts mehr von Bedeutung hinter sich. Er bestellte sich ein Essen und fühlte zum ersten Mal seit Tagen, daß das Tempo des Geschehens wieder abnahm.

Es war zehn Uhr vorbei, als er, weich vom Wein und müde von der Fahrt, zum Hotel zurückging und hoffte, den letzten Satz der Haguenauer Abendsinfonie nicht verpaßt zu haben. Und sogar damit hatte er Glück.

Bei gelöschtem Licht saß er am offenen Fenster und dachte sich Gesichter zu den Stimmen und Geräuschen, und keines der Gesichter hatte Ähnlichkeit mit Annes.

Erst als von draußen fast nichts mehr hereinklang, legte er sich nackt zwischen die Laken. Der kühle Stoff an seiner Haut, das leise Rascheln, wenn er sich bewegte, und der feine Geruch nach Stärke oder Waschmittel hatten etwas Tröstliches an sich. Das fiel ihm auf, obwohl er keinen Trost brauchte. Er dachte nicht an Anne.

Kurz vor neun am anderen Morgen erwachte er vom Rumpeln der Wäschewagen und den Stimmen der Zimmermädchen auf dem Flur. Da war ein Schatten hinter seinen Augen, er hatte irgendwas geträumt, aber eins war sicher: nicht von Anne.

Der Wagen wird jetzt erst mal meine Heimat sein, dachte er beim Anlassen des Motors und gleich darauf: wieso Heimat? Und dann: wieso nicht? Er lächelte nachsichtig über die innere Diskussion und sagte laut: »Du bist jetzt erst mal meine Heimat.« Ihm war, als brumme der Motor eine Antwort. Er tätschelte das Armaturenbrett wie immer, wenn ihm auffiel, daß der Wagen noch lief: »Wir verreisen jetzt, mein Alter. Wir sehen uns die Gegend an.« Und diesmal war das Antwortbrummen deutlich.

Und nun sitzt er auf einem Plastikstuhl, und eine Frauenstimme sagt: »Voilà der Café Crème, bitteschön.«

Den Arm, der die Tasse vor ihn stellt, verfolgt er nicht mit dem Blick bis zum Gesicht der Kellnerin, sondern sagt nur: »Mmh, merci« und beugt sich über den Tisch, um zu trinken. Und staunt, daß er glücklich ist. Und nicht, wie er es sein müßte, am Boden zerstört.

Liebe, geht ihm durch den Kopf, das ist auch so ein Wort wie Heimat, man darf es allenfalls mit ironischer

Theatralik oder einem Schulterzucken aussprechen. Aber wenn dieses Wort je etwas in seinem Leben zu Recht beschrieb, dann sein Gefühl für Anne. Er hätte sie nicht verlassen. Sie dachten dasselbe im selben Moment, sie redeten in Kürzeln, ahnten jede verschorfte Wunde des anderen und jeden Ort der Lust. Sie waren eine Seele in zwei Körpern. Gewesen.

Und jetzt? Er versteht dieses Glücksgefühl nicht, mißtraut seiner eigenen Empfindung. Ist er verzweifelt und weiß es nur nicht? Fühlt er sich glücklich, zum Singen, zum Johlen, zum Küssen fremder Menschen, nur um nicht die Wahrheit zu spüren? Ist das eine Art Schutz? Aber nein. Was für ein Blödsinn. Man fühlt, was man fühlt, denkt er, ich bin glücklich.

Zum Küssen fremder Menschen? Dieser eiligen Dame mit dem zielbewußten Schritt? Wenn er ihr einfach entgegenginge, sie küßte und mit fröhlichem Gleichmut ihre Ohrfeige kassierte? Sie würde ihm eine kleben, das steht fest. Sie lebt hier, man kennt sie, ohne Gegenwehr kann sie sich nicht in aller Öffentlichkeit küssen lassen.

Und wenn er sich gleich eine zweite Ohrfeige verdiente mit den Worten: »Dieser Kuß ist für das verzagte Wippen Ihrer Brüste«? Aber nein. So weit reicht sein Französisch nicht. Obwohl, hier ist das Elsaß, hier spricht man auch Deutsch. Aber er ist nicht der Mensch, der Ohrfeigen einsteckt. Und die Dame ist nun ohnehin vorbei.

Das verzagte Wippen ihrer Brüste, denkt er, ist notiert, das kann ich irgendwann gebrauchen. Fehlt mir nur noch der Mut dazu. Er schaut ihr nach und bildet sich ein, sie kenne seine Gedanken. Je kleiner sie wird auf der langen geraden Straße, desto besser gefällt ihm die Vorstellung, sie habe Verbindung mit ihm aufgenommen, lasse sich beim Gehen ein wenig mehr als üblich in die Hüften fallen und sauge seinen Blick mit ihrer Rückenpartie auf.

Präsenil, denkt er. Peinlich, präsenil, glücklich und reich. Glotzt Frauen hinterher und glaubt sich noch verführt dabei. Vielleicht hält sie ihr Tränengas-Spray nur deshalb nicht umklammert, weil es Tag ist und sie jederzeit Hilfe bekäme.

Der Gedanke an das viele Geld sitzt ihm wieder auf dem Zwerchfell, und er atmet vorsichtig, um ihn nicht abzuwerfen.

Der Notar hatte damals dringend geraten, die Erbschaft auszuschlagen. Da sei nichts zu erwarten als ein Berg von Schulden, den man bis ans Lebensende nicht würde abtragen können. Martin war diesem Rat gefolgt und hatte sich bei der Beerdigung nach mißgünstigen Gesichtern umgesehen. Da waren einige, und er fühlte so etwas wie Stolz. Die hast du abgehängt, Papa, dachte er, und so fremd ihm sein Vater gewesen war, dieser Gedanke barg ein kleines, verspätetes Bündnis. Hoffentlich hast du keine Armen reingelegt, ging ihm dann noch durch den Kopf, aber die Leute auf dem Friedhof sahen nicht aus, als wären sie am Ende.

Und nun tauchte wie der Schuh eines Ertrunkenen dieses Nummernkonto auf. Sehr diskret mußte die Bank nach ihm gesucht haben, so diskret möglicherweise, daß sie selber nichts von der ausgeschlagenen Erbschaft wußten. Oder hatte sein Vater das alles so geregelt? Hoffentlich war es nicht nur der Fehler irgendeines jungen Sachbearbeiters, der einfach noch nicht wußte, wie das geht. Nicht wußte, daß das Geld den Gläubigern gehört, und sich deshalb an den Sohn gewandt hatte.

Auf einmal hat er es eilig. Wenn das wirklich nur ein Fehler war, dann kann der entdeckt werden. Martin muß vorher in Basel sein.

Seine Augen gewöhnen sich nur langsam an das Dunkel im Café. Er stößt an einen Stuhl und entschuldigt sich ins Leere, denn erst jetzt taucht die Bedienung im Lichtfleck einer Tür auf. Im Raum ist kein einziger Gast.

Ein Landschaftsbild mit Kühen hängt schief und ungeliebt hinterm Tresen an der Wand. Der Rahmen barock und abgestoßen. Das könnte fast ein Fattori sein. Das ist ein Fattori! *Gio. Fattori* unten rechts, keine Jahreszahl, wie es typisch für die frühen Bilder ist. Der Druck auf Martins Zwerchfell hat sich vervierfacht. Das wissen die nicht, geht ihm durch den Kopf, mach ein Pokergesicht.

»Ist hübsch, das Bild da«, sagt er leichthin. »Ich sammle Kühe. Verkaufen Sie's mir?«

»Das da?« Die Bedienung dreht sich nicht einmal um nach dem Bild. »Das hängt schon immer da.«

»Muß ja nicht, ich nehms Ihnen gern ab.«

»Da muß ich den Chef fragen.«

Zum Glück sprechen die Deutsch hier, denkt er, das hätte auf Französisch nie so echt geklungen. Er atmet tief und leise ein und wieder aus. Die Bedienung ist verschwunden. Vier Atemzüge später tritt sie zusammen mit einem drahtigen Mann aus der Küchentür. Der Mann wischt sich die Hände an einer blauen Schürze ab und folgt mit den Augen einem Fingerzeig der Kellnerin, erst auf Martin und dann auf das Bild.

»Das da wollen Sie kaufen?«

»Mhm.«

»Ist es denn was wert?«

»Das weiß ich nicht«, sagt Martin, »aber hübsch ist es wohl. Ich sammle Kühe.«

»Eine echte können Sie auch haben«, sagt der Wirt und lacht. »Was wollen Sie mir denn geben für das Bild?«

Vorsicht, denkt Martin, biete ich zuviel, dann hält er mich für einen Händler. »Dreihundert«, sagt er leichthin.

»Franc?«

»Ja, sicher.«

»Aber hören Sie«, der Wirt scheint Freude an dem Handel zu bekommen, »soviel kostet doch der Rahmen. Sind Sie Antiquitätenhändler?«

»Aber nein. Ich laß den Rahmen da. Mir gehts nur um die Kühe.«

»Ja, den müssen Sie aber schon mitnehmen. Den kann ich nicht mehr brauchen. Da häng ich einen Spiegel auf, einen größeren, sonst muß ich die ganze Wand streichen. Dreihundert Mark. Das kostet schon der Spiegel.«

»Na ja«, sagt Martin und zieht sein Geld heraus. Im Portemonnaie sind zweihundertfünfzig Mark und ein Hundertfrancschein. Das hält er dem Wirt mit fragenden Augen hin.

»Na, meinetwegen«, sagt der und hebt belustigt die Brauen. »Nehmen Sie's mit.«

Martin dreht das Bild in den Händen und zeigt seine Freude. Jetzt ein skeptisches Gesicht zu ziehen, wäre falsch. Er verdankt seinen Erfolg der Maske des verliebten Marginaliensammlers.

Der französische Grenzbeamte winkt ihn durch, und der Schweizer ist nur am Verkauf einer Vignette interessiert. Was sollte ein Deutscher auch in diese Richtung schmuggeln außer Geld?

In Basel nimmt er den erstbesten Parkplatz, direkt hinter dem Schweizer Bahnhof. Gündlingerstraße, ist notiert, denkt er und geht durch die lange Unterführung zum Taxistand. Den Fattori läßt er im Kofferraum liegen.

Ein Herr Meurer eröffnet ihm, die Summe von achtundneunzigtausendsiebenhundertfünfunddreißig Franken und zwölf Rappen solle laut Verfügung seines Vaters nur ihm oder einem blutsverwandten Nachkommen ausgehändigt oder überschrieben werden.

»Ausgehändigt«, sagt Martin.

In einer Plastiktüte, die Herr Meurer im Hause aufgetrieben hat, trägt Martin seinen Reichtum zur übernächsten Bank.

Eine Viertelstunde später besitzt er dort ein Konto und zwanzig Euroschecks dazu. Danke, Papa, denkt er, ich wußte gar nicht, daß du etwas für mich übrig hattest.

Er hat an der Grenze gewechselt und jetzt nur noch Franken in der Tasche. Was nun? Reich sein? Wie geht das? Was tut man mit so viel Geld? Er braucht nichts. Aber wie Sekt zu Silvester gehört Kaufen zum Geld. Er streift unschlüssig um die Auslagen eines Kaufhauses, bis er ein Jackett findet, das ihn angenehm verändert. Verändern ist gut, denkt er beim Bezahlen und schärft seinen Blick für Accessoires.

In einem Coiffeurladen bittet er die junge Frau: »Machen Sie es so, wie Sie mich schön fänden.« Das ist ein kleiner Flirt und macht Spaß.

Jetzt brennt die Lunte. Er sieht weiche, teure Schuhe und kauft sie. Und jetzt? Nein, keine Uhr. Aber ein Hemd und ein hellbrauner Aktenkoffer. Die Verwandlung ist perfekt. Jeder beiläufige Seitenblick in ein Schaufenster zeigt ihm nun einen Fremden, den keiner seiner Freunde wahrnähme. Vor allem Anne nicht.

Auch sein Auftreten hat sich verändert. Als er eine Galerie betritt, um zu fragen, wo man ein Bild schätzen lassen könne, ist sein Ton selbstbewußt und fordernd. Kein Zögern, keine Bitte, kein Lächeln in der Stimme und keins auf dem Gesicht. Und prompt hat der Galerist etwas Serviles im Benehmen, das Martins Lust, sich herrisch zu gebärden, noch verstärkt. Geld, denkt er, ist notiert. Es mindert tatsächlich die Beißhemmung.

Mit nichts weiter als der Adresse eines Versteigerungshauses im Aktenkoffer geht er zurück zum Bahnhof. Unterwegs kauft er ein Buch. Bis er beim Wagen angekommen ist, hat er den Koffer fast gefüllt. Mit einem Kugelschreiber, einem ledernen Notizbuch, einer Stange Zigaretten und einem schlanken silbernen Feuerzeug. Schöne Dinge, denkt er, jetzt bin ich einer, der schöne Dinge hat.

Das Versteigerungshaus ist geschlossen. Martin geht, das Bild unterm Arm, zur Bank zurück. Auf einmal ist ihm unwohl. Ein Original-Fattori, einfach so herumgetragen, muß doch Aufmerksamkeit erregen. Aber niemand, dessen Blick er zu entschlüsseln versucht, wirkt erstaunt. Trotzdem hat er ein Gefühl, als ob das Bild vibriere.

Als es endlich im Schließfach liegt, fühlt er sich wohler. Aber wieder hat er ein Ziel weniger, und wieder steht er unschlüssig auf der Straße. Ich habe Geld, denkt er, ich bin verändert. Aber ein bißchen mehr Selbstsicherheit und teures Zeug, ist das der ganze Unterschied?

Es ist Nachmittag, halb vier, ein sonnig blauer Tag, ringsumher nur hübsche, zufriedene Schweizer, und er steht mittendrin. Daß er jetzt einfach wählen kann, müßte großartig sein, und er nimmt sich vor, diesen Zustand auszukosten. Aber es ist nur eine Entdeckung, eine Information, ihm von irgendwoher zugeflogen, eher ein Gedanke als ein Gefühl. Kein Sensorium in seinem Körper ist dafür geschaffen, ein Wissen wie dieses zum Gefühl zu wandeln. Zu genießen ist da nichts, wenn er nichts tut.

Campari, was denn sonst, geht ihm durch den Kopf, als er sich in ein Straßencafé setzt. Schon glücklich will er sich jetzt nicht mehr nennen. Eher leer. Neutral. Mit ausgestrichener Vorgeschichte. Wie neugeboren. Daß man solche totbenutzten Formeln auch noch selber denkt. Wie neugeboren, so ein Scheiß. Aber was soll ich anfangen? Ich kann wählen, ich steh im Freien, ich habe die Augen geöffnet, und niemand schubst mich, zieht mich oder will etwas von mir. Irgend etwas werde ich tun. Aber was? Der Campari wird vor ihn auf den Tisch gestellt, ein Kassenbon diskret daruntergeschoben.

Die Gegend ansehen, denkt er, das ist schon mal nicht die schlechteste Idee. Mich an den Gedanken gewöhnen, daß meine Vergangenheit vorbei ist, und beschnuppern, was die Gegenwart mir bietet. Und die Kühle des nächsten Hotelbettlakens genießen. Den Fattori verkaufen. Und weitersehen. Zuckt da was? Zuckt da irgendein Gefühl, ein anderes als das Hochgefühl der letzten Tage, über meinen Solarplexus hinweg? Nein. Da zuckt nichts. Als eine Gruppe von Straßenmusikanten sich in der Nähe aufbaut, denkt er, genieß es, du bist frei, aber als sie »The Boxer« anstimmen, bezahlt er und geht.

War der Reiz des Neuen schon verflogen, oder lag es am Hotel, daß die Nacht in Basel ungewöhnlich trist war? Er freute sich weder an der Berührung mit der Bettwäsche noch an der dezenten Zuvorkommenheit des Portiers. Und vor dem Fenster erklang kein Konzert mehr. Es waren nur Geräusche.

Lag es daran, daß er vorher im Kino gewesen war, und das wirkliche Leben danach nur noch blaß und wie eine schlechte Kopie wirkte? Keine Kopie des Films, nein, eine von irgendwas, dessen Original er nicht einmal kennt. Oder lag es daran, daß er sich überlegte, eine Frau zu kaufen, sich dann aber weder dazu durchringen noch selber ernst nehmen konnte? Eine Frau kaufen. Schon die Formulierung, in der ihm der Gedanke zu Bewußtsein kam, war lächerlich. Und wie hätte er bezahlt? Mit einem Euroscheck? Eine Frau kaufen. Waren das die Kitschphantasien eines neureichen Versagers? Aber dann dachte er, wieso mach ich mich schlecht? Warum sollte ich mich lächerlich finden, wenn ich etwas ausprobiere, das meinen Freunden nicht gefiele? Ich brauche mir keine Zensuren zu geben, kann tun, was ich will. Aber will ich? Er drehte sich im Kreis und hoffte, daß ihm endlich schwindlig würde. Was rede ich eigentlich immer von Freunden, hörte er die eigene Stimme im Kopf, welche Freunde denn? Wann jemals hatte ich Freunde?

In der Altstadt fand er ein paar Gassen, die nach Rotlichtviertel aussahen, aber die stumpfen Gesichter der Männer und der Anblick einer besinnungslos betrunkenen Frau ließen ihn schnell wieder umkehren. Ich kenne mich hier nicht aus, sagte er sich, ich weiß nicht, wie das geht, und heute ist nicht der Tag, um den Parsival zu spielen.

Jetzt am Morgen ist der Himmel grau, und kleine Windstöße blähen die Verpackung des Bildes, als Martin wieder vor dem Versteigerungshaus steht.

»Hat es einen Herkunftsnachweis dafür?« fragt der Mann im Office. Also ist es echt.

Der Mann ist unfreundlich, seine Skepsis offensichtlich, und Martin denkt, sicher einer, der die Kunst liebt, aber nicht ihre Verkäufer.

»Nein«, sagt er, »es gehört mir. Ich habs gekauft.«

»Das ist mir zu unsicher. Ohne Herkunftsbescheinigung wird unser Haus das Bild nicht versteigern. Nachher stammt es noch aus einem Diebsgut.«

Brüsk nimmt Martin das Bild an sich und schlägt es wieder ein: »Was ist es wert?«

»Ja, dreißig- oder vierzigtausend, vielleicht auch fünfzig können Sie dafür schon erlösen. Ein italienisches Museum, vielleicht das in Florenz, bezahlt schon einmal soviel. Die sind dort stolz auf den Fattori.«

»Danke«, sagt Martin und geht.

»Wiederluege«, murmelt der Mann, und es klingt fast freundlich, so, als spräche er nicht Martin damit an, sondern das Bild.

Eine Herkunftsbescheinigung, was soll denn das beweisen? Irgendein Zettel mit irgendeiner Unterschrift. Der Mann ist nicht ganz dicht.

Der Galerist vom Vortag bietet ihm zwanzigtausend. Italienische Realisten hätten nicht gerade Konjunktur, und er könne höchstens ein Museum dafür interessieren, und die wiederum hätten keine großen Etats. Nach einigem Hin und Her sind sie bei fünfundzwanzig angelangt, und Martin wartet, bis das Geld von der Bank geholt ist. Vielleicht bin ich dumm, denkt er, wenn der mir fünfundzwanzig gibt, erwartet er noch mal soviel. Der denkt doch, ich will das Bild aus einer Scheidung oder Konkursmasse retten und bin deshalb mit jeder Summe zufrieden. Aber er will auch weg aus Basel und auf keinen Fall mit dem Bild im Kofferraum, denn in Wahrheit gehört es ihm nicht. Er hat es dem Wirt abgeschwatzt. Es ist fast ein Diebsgut.

Bei der Bank zahlt er zehntausend ein und legt achtzigtausend fest. Mit vierteljährlicher Kündigung. Das bringt Zinsen und wird seinen Leichtsinn bremsen.

Wieder durch das Elsaß fährt er diesmal nach Norden, denn am Morgen hat er sich für London entschieden. Er sucht das Städtchen von gestern und fährt die Strecke in Gegenrichtung. Als er das Café gefunden hat, schämt er sich einzutreten und kauft statt dessen im Laden gegenüber einen Briefumschlag. Dahinein legt er dreitausend Franken und gibt ihn der Bedienung für den Wirt.

Bevor sie noch im Haus verschwunden ist, hat er den Wagen gestartet und fährt. »Nach England«, sagt er, »ich zeig dir mal den Linksverkehr.« Der Wagen brummt.

Jetzt nicht, denkt er, als ihm die Kathedrale von Reims einfällt, und Paris kommt auch ein andermal dran. Er fährt bis Rouen, dort fällt er, ohne zu essen, todmüde ins Bett. Im Mund einen schlechten Geschmack von all den Süßigkeiten unterwegs, aber er putzt sich nicht einmal die Zähne.

Was er am anderen Morgen von Rouen sieht, verlockt ihn nicht zum Bleiben, und auch die Straßen von Le Havre führen direkt zum Fährhafen, wo er sich gleich ans Ende der kleinen Warteschlange stellt.

Das Fährschiff legt an, und das eben noch gelassene Dösen der Fahrer löst sich auf in laute und erwartungsvolle Betriebsamkeit. Kofferraumdeckel werden zugeschlagen, Fenster hochgedreht, Zigarettenstummel weggeworfen und Stereoanlagen leiser gestellt. Und wenn in einem der Autos, die jetzt ihre Motoren anlassen, eine Bombe liegt? Vor jedem Tunnel und in jedem Fahrstuhl huschen ihm solche Gedanken durch den Kopf. Ein Knall, Schreie, Qualm, die Leute springen von der Reling, und vom Ufer tuckern viel zu langsam Feuerwehrschiffe heran; die Fähre kippt, und Blech und Leben, alles, was nicht vorher schon herausgeschleudert wurde, reißt einander brüllend in die Tiefe.

Er startet den Motor und schert aus der Reihe. Brummt der Wagen ärgerlich, oder hört er nur sich selbst, als er sagt: »England sehn wir uns ein andermal an«?

Zum dumpfen Zischen der überholenden Autos denkt er sich Geschichten aus: Die Bombe explodiert, und er ist tot. Die Bank zieht nach Jahren sein bis dahin stattlich angewachsenes Vermögen ein, weil sich kein Blutsverwandter mehr finden läßt. Er stellt sich seinen Tod vor, stellt sich vor, er wird vom Schiff geschleudert, und beim Atemholen ist da nur noch Wasser. Aber diese Geschichte gibt nicht viel her. Auch nicht, als er sich Annes Gram an seinem Grab dazu denkt. Er kichert. Ihm fällt ein, daß dies ein Tagtraum seiner Kindheit war. Ihr werdet schon sehen, was ihr an mir hattet. Nein, sagt er laut, darüber sind wir doch schon weg, und winkt dem Schild »A bientôt à Le Havre.«

Viel besser gefällt ihm die zweite Geschichte: Er hätte die Fähre aus irgendeinem Grund noch vor der Abfahrt verlassen und ihren Untergang vom Ufer aus mitangesehen. Er gälte für tot, sein Wagen würde irgendwann geborgen, Anne kassierte seine Lebensversicherung, und jeder Anflug von Trauer ginge einher mit Freude über das viele Geld. Also schämte sie sich dieser Freude, und ihr Volker fände sie abends immer öfter mürrisch und unzugänglich in seinem trauten Heim. Schließlich verließe sie ihn und lebte von der Versicherungsprämie. In Saus und Braus und mit schlechtem Gewissen.

Diese Geschichte ist mit ihrer strafenden Moral nicht weniger kindisch als die vorhergehende, aber sie unterhält ihn bis weit südlich von Lyon.

Dann denkt er sich aus, was er mit seinem neuen Leben anfinge. Sollte er Anne als Geist erscheinen? Oder den unsichtbaren Mäzen spielen? Ihr alle Bilder abkaufen? Durch einen Strohmann natürlich. Erpressen wäre auch nicht schlecht. Er brauchte nur zu warten, bis sie zuviel von dem Geld verbraucht hätte. Dann wieder auftauchen und den Rest von ihr verlangen. Und monatliche Zahlungen von, sagen wir mal, tausend Mark. Natürlich konnten sie das Geld auch teilen, aber diese Variante barg keinen Schaden für Anne. »Tot zu sein bedarf es wenig«, singt er, sich durch den Stoßverkehr zum Zentrum von Valence vortastend, »und wer tot ist, ist ein König.«

# 27.

Es regnet schon den dritten Tag. Eigentlich ein Wetter für die Sixtina, aber er schiebt den Besuch auf und setzt sich statt dessen in das einzige geheizte Lokal, das er kennt. Rom, diese braune, schwere Stadt, hat sich in etwas dem Inhalt eines Mülleimers Ähnliches verwandelt durch die Nässe, die nun Tag für Tag herabfällt, und in Babingtons Tea Room an der spanischen Treppe läßt sich die Tristesse noch am leichtesten ertragen.

Während der ersten fünf Tage hat er sich treiben lassen. Einfach so, der Nase nach, vom Frühstück bis zur Müdigkeit. Dann begann er, den Reiseführer zu studieren, aber noch bevor er sich die Vatikanischen Museen, die Engelsburg, die Caravaggios und Berninis ernstlich vornehmen konnte, kam dieser Regen über alles und verwandelte die Stadt in eine Kloake. Also kaufte er einen Regenschirm, deckte sich bei Herder mit Büchern ein, vertrieb die Zeit mit Lesen in Cafés und sah sich hin und wieder um nach Stimmen und Gesichtern.

Immer wieder hatte sich Rom in seinen Alpträumen ausgebreitet. Und in Le Havre hatte der Einfall, die Fähre könne sinken, schon genügt, um die Schnauze seines Wagens in die Richtung zu lenken, aus der sie dann wie magnetisch angezogen wurde. Jetzt lauscht er dem Regen an den Fenstern, den Geräuschen des Tea Rooms, dem Summen der Stimmen und Klappern von Geschirr, und auf der Alptraumleinwand läuft ein alter Film:

# 1.

Einstweilen sollte dieser Job nur den Taxischein finanzieren, aber Modell zu sitzen für die Malstudenten gefiel ihm so gut, daß Martin sich vornahm, es weiterhin zu tun. Nicht nur, weil ihm diese werdenden Künstler, die so aufmerksam und mühevoll um die Erfassung seiner Gestalt rangen, viel interessanter erschienen als die Bekannten, die er bisher seine Freunde genannt hatte, sondern auch, weil er bald ein gefragtes Modell geworden war und das in dieser Nachfrage enthaltene Lob ihm gefiel. Er hatte anderen Modellen etwas voraus, was über die Bereitschaft, sich in jede Pose kommandieren zu lassen, hinausging: Er konnte stillhalten. Eine Stunde, manchmal länger, verharrte er in Stellungen, die anderen alle zehn Minuten eine Pause abgenötigt hätten. Er konzentrierte sich und fiel in eine Art von Trance. Wenn die Zeit um war oder die Studenten einen Posenwechsel wollten, mußte man ihn regelrecht aufwecken.

Die Studentin, die da so vorsichtig an seinem Knie rüttelte, war ihm unbekannt. Entweder war sie zum erstenmal hier, oder er hatte schon lang nicht mehr in die Gesichter der Zeichnenden geschaut. Näher lag die zweite Möglichkeit, denn es war Anfang Juni und mitten im Semester. Sie war zart und nicht sehr groß, und das einzig Auffällige an ihr waren wasserblaue Augen, deren Blick sich auf keinen Punkt einzulassen schien. Ununterbrochen bewegten sich diese Augen, so als müßten sie den Raum ausmessen wie die Peiltöne einer aufgeregten Fledermaus. Nur hin und wieder streiften sie ihn, als prüfe sie, ob er noch bei der Sache war.

Sie bat um eine andere Pose. Er sollte sich breitbeinig hinsetzen, den Kopf senken und die Arme rechts und links an sich herabfallen lassen. Er tat, was sie verlangte, und wollte schon wieder in seiner Versenkung verschwinden, da spürte er die Berührung ihrer Hand. Sie korrigierte an seiner Haltung, schob seine Beine etwas weiter auseinander, und was er nie gefürchtet hatte, jetzt geschah es: Das Kitzeln ihrer Finger an den Innenseiten seiner Knie, das Auseinanderbewegen seiner Beine und ihr Blick, das alles zielte so direkt in seinen Schoß, daß er sich spürte. Er versuchte, auszusteigen aus der Aufmerksamkeit auf dieses noch kleine, zuckende Sichregen, versuchte, sich auf irgend etwas zu konzentrieren, aber nichts fiel ihm ein, und er entkam dem Pulsieren und der Spannung nicht mehr, so breit und offen, wie er dasaß, unverfehlbar für diese und fast alle anderen Augen. Er hoffte, sie hätte nichts bemerkt, und verlangte hastig eine Pause. Ohnehin müsse er heute leider früher Schluß machen. Er schloß die Beine und griff in Panik nach seinen Jeans, verzichtete auf die Unterhose, denn jetzt ging es um Sekunden. Ein schneller Blick in die Runde zeigte ihm, daß zwei Studenten grinsten, und er war sich sicher zu erröten, als er die Unterhose einfach in die Jackentasche stopfte.

Er mußte das Mädchen wohl wütend angesehen haben, denn auf einmal hielten ihre Augen still und sahen ihn direkt an. »Entschuldige«, sagte sie so leise, daß die anderen es nicht hören würden.

# 28.

Babingtons Tea Room ist nur spärlich besetzt. Es fehlen die Damen, die sich bei schönem Wetter aus ihren teuren Schalen winden und Trauben von Taschen mit Aufschriften der umliegenden Geschäfte neben ihre Stühle stellen, um sich dann bei einem Imbiß über ihre Söhne und Töchter zu unterhalten. Nur ein harter Kern sitzt heute hier. Heimwehkranke Engländer rascheln mit großformatiger Lektüre, und andere Ausländer, allesamt wohl schon länger in der Stadt und aus ungeheizten Räumen in diese schallgedämpfte Oase geflüchtet, lassen sich trösten von der exterritorialen Aura dieses Ortes.

Den Mann, der da eben, seinen Mantel überm Arm, nach einem freien Haken an der Garderobe sucht, kennt Martin aus der Buchhandlung Herder, wo sie sich vor einigen Tagen ein kleines Rennen lieferten. Eine Sekunde zu spät war der andere auf das letzte Exemplar des neuen Le Carré aufmerksam geworden, und sein enttäuschter Blick fixierte Martins Hand. Martin, der sich grundlos im Unrecht fühlte, hielt ihm das Buch hin, aber der Mann zeigte lachend seine Handflächen und trat mit dieser Geste einen halben Schritt zurück. »Nein, du warst ja zuerst dran. Ich frag, ob sie's noch am Lager haben.«

In fließendem Italienisch wandte er sich an eine Verkäuferin, aber die schüttelte den Kopf, machte eine ähnliche Gebärde wie er und sagte etwas von einer oder zwei Wochen, die es dauern könne. Martin fühlte sich, als habe er eine Kostbarkeit errungen.

Jetzt liegt das Buch neben ihm auf der Bank. Vor zehn Minuten ausgelesen. Er nimmt es hoch, winkt damit und ruft durch den Raum: »Ich leihs dir aus!«

Einige Augenpaare richten sich auf ihn, und der Mann kommt lächelnd her. »Ehrlich?«

Er wirft seinen Mantel über eine Stuhllehne und fragt: »Darf ich?«

Er muß in Martins Alter sein, hat ein angenehmes, spitzes Gesicht und kurzes, früh angegrautes Haar. Er nimmt das Buch von der Bank und liest den Klappentext. »Ich heiße Manfred.«

»Ich nicht.«

Beide lachen. Der Mann mit der Spur eines Verdachts, Martin könne eine lästige Stimmungskanone sein und die Idee, mit ihm zu reden, ein Fehler. Martin selbst ist verblüfft, denn einen Augenblick lang hat er wirklich seinen Namen nicht gewußt. Die flapsige Antwort war nicht als Witz gemeint gewesen.

»Aber Martin«, sagt er, »was fast aufs gleiche rauskommt.«

»Stimmt«, sagt Manfred, »und Christian und Peter und Thomas und Michael. Die fünfziger Jahre. Und unsere Töchter heißen Anna, Julia und Saskia.«

»Hast du Töchter?«

»Eine. Und einen Sohn.«

Martin sieht ihn fragend an.

»Julian«, lacht Manfred, »und Saskia. Anna fehlt noch in der Sammlung.«

Manfreds Mißtrauen muß verflogen sein, denn ohne Stocken kommen sie ins Gespräch. Martin lügt: Er schreibe ein Buch und sei deshalb hier in Rom, um sich ohne Alltag und Telefon auf den Text zu konzentrieren. Er weiß nicht, weshalb er lügt, es kommt einfach so heraus; er hört sich selber zu und findet in Ordnung, was er da zusammenphantasiert. Vielleicht, weil er eigentlich tot sein könnte? Wenn die Bombe an Bord gewesen wäre.

Manfred kommt aus Süddeutschland, illustriert Kinderbücher und lebt mit seiner Familie seit zwei Jahren hier. Seine Frau ist Malerin, und seine Tochter geht auf die deutsche Schule. Martin gibt ihm die Adresse der Pension, damit er das Buch irgendwann zurückbringen kann. »Aber keine Eile«, sagt er noch, als Manfred sich verabschiedet, ohne etwas bestellt zu haben. Es regnet nicht mehr.

In einem kleinen Park hinter dem Quirinale, als die Abendsonne durch die Wolken bricht und ihre Strahlenbündel die milchigen Schwaden aufsteigender Feuchtigkeit durchschneiden, so daß die nassen Zweige glitzern, findet sich Martin wenig später an einen Papierkorb gelehnt, wo er dem Impuls, sich zu krümmen, widersteht, weil ihm eine Trauer durch die Eingeweide rast, die nicht zu unterscheiden ist von körperlichem Schmerz. Vom Zwerchfell bis in die Knie breitet sich eine Schwäche aus, die sich anfühlt wie eine Gliederfüllung nasser Watte. Er steht fassungslos und wartet.

Langsam läßt das Gefühl nach, ohne daß sich irgendein Bild oder Gedanke dazu eingefunden hätte. Er probiert verschiedene Anblicke in seinem Innern, um zu sehen, ob einer zu dem Schmerz paßt. Anne? Nein. Heimweh? Er weiß, daß Heimweh sich so bemerkbar machen kann, aber als er den Blick aus dem Küchenfenster auf die kleine Gasse an der Grindelallee heraufbeschwört, rührt sich nichts. Kein Heimweh also. Er stößt sich vom Papierkorb ab und geht. Die Schwäche ist noch da, und wie bei einer schweren Melancholie ist ihm alle paar Schritte zumut nach einem abgrundtiefen Seufzer.

## 2.

Direkt aus dem Aktsaal ging er ins Büro der Sekretärin und kündigte. Unauffällig versuchte er, die von der eingesteckten Unterhose ausgebeulte Jackentasche flacher zu klopfen. Es ging nicht. Auf die erstaunten Fragen der Sekretärin antwortete er ausweichend und allgemein, nannte private Gründe und sah aus dem Fenster. »Schade«, sagte sie und gab ihm sein letztes Honorar.

Sie hatte recht, es war schade. Schade um das Geld und schade um die stillen Stunden, die er nun nicht mehr im Zeichensaal verträumen konnte, schade um das Schweigen der Zeichnenden, das Rascheln ihrer Blätter, das Scharren und Reiben der Stifte und Kreiden. Und schade vor allem um die Verbindung, die er manchmal zwischen sich und den rings um ihn Gruppierten zu fühlen geglaubt hatte. Aber schade hin oder her, mit einer Erektion sitzt man nicht Modell. Und jetzt, da es einmal fast geschehen war, konnte er nie mehr sicher sein. Er brauchte sich nur davor zu fürchten. Und das würde er. Das stand fest.

Am Abend stand sie vor seiner Tür. In der Hand zwei Dosen Bier und eine große Margerite, deren Blüte noch nicht vollständig aufgegangen war.

»Was ist denn das?« fragte er, noch bevor er richtig erstaunt sein konnte.

»Blume«, sagte sie und drängte sich in den Türspalt wie ein Vertreter, der den Moment der Unsicherheit nicht verpassen will, in dem seine einzige Chance auf Einlaß besteht.

Verblüfft ließ er sie vorbei. Sie betrat die Wohnung, drehte sich einmal um die eigene Achse und stellte dann die Bierdosen auf dem Tisch ab. Im Vorübergehen hatte sie ihm die Blume gegeben, und er hielt sie automatisch an die Nase. »Die stinkt«, sagte er.

»Das tut man als Margerite. Das ist ihre Art, sich zu wehren. Statt Dornen vielleicht.«

»Ich trinke kein Bier.«

»Ich schaff auch zwei. Krieg ich ein Glas, oder sagst du mir, wo die Küche ist?«

Er nahm Gläser aus dem Schrank und eine halbvolle Flasche Rotwein, während sie den Fernseher ausschaltete, vom Tisch hob und in eine freie Zimmerecke stellte.

In dem Stapel Zeitschriften, den er aufnahm, um ihn irgendwo zu verstauen, lag auch ein Playboy, und er hoffte, sie möge den Titel nicht erkennen, aber sie sagte »Ach, na so was«, fiel ihm in den Arm, zog das Heft, ausgerechnet dieses, heraus, blätterte darin und legte es ihm aufgeschlagen hin. Da war sie! Auf zwei Doppelseiten! Nackt, halbnackt, bis fast zur Unkenntlichkeit frisiert, geschminkt und in harmlos-koketten Posen erstarrt. Natürlich kannte er die Bilder. Aber sie hätte er niemals erkannt. Er wußte nicht, was er sagen sollte.

»Und«, fragte sie leichthin, »bist du ein Verehrer von mir?«

Er stotterte und hätte nichts lieber getan, als diese Bilder gleich gründlich zu studieren. »Nein«, sagte er und suchte nach weiteren Worten. »Also doch, natürlich, ich hab dich nicht erkannt. Im Zeichensaal, mein ich.«

»Ich erkenn mich auch nicht auf den Bildern«, sagte sie und schlug eine Seite um, »aber ich gefalle mir. Hier, auf dem da gefall ich mir gut.«

Jetzt mußte er hinsehen, und sein Kopf kam ihrem so nah, daß er glaubte, den Geruch ihrer Haare einzuatmen. Sicher war er nicht, denn sein Gesicht war heiß und er vielleicht zu durcheinander, um Sinnesbotschaften eindeutig wahrzunehmen. »Hm«, sagte er nur.

Sie knuffte ihn in die Seite und sagte: »Du bist ja verlegen.« Dann schlug sie das Heft zu und legte es auf den Zeitschriftenstapel, den er noch immer in den Händen hielt.

Sie goß Bier in ihr Glas, spülte die Dose im Waschbecken aus, füllte sie mit Wasser und stellte die Margerite hinein. Während er die Zeitschriften ins Regal schob, schenkte sie ihm Wein ein und hielt das Glas vor sein Gesicht.

»Wieso machst du so was?« Er hätte sich gleich auf die Zunge beißen können, so blöd war diese Frage. Aber jetzt konnte er nicht mehr zurück. »Ich meine, Fotos für den Playboy. Das paßt irgendwie nicht.«

»Zu mir?«

»Ja, machen das denn nicht Friseusen, die auf eine Filmkarriere hoffen? Oder den Durchbruch als Model?«

»Nicht nur, nein«, sagte sie ruhig, aber da war etwas Forschendes in ihrem Blick. Eine Weile sah sie ihn so an, dann nahm sie einen großen Schluck: »Du findest das doch nicht etwa anrüchig oder so was in der Richtung?«

»Nein.« Er hätte sich ohrfeigen können für den beflissenen Ton seiner Stimme. »Es ist nur irgendwie seltsam, daß Frauen wie du das tun.«

»Aber daß Männer wie du es ansehen, findest du nicht weiter seltsam, oder?«

Ihm war nicht danach, das Thema zu vertiefen, und jetzt ärgerte ihn auch noch ihr triumphierender Ton. Er fühlte sich durchschaut.

»Es ist auf jeden Fall nicht sehr feministisch«, sagte er.

»Und?«

Noch war er unsicher, ob sich ihr inquisitorischer Tonfall schon geändert hatte oder ob er nur darauf hoffte, da fügte sie mit leiserer Stimme und einem vagen, desinteressierten Blick aus dem Fenster hinzu: »Vielleicht magst du ja das an den Bildern. Daß sie nicht sehr feministisch sind.«

Sie sah noch immer aus dem Fenster, und er setzte sich und sagte: »Vielleicht. Unter anderem. Ich geb's zu. Und daß ich durcheinander bin.«

## 29.

Der Anfall von Trauer, oder was auch immer das vor einigen Tagen im Park vor dem Quirinalspalast gewesen sein mochte, hat sich nicht wiederholt. Seit gestern scheint die Sonne, und Martin streunt durch die Straßen und versucht, aufgeschnappte Wörter in seinem kleinen Lexikon zu finden. Außer wenn er Bestellungen aufgibt oder etwas kauft, spricht er kein Italienisch, aber er reimt sich schon manchen gehörten Satz zusammen und hat das Gefühl, so nach und nach etwas mitzubekommen von dem, was um ihn her gesprochen wird. Er sieht sich hin und wieder amerikanische Filme mit italienischen Untertiteln an und entziffert die Überschriften der Zeitungen.

Vorgestern brachte Manfred das Buch zurück und lud ihn zur Party einer Freundin ein. »Du bist einsam«, sagte er, »Anschluß an die deutsche Gemeinde tut dir gut.« Das stimmt. Martin fühlt sich fehl am Platz. In Rom zu sein, ist nicht der Sinn des Lebens. Irgendwas fehlt. Aber was? Er hat keine Ahnung. Jedenfalls nicht Anne.

Auf dem Klingelschild steht der Name Brauckner, aber die Frau, die ihm öffnet, sieht so italienisch aus, daß Martin sagt: »Buona sera, Signora, sono un amico di Manfred.«

»Si, si, bene, kommen Sie rein«, erwidert sie lächelnd. »Ich bin Franca. Für heute abend sind Sie vom Unterricht befreit. Sie dürfen wieder Deutsch reden.«

»Martin«, sagt er und folgt ihr in eine geräumige

zweigeschossige Wohnung. Manfred ist nicht unter den Gästen, und Franca stellt ihn niemandem vor. Vielleicht weiß sie nicht wie, vielleicht reicht es in diesem Kreis auch nicht, einfach nur ein Freund von Manfred zu sein. Sie bringt ihm ein Glas Wein, und er nimmt das nächste Türklingeln zum Anlaß, sich auf die Terrasse zu verdrücken. Um nicht arrogant zu wirken, studiert er den Ausblick auf den Hinterhof und nicht die Gäste, die er durchs Fenster sehen könnte.

»Was für ein Buch schreiben Sie denn?« Franca ist mit einer anderen Frau herausgekommen, die sie, ohne seine Antwort abzuwarten, als Sharon aus Australien vorstellt. Es klingelt erneut, also antwortet er Sharon auf Francas Frage, er habe bisher kein Wort geschrieben und sei sich auch nicht sicher, ob er je anfange. Er denke einstweilen nur über die Geschichte nach.

Sie fragt höflich und in gutem Deutsch, wovon die Geschichte denn handeln solle und ob das sein erstes Buch sei. Wenn er es überhaupt schreibe, sei es das erste, erklärt er, und handeln solle es von einer Künstlerin, der übel mitgespielt werde. Aber mehr wolle er nicht sagen, genaugenommen wolle er überhaupt nicht über ein ungeschriebenes Buch reden. »Und was führt Sie nach Rom?«

»Ich besuche Freunde«, sagt sie, »die werden auch kommen. Wir sind verabredet hier.«

Eine Zeitlang sehen sie schweigend auf den Hinterhof, bis die Terrassentür wieder aufgeht und Gäste herauskommen, die sich angeregt über irgendeinen Skandal unterhalten.

»Wie gefällt Ihnen Rom?« fragt Sharon.

»Sehr«, sagt er, »es ist die schönste Stadt.«

»Die Sie kennen.«

»Richtig.«

»Ich liebe sie auch«, sagt sie, und es klingt ernst, so als lege sie ein Geständnis ab. »Wenn ich könnte, ich würde hier leben.«

»Warum können Sie nicht?«

»Weil ich ein Lehrer bin. Ein Universitätslehrer und mir meinen Arbeitsplatz nicht aussuchen kann.«

»Lehrerin«, korrigiert er.

»Brisbane.«

Sie lachen beide, als sie das Mißverständnis erkennen, und Sharon legt eine Hand auf seinen Arm: »Lern mich Italienisch oder was du willst, aber nicht Deutsch. Nicht in Rom.«

»Oder was ich will?«

Sie lacht wieder und drückt leicht seinen Arm. »Aber vorher mich fragen.«

»Einigen wir uns dahingehend«, schlägt er vor, »daß du mich nichts über mein Buch fragst und ich dir kein Deutsch beibringe, okay?«

»Beibringe?« fragt sie. »Was ist beibringe?«

»Mm-m.« Er schüttelt den Kopf und wackelt mit dem Zeigefinger. Sie lacht.

Sie zieht ihn an der Hand nach drinnen zu einem bunten, aber schlicht sortierten Buffet mit Käse, Antipasti und Brot. Er nimmt etwas von dem Käse und will sich Sharon wieder zuwenden, da greift eine blonde Frau nach ihrem Arm und zieht sie in ein Grüppchen. Martin ist wieder allein. Noch bevor er die rettende Terrassentür erreicht hat, ruft ihn Franca ans Telefon.

»Hör mal, ich komm nicht«, sagt Manfred. »Mein Sohn ist krank. Wir fliegen morgen nach Deutschland.«

»Schlimm?«

»Vielleicht, ja.« Seine Stimme klingt bedrückt. »Kann ich dich um was bitten?«

»Ja, sicher, was?«

»Würdest du unser Haus hüten? Und die Tiere versorgen? Die Nachbarn sind weg, ich erreiche niemanden, der mir vielleicht sein Au-pair ausleihen würde. Ich weiß echt nicht weiter.«

»Klar, gern. Was für Tiere?«

»Katze, Hund, Kaninchen. Mensch, mir fällt ein Stein vom Herzen.«

Nichts in La Giustiniana erinnert an Rom. Nicht eines der weit über die Hügel verstreuten Häuser scheint älter als zwanzig Jahre, hier gibt es keinen Autolärm, keine Touristen und, außer dem Ziegelrot und Grünbraun von Häusern und Natur, auch keine Farben.

Knapp eine Stunde nach dem Anruf stand Manfred in der Tür, und dann raste der Fiat im römischen Freistil aus der Stadt, daß Martin Hören und Sehen verging. Erst in der ländlichen Villengegend mäßigte Manfred sein Tempo und fuhr leise vorbei an Parks, hinter deren Mauern und Hecken sich rasende Hunde am Auftauchen ihres Wagens störten. Das ist nicht meine Welt, dachte Martin und grinste, weil er sich wieder beim Zensieren ertappt hatte.

War doch noch gar nicht raus, was von nun an seine Welt sein würde. Wieso nicht eine dobermannsatte Villengegend bei Rom?

Den letzten Gedanken nahm er zurück, als er die graue Dänische Dogge sah. Die konnte im Stehen das Dach des Wagens ablecken. »Keine Angst«, sagte Manfred, »der sieht nur so aus.«

Tatsächlich leckte der Hund Martins Hand und zeigte keine Feindseligkeit.

Am nächsten Morgen chauffierte er die Familie zum Flugplatz. Beim nervösen Sägen des Fiatmotors dachte er an das vertrauenerweckende Brummen seines Wagens, den er gestern, kurz vor Manfreds Ankunft, noch an Sharon ausgeliehen hatte. Sie wollte für einige Tage nach Norden, durch die Toskana und Umbrien. Ihr den Wagen anzubieten, war eine elegante Möglichkeit, sie wiederzusehen. Warum sollte er in der Garage am Stadtrand verschimmeln, wenn Martin ihm versprochen hatte, die Gegend anzusehen? Sah er sie eben mit Sharon an. Sei nett zu ihr, dachte Martin, sie war auch nett zu mir. Kannst ruhig vibrieren, wenn sie Gas gibt, Frauen mögen das. Martin wartete, aber der Zensor schwieg. Ein Fortschritt, dachte er, ganz deutlich.

Es ist heiß, die Dogge liegt im Schatten, und ihr Brustkorb hebt und senkt sich in schnellem Intervall. Das Kaninchen raschelt in seinem Stall, und die Katze schläft in einem Sonnenfleck auf der Terrasse. Nicht weit vom Haus grasen vier Kühe, und der Stimmung dieses gleißenden Vormittags fehlt nur noch der Klang ferner Glocken zum herzzerreißenden Idyll. Nichts ist zu hören außer gelegentlichen Seufzern des Hundes, Vogelgezwitscher, dann und wann Gebell und Stimmen aus der Nachbarschaft. Was hat er hier verloren? Martin legt seine Beine auf die Brüstung und versucht, ganz einfach nur dazusein.

# 3.

Sie verwandelte sein Geständnis, er sei verwirrt, nicht in eine Kapitulation. »Ach«, sagte sie, »ich weiß auch nicht. Ich hab nichts gegen die Bilder. Das bin nicht ich. Das sind nur Fotos. Sag mal, der Wein hier, wie lang steht der schon offen?«

Sie schlug vor, eine Flasche beim Portugiesen zu holen, und stand auf, noch bevor er hätte ja sagen können. Das Lokal war leer, und sie setzten sich. »Hunger hab ich auch«, sagte sie.

Sie sah, wie er an seine Hosentasche faßte, und fügte rasch hinzu: »Nein, ich. Ich schulde dir ja was.«

Die Erwähnung seines Mißgeschicks machte ihn verlegen, und er fragte schnell nach ihrer Malerei. Er selbst glaubte, nichts von Kunst zu verstehen, aber ihr schienen seine Fragen zu gefallen. Sie redete, als hätte man ihr das bisher verboten. Das, dachte er, haben sie wohl alle gemein. Für Künstler ist die eigene Arbeit das Größte.

Sie sprach von Sensationen, die niemand entdecke, der nicht in den Spalt zwischen Wirklichkeit und Abbild eindringe. Sensationen für den Geist, für die Wahrnehmung, von ihr aus auch für die Sinnlichkeit, wenn er das so besser verstehe.

»Ich verstehs auch bloß mit Geist«, warf er ein, aber er erntete nur einen flüchtig-irritierten Blick, ohne daß ihr Vortrag ins Stocken geraten wäre. Energie, erklärte sie, freischwebende Kraft und Lust gebe es, die man nur aus der Luft zu greifen brauche, um sie in diesem Zwischenraum wieder freizulassen. Dort finde alles, was Kunst bedeute, statt. Das Abbild alleine sei nichts ohne diesen Unterschied zum Original, und nicht die Summe beider ergäbe ein Kunstwerk, sondern der Platz zwischen ihnen. Oder vielmehr das, was sich an diesem Platz befinde.

Humor hat sie wohl keinen, dachte er und sagte: »Komisch, daß ich von dir ein Abbild eher kannte als die Wirklichkeit und jetzt geneigt bin, dich für das Kunstwerk zu halten.«

Sie sah ihn ebenso irritiert an wie vorher, nur weniger flüchtig, und schüttelte verständnislos den Kopf: »Die Fotos? Meinst du die?«

»Mhm.«

»Quatsch. Ich bin die Wirklichkeit. Die Fotos sind gar nichts. Und zwischendrin ist auch bloß Schminke, Geräkel und ein Fotograf, der mich rumkommandiert. Da ist gar nichts. Und ich gefalle mir ja nur, weil ich eine Fälschung bin.«

Kein Humor. Wie befürchtet. Vielleicht aber auch nur nicht bei diesem Thema. Ein andermal, nahm er sich vor, würde er es genauer wissen wollen. »Mir gefallen beide Versionen«, sagte er versöhnlich, »die Fälschung und das Original.«

Für ihn war das, was sie da redete, Künstlerlatein, wie er es schon manchmal belauscht und belächelt hatte, aber das änderte nichts an seiner Faszination. Woher die rührte, war ihm selbst noch nicht klar. Von ihren Augen, die nie stillstanden, sich immer wieder neue Haltepunkte suchten, um unverzüglich wieder ungefesselt weiterzuspringen, von ihrer Stimme, die, so leise sie sprach, etwas Sicheres, Kompaktes und Eindringliches hatte? Oder war es der Körper, den er schon so viel besser kannte? So zudringlich, herrisch und verlegen unterwürfig, wie ein Playboybetrachter die Körper nackter Frauen kennt. Ja, er sah sie nackt. Der weite schwarze Pullover und die formlos plumpe Hose konnten ihre Nacktheit vor ihm nicht mehr verbergen. Eher waren sie so was wie ein Schmuck ihrer Blöße, ein Vorhang, durch den hindurchzudenken den Reiz des Bildes noch verstärkt. Aber vielleicht rührte diese Faszination auch von woanders her. Warum nicht von der Zutraulichkeit, mit der sie ihm begegnete? Oder ihren Fingerspitzen an seinen Knien? Wann war das gewesen? Erst heute morgen?

Sonderliches Interesse an dem, was er zu erzählen gehabt hätte, war ihr nicht anzumerken. Wie aufgezogen sprach sie von sich und ihrer Kunst und ihren Plänen. Was immer er einwarf, diente ihr nur als Stichwort, und nie nahm sie eines seiner Angebote wahr. Die Leidenschaft aber, mit der sie sprach, diese Überzeugung, an der Rampe zu einer weiten Flugbahn ins Leben zu stehen und demnächst einen großen Bogen zu beschreiben, war so einnehmend, daß ihre Erregung sich auf ihn übertrug und er ihr nicht nur glaubte, sondern Feuer und Flamme für sie war.

»Schau, ich bin in Sicherheit«, sagte sie. »Ich leide nicht. Es ist alles in meiner Hand, solang ich male.«

»Kein Leiden?« fragte er.

»Keins.«

Das war Unsinn. Aber vielleicht log sie, ohne es zu wissen. Sie mußte es nicht unbedingt entdecken, sie hatte die Kunst zwischen sich und der Welt, und einen besseren Schutz schien es nicht zu geben. Aber wie lange hält so was? Sie fliegt hoch, dachte er, und tief wird sie stürzen, aber aus der Höhe verstreut sie diesen Glanz. Sie war berauscht von ihrem Flug und er von ihrem Rausch, und das vereinte sie in einem wortlosen Bündnis.

»Ich möchte deine Bilder sehen«, sagte er, aber sie ging nicht darauf ein.

Statt dessen zog sie seine Hand über den Tisch zu sich her, drehte die Handfläche nach oben und sagte: »Du bist nicht fürs Drachentöten da.«

Er wollte sich schon ärgern über die Art, in der sie ihn einfach bog und drehte, als wäre er ein Ding, mit dem man in der Luft herumwedeln kann, aber dann sagte sie noch: »Das find ich schön.« Und später, irgendwann in ihrem stetigen Reden, unterbrach sie sich und sagte erstaunt: »Ich sprech mit dir wie mit niemand sonst.« Und es klang, als höre sie sich selber dabei aufmerksam zu.

Zu mir, dachte er, nicht mit mir, aber ich habe nichts dagegen. Meinetwegen hör noch lange nicht auf damit. Ich seh dir unter die Kleider und bin Wachs in deiner Hand. Und deine Künstlerträume spielen die Musik.

In einem Jahr würde er vierzig sein und nicht viel mehr hinter sich haben als eine Kindheit wie die meisten, eine Jugend wie die meisten und ein paar längst schon an den Hut gesteckte Ziele. Er hatte sich schon fast daran gewöhnt, ein innerliches Schulterzucken beim Anblick der eigenen Blässe für normal zu halten und mit nichts weiter als Übersichtlichkeit in seinem Leben noch zu rechnen. Und einer anhaltenden, allenfalls von kleinen Schrullen durchsetzten Langeweile. Er war noch zu jung, um schon nach einem Glauben zu suchen, und schon zu alt, um seinen immer öfter aufbrechenden Sarkasmus noch für stilvoll oder elegant zu halten. Das Westentaschenformat seiner eigenen Existenz im Vergleich zur Übergröße alter Träume enttäuschte ihn nicht mehr. Bis eben, so dachte er, hatte er in Frieden mit seiner eigenen Mittelmäßigkeit gelebt.

Und auf einmal tauchte ein Mädchen von etwas über dreißig auf, faselte Künstlerdeutsch und schien ihn zu bitten, er möge sie aufs Katapult schnallen und hoch in die Luft schießen, auf eine Umlaufbahn fernab seiner ausgelesenen Gegenwart. Und irgend etwas an ihr schien ihm anzubieten, er könne sich festhalten und mitfliegen. Und nichts wollte er lieber tun als das.

Es war kurz nach elf, und sie verließen das Lokal. Bis zur Ecke ging sie mit ihm, dann faßte sie an seinen Hals und fuhr hinter sein Ohr, machte dort eine winzige Streichelbewegung und drehte sich wortlos zum Gehen. Er war vom Eindruck dieser kurzen und seltsamen Berührung noch verwirrt, als er oben in der Wohnung anlangte und ihm klar wurde, daß er nicht mal ihre Adresse wußte. Er zog sich aus und legte sich aufs Bett. Dann stand er noch einmal auf, zog den Vorhang vor und schlug den Playboy auf.

## 30.

Würde sie sich wirklich schämen, wenn sein Tod ihr Geld einbrächte? Und würde die Versicherung bezahlen? Ohne Leiche? Und wie fände er als Toter heraus, ob sie kassiert hatte? Sollte er sich als ihr Anwalt ausgeben und die Versicherungsgesellschaft anrufen, nach Hamburg fahren und um Volkers Wohnung schleichen, herausfinden, ob sie einen neuen Wagen fährt oder sich endlich das ersehnte Atelier in Eimsbüttel mietet? Er müßte sich einen Bart stehen lassen. Das hätte was. Als Toter in Hamburg herumspazieren und sorgsam alle Leute, die ihn kennen könnten, meiden.

Zwischen den Kaffees, die er sich laufend macht, und dem Buch, in dem er hin und wieder liest, denkt er sich immer weiter in die Geschichte seines fingierten Todes hinein und versucht, für jedes auftauchende Problem eine Lösung zu finden. Und wenn er wirklich versuchte, die Geschichte zu schreiben? Vielleicht hat er ja Talent und weiß nur nichts davon? Für so ausgeglichene Leute wie mich, denkt er, ist Schreiben vielleicht das Richtige.

Wenn er so nachdenkt, geht er kreuz und quer durch die fremde Wohnung, von Manfreds Atelier durch das seiner Frau, nimmt Farbtuben, Pinsel und Stifte in die Hand und dirigiert damit das Konzert seiner Gedanken. Er geht ins Bad, ins Schlafzimmer, durch die beiden Kinderzimmer und dann wieder im großen Wohnraum auf und ab. Vom Kamin zum Fenster und vom Fenster zum Kamin. Manchmal stellt sich der Hund mit einem Ächzen auf die Beine und stupst ihm den riesigen Kopf in die Hand.

Zweimal ist er spazierengegangen auf den Wegen zwischen Gärten und Häusern hindurch, aber die ständig an den Mauerrückseiten entlangtobenden Hunde verleideten ihm die Gegend. Und das Auf und Ab durch die Wohnung ist anregender fürs Nachdenken über sein »Tagebuch eines Toten«, wie er die Geschichte für sich selbst inzwischen nennt.

Jetzt nähert sich ein Motorengeräusch, und die Katze flitzt ins Haus. Martin steht auf.

Ein roter Alfa wendet schwungvoll auf dem kleinen Vorplatz, bevor ein schnurrbärtiger Mann aussteigt und die Tür zuwirft. »Manfred?« ruft der Mann, noch bevor er Martin auf der Terrasse stehen sieht.

»Der ist weg«, sagt Martin und erzählt die Geschichte von Julians Krankheit.

Der Mann krault den Hund am Ohr und sagt: »Scheiße. Große, verdammte und unpassende Scheiße.«

»Gibt's passende?« fragt Martin. Der Mann ist ihm sympathisch, wie er sein Herz so offen auf der Zunge trägt.

»Unpassender Einwurf«, sagt der, »ganz unpassend. Scheiße. So eine Scheiße.«

»Ich nehms zurück«, sagt Martin, »und mach dir zur Strafe einen Kaffee. Ja?«

»Oh ja, bitte. So eine Scheiße aber auch.«

Martin ist dankbar für die Abwechslung im Einerlei seines Haushüterdaseins. Als er mit der Tasse nach draußen tritt, schlägt der Mann theatralisch seine Faust auf die Brüstung und singt noch immer oder schon wieder dieses Mantra: »Scheiße, Scheiße, Scheiße.«

»Was ist denn so Scheiße?«

»Geld«, sagt der Mann. »Geld und Scheiße gehören zusammen. Ob du aus Scheiße Geld machst oder Geld wie Scheiße hast oder Scheiße baust, weil welches fehlt – immer Scheiße und Geld. Scheiße und Geld regieren die Welt.«

»Laß mich raten«, sagt Martin. »Du hast keines.«

Würdevoll neigt der Mann den Kopf und sagt: »Ja, oh ja, ein Mann mit Abitur. Und dabei hätte ich gleich welches, wenn Manfred nicht einfach so abgehauen wär. Bist du sicher, daß er nichts hinterlegt hat? Für Rudi? Einen Scheck oder einen Brief? Zwanzig Millionen?«

»Lire?«

»Ja, glaubst du Mark? Würd ich dann so gebraucht aussehen? Und für wen hältst du Manfred? Für einen Thyssen oder so was? Zwanzig Millionen Mark, ich glaub, ich spinn.«

»Schuldet er sie dir?«

»Nein.« Er klopft auf einen Stuhl, damit Martin sich setzt. »Ich erklärs dir. Ich hab so eine Mischung aus Antiquitätengeschäft und Galerie. Nichts Großes, aber für die Bilder gibt es ein paar gute Kunden, Sammler, und ich kenne ihre Spezialgebiete. Ich ruf sie an, wenn ich irgendwo was seh, worauf sie scharf sein könnten. Also so was wie ein Agent. Oder Makler. Kein richtiger Galerist. Ich mach auch Ausstellungen, aber nur, um Klientel ranzuschaffen. Fürs Image. Ausstellungen bringen nichts.

Ohne die Kartei könnt ich nicht mal meine Heizung zahlen, geschweige denn die Miete für den Laden. Bist du eigentlich auch Künstler oder so was?«

»Nein.« Martin muß grinsen. Das fragt der doch nur, weil er fürchtet, zu einer Ausstellung gedrängt zu werden. »Ich schreib vielleicht ein Buch.«

»Ah, alles klar. Also, jetzt kommts. Per gnädigem Zufall lauf ich in einen Nachlaß rein, und da stecken neben ein paar guten Möbeln auch Wahnsinnsbilder.

Sachen, von denen man nur träumt. Segantini, Fattori, ein Valloton und zwei – falls du verstehst, wovon ich rede, wirst du grün im Gesicht – zwei sehr schöne Skizzen von Edward Burne-Jones ...«

»Ich hab vor vier Wochen einen Fattori verkauft«, unterbricht ihn Martin.

»Ophh«, kommt es aus Rudis erstauntem Gesicht. »Also verstehst du was davon.«

»Bißchen.«

Sofort wird Martin ausgefragt, was er bekommen hat, wie groß das Bild war, die Signatur, die Jahreszahl, und als Martin alles beantwortet hat, sagt Rudi: »Sportabitur. Allenfalls. Du bist bescheuert.«

Martin zuckt nur die Schultern.

»Der Typ verdient das Dreifache, wenn er weiß, an wen er's abgibt.«

»Vielleicht weiß er's nicht«, sagt Martin, »kauf du's doch, wenn du den Abnehmer hast.«

»Den hab ich. Und ob ich den hab. Ein fanatischer Argentinier. Ruft alle paar Wochen an.«

»Ja, mach doch. Du weißt, was der Schweizer bezahlt hat, das ist doch eine gute Verhandlungsposition. Gehst grad so weit drüber, daß er was verdient. Vielleicht klappts ja. Wenn er das Bild noch hat.«

»Ja, mach ich vielleicht wirklich«, sagt Rudi nachdenklich.

»Und ich krieg die Hälfte vom Gewinn.«

»Zehn Prozent.«

»Hälfte.«

»Zwanzig.«

Martin grinst: »Ich hab die Adresse.«

Das erinnert Rudi an seine abgebrochene Geschichte: »Hör mal«, sagt er, »du kannst von ganz was anderem die Hälfte haben. Hast du Geld?« Er lehnt sich gespannt nach vorn und starrt Martin direkt in die Augen.

»Die zwanzig?«

»Mhm.«

Was Rudi nun ausführt, klingt verlockend, und Martin staunt über sich selbst. Er war doch nie geschäftstüchtig, hat immer von bescheidenen Mitteln gelebt, und nun triefen seine Lefzen beim Gedanken an Geld. Seltsam, denkt er, steckt da doch ein abgefeimter Schieber in mir und hat sich nur bisher noch nicht gemeldet.

Der Schatz befindet sich im selben Haus wie Rudis Laden. Die Erbin, seine Vermieterin, stammt aus Rovereto und vertraut Rudi, weil sie selbst an ihn herangetreten ist. Seit gestern feilschen sie um den Preis, wobei Rudi vorgibt, sich nur für die Möbel zu interessieren und die Bilder allenfalls aus Gefälligkeit nehmen zu wollen. Die Frau kennt sich mit Möbeln aus, also muß er zwar weniger bieten, als sie wert sind, aber nicht so wenig, daß sie auch noch andere Händler anspricht. Und erst recht nicht etwa mehr, denn sonst schöpft sie Verdacht und läßt das Inventar schätzen. Dann käme der Wert der Bilder heraus. Die Frau will dreißig Millionen Lire. Für alles.

»Ich hab die Bilder und einen Barocksekretär schon unten im Laden«, sagt Rudi aufgeregt. »Sie kommt heut nachmittag und will Bargeld. Mit siebenundzwanzig oder achtundzwanzig gehört uns das Zeug in drei Stunden.«

»Also«, sagt Martin, angesteckt von Rudis Fieber, »zeig mir die Bilder, dann gehn wir zur Bank.«

Rudi stößt einen Jubelschrei aus, springt auf und küßt Martin auf den Mund.

»Also, hör mal. Wir kennen uns doch gar nicht.«

Rudi lacht und drängt zur Eile.

Ein seltsames Gefühl, den dicken Packen Geld in die Hand dieses Fremden zu legen. Zwanzigtausend Mark. Wenn er ein Betrüger ist? Ach was, dafür ist er zu nett. Andererseits müssen Betrüger nett sein, sonst kommen sie zu nichts. Das Geld verschwindet in Rudis Köfferchen, und Martin versucht sein mulmiges Gefühl zu ignorieren.

Fattori. Der Name bringt ihm Glück. Als er die Bilder sah, erkannte er die Chance, sein Erbe zu verdoppeln. Mit einem Fünftel davon als Einsatz. Die Bilder sind gut, soviel kann er beurteilen. Mit Ausnahme eines kleinen Vallotons vielleicht, der ihm herzlos hingeworfen erscheint. Und die Skizzen von Burne-Jones sind keine Kunstwerke, aber werden vermutlich das meiste Geld bringen. Er gefällt sich gut in der Rolle des Glücksritters. Ist was ganz Neues. Hätte er nicht von sich erwartet. Geld kommt zu Geld, denkt er, das Gerücht wird jetzt bestätigt. Es sei denn, Rudi legt mich rein.

Aber schon nach drei Tagen, die Martin nervös, meist mit der Fernbedienung des Fernsehers in der Hand verzappelt, als wäre das Verdienen oder Verlieren von Geld tatsächlich ein großes Abenteuer, kurvt Rudi, rasant wie beim erstenmal, auf die Wendeplatte und wedelt mit einem Bündel Scheine.

»Kaffee«, ruft er herrisch und tut so, als bürste er den Hund mit dem Lirepacken ab. Er wirft das Geld auf den Tisch und zieht ein Scheckbuch aus der Lederjacke. Sein buschiger Schnauzbart kaschiert das Lächeln nur unzulänglich, und die grüngelben Augen verraten vollends sein Vergnügen. »Das da war der Einsatz«, er deutet auf die Lire, »und hier«, er schraubt die Füllerkapsel ab, »kommt die erste Dividende.«

Auf dem Scheck stehen knapp sieben Millionen. Das läßt sich ja gut an. Es wird keine zwei Wochen dauern, bis Rudi alles verkauft hat, und so, wie es aussehe, brauche sich Martin dann in den nächsten beiden Jahren nicht übermäßig totzuarbeiten.

»Und du?« fragt Martin.

»Bei mir gehts ja mehr so in die Schulden.«

Martin holt Grappa, schenkt ein und stößt mit Rudi an. »Auf dein Wohl, Partner«, sagt er, »du bringst mir Glück.«

»Gern«, sagt Rudi, »mach ich gern.«

»Wenn du mal wieder was brauchst.«

»Jetzt erst mal reichts dann schon ein Weilchen, würd ich sagen.« Rudi hält fordernd sein Glas in die Höhe. »Jetzt erst mal kommt die Kohle rein. Immer rein und rein und rein. Es wird nachgerade eklig sein, wie das Zeug reinrauscht.«

»Ich muß noch nicht kotzen«, sagt Martin und schenkt nach.

»Kommt noch.«

Sie kennen sich erst seit vier Tagen und feixen schon wie kleine Jungs, denen es gelungen ist, eine Straßenbahn entgleisen zu lassen. Mit einem Zehnpfennigstück.

Martin kann zu Rudi ziehen. Sobald Manfred zurück ist, soll er kommen. Zwei Zimmer mit Balkon, aus denen eben eine Frau ausgezogen ist.

»Was für eine Frau?« fragt Martin, schon leicht betrunken.

»Schlechte Frau«, grinst Rudi, »böse Frau. Hat einen meiner Kunden rumgekriegt.«

Er will in der nächsten Woche nach Basel fahren, um den Fattori zurückzukaufen. Der Argentinier will ihn haben. Da sei nur noch eine Sache zu besprechen, sagt Rudi mit scheinheiligem Augenaufschlag. »Zehn Prozent?«

»Hälfte«, sagt Martin stoisch.

»Dann zahlst du die Fahrkarte, das Hotel und einen Tagessatz von achtzig Mark.«

»Mach ich«, sagt Martin. »Warst du mal Beamter oder so was?«

»Fast. Ich bin grad noch rechtzeitig abgesprungen.«

Fast jeden zweiten Tag braust Rudi jetzt heran und bringt die ländliche Ruhe mit Schecks und Geldbündeln durcheinander. Die Summen sind phantastisch. Mittlerweile kann Martin schon von der Rasanz des Wendemanövers auf die Höhe des Betrages schließen. Am Ende der Woche besitzt er über neunzigtausend Mark mehr, und ein Segantini, ein Burne-Jones und zwei Vallotons sind noch nicht verkauft. Es ist aufregend. Ach, Anne, denkt er manchmal, wenn du mich sehen könntest. Was immer zwischen Wirklichkeit und Abbild liegen mag, soll dich von mir aus begeistern. Ich habe mein Vergnügen zwischen Einkauf und Verkauf. Wirklichkeit und Abbild. Deine Arroganz mag dort ein Plätzchen haben. Mein Hochgefühl und meine vielen Lire sind auch nicht schlecht.

## 4.

Der Playboy blieb von nun an versteckt. Ein zufälliger Besucher hätte beim beiläufigen Durchblättern auf die verräterischen Abnutzungsspuren gerade dieser vier Seiten stoßen und sich sein Teil denken können. Martin hatte ernsthaft darüber nachgedacht, sich eine Lupe zu kaufen, so besessen studierte er die Bilder. Als könne er durch intensives Betrachten doch noch in die Schatten vordringen, in denen der Fotograf routiniert alles Wichtige belassen hatte.

Etwas anderes, als die Fotos anzusehen, blieb Martin nicht. Sie war verschwunden. An der Hochschule keine Spur von ihr. Dreimal war er an manchen Tagen im Aktsaal gewesen und schließlich irgendwann durch alle Klassen gegangen. Zwar hatte der eine oder andere sie nach seiner Schilderung erkannt, aber gesehen worden war sie nur im Aktsaal. Sie schien keiner der Klassen anzugehören. Martin gab auf, nachdem er bei allen Professoren, die Grafik oder Malerei unterrichteten, ebenso erfolglos vorgesprochen hatte. Der letzte, ein Maler namens Hanisch, reagierte arrogant und seltsam aggressiv.

»Was glauben Sie denn«, sagte der Mann. »Sie kommen in mein Atelier und beschreiben mir eine Figur mit Baskenmütze, Augenfarbe und Teint, und ich geb Ihnen die Adresse der Dame?«

»In etwa, ja.«

Der Professor trat mit der Fußspitze an die Tür, so daß sie weiter aufging: »Verschwinden Sie, los.«

»Arschloch«, sagte Martin und ging. Er war so stolz auf seine Antwort und darauf, wie der Mann schweigend und zornig die Ateliertür zuschlug, daß er sich über das unangemessene Benehmen dieses Kerls keine Gedanken machte. So beschäftigt mit Anne, daß er nur sie selbst, nicht aber ihre Spuren im Verhalten anderer suchte.

Nun sah er wahllos in die Kneipen und entschloß sich schwer, zu gehen, denn kurz nachdem er einen Ort verließ, konnte sie dort ankommen. Manchmal ging er zurück, noch vor Erreichen des nächsten Lokals, um noch einmal das eben verlassene zu überblicken.

Irgendwann bestand er die Taxiprüfung und kaufte sich zur Belohnung eine Lupe.

## 31.

Stolz nestelt Julian an seinem T-Shirt herum, bis er es endlich hochgezogen hat und die frische, wulstige Blinddarmnarbe zeigen kann.

»Und dafür fliegt ihr nach Deutschland?« fragt Martin.

»Du solltest mal die Metzger hier sehen.« Manfred ist müde und glücklich. »Außerdem wußten wir's ja gar nicht sicher.«

Auch seine Frau wirkt zufrieden. Ihre Skepsis gegenüber Martin ist verflogen, da sie, offenbar erstaunt, feststellt, daß der Hund gut gepflegt und die Küche aufgeräumt ist.

Fast ein bißchen wehmütig sieht Martin, wie die Familie ihre Wohnung wieder in Besitz nimmt und im Handumdrehen kein Platz mehr für ihn bleibt. Manfred schenkt ihm eine gerahmte Zeichnung, einen Esel, der auf einer Kanonenkugel fliegt, und fährt ihn mit seinen Sachen in die Stadt.

»Ach herrje, Rudi«, ruft er aus, als Martin ihm die Adresse im Viale Vignola nennt. »Der muß stocksauer sein auf mich.«

»Nein, nein. Du hast bloß ein Geschäft verpaßt.«

»Ja? Kein Luftschloß? Darin ist er nämlich gut.«

»In Luftschloß?«

»Ach komm, schreib du dein Buch in gutem Deutsch und streng mich nicht an.« Manfred lacht. »Wenn du nicht petzt, verrat ich dir, daß ich die Verabredung nicht ganz unabsichtlich vergessen habe.«

»Kein Luftschloß«, sagt Martin, »ein mordsgutes Geschäft.«

»Na ja, ich gönns ihm doch.« Sie sind da. »Komm mal zum Essen, ja?«

Eigentlich seltsam, wieviel er auf einmal mit Bildern zu tun hat. In seinem Leben mit Anne waren sie selbstverständlich gewesen, aber kein Geschäft. Bilder waren Armes Lebensinhalt. Und ein wenig auch seiner. Mit Geld hatte das nichts zu tun gehabt, oder falls doch, dann nur auf eine sehr theoretische Weise, nämlich die, daß fast niemand dafür zahlen wollte.

Seine Kenntnis ausgerechnet Fattoris verdankt er Annes Examensarbeit. Er hatte alles getippt, die Bilder eingeklebt und das Ganze zum Binden gebracht. »Fattori und die Machiaioli.« Er hat die Titelseite noch vor Augen. Man könnte fast an ausgleichende Gerechtigkeit glauben.

Es tut gut, wieder in der Stadt zu sein. Hier findet das Leben auf der Straße statt und nicht nur im Fernsehen. Er nimmt sich vor, stundenlang auf dem Balkon zu sitzen. Rudi hat ihm einen Schlüssel gegeben, bevor er nach Basel fuhr, und Martin stellt sein Gepäck in den Flur und geht durch die Wohnung.

Die Zimmer sind nicht sehr groß und auch ein wenig dunkel, aber er fühlt sich augenblicklich wohl. Die beiden ihm zugedachten Räume erkennt er daran, daß sie, von ein paar Möbeln abgesehen, leer sind, während es in Rudis Teil der Wohnung wenigstens einige persönliche Dinge gibt. Eine Stereoanlage, kunstgeschichtliche Bücher, dicke Kataloge, Marcuse, Bloch und die Mao-Bibel, ein Sofa, einen Sessel, einen Tisch und vier Stühle im Wohnzimmer, einen Schrank, einen Fernseher und eine große Matratze im Schlafzimmer.

Die Küche wirkt anders als der Rest der Wohnung. Perfekt, wie von einer Frau eingerichtet. Ein moderner Elektroherd, eine Spülmaschine, zwei Kühlschränke und viel Platz in Schränken und Schubladen. Ob Rudi gern kocht? Das träfe sich gut, denn Martin ißt gern.

Er verstaut den Inhalt seiner Tüten im Kleiderschrank und hängt den fliegenden Esel übers Bett, das auch in seinem Zimmer nur aus Matratze, Kissen, Leintuch und einer dünnen Decke besteht.

Fremde Wohnungen, denkt er, haben was Fesselndes. Er geht auf und ab und versucht sich die Stimmung einzuprägen, denn bald wird ihm dieser Platz vertraut sein und die Atmosphäre nicht mehr fühlbar. Ob Einbrecher das auch haben, diesen Sinn für die Magie fremder Wohnungen? Das müßte die Lust am Diebstahl vergrößern.

Die Zimmer wirken so unbelebt mit der Zeichnung von Manfred als einzigem Schmuck, und der Kleiderschrank ist so lächerlich leer, daß Martin sich entschließt, einkaufen zu gehen. Er will den Trubel der Stadt spüren. Von der Stille und dem Dämmer der Wohnung kann er sich auch noch später am Tag faszinieren lassen.

Er geht die Flaminia entlang zur Piazza del Popolo und hält sich dann links in Richtung der Spanischen Treppe. In dieser Gegend gibt es alles, was gut und teuer ist, und er will das meiste davon kaufen.

Knapp drei Stunden später verstaut er Tüten und Taschen voller Anzüge, Hemden und Schuhe, Krawatten, Unterwäsche, Socken, Hosen, Gürtel, Pullover und einen leichten Mantel in den Kofferraum eines Taxis und sucht in sich nach dem Hochgefühl, die unglaubliche Summe, die er ausgegeben hat, nicht einmal umrechnen zu müssen. Aber all diese Dinge einfach kaufen zu können, war schon so selbstverständlich, daß er sich regelrecht zur Freude überreden muß. Ebenso schnell, wie sich neue Kleider seinem Körper anpassen und nach Stunden schon schlampig und ausgebeult wirken, hat auch der naive Stolz aus Basel seine Bügelfalten eingebüßt. Vielleicht bin ich dafür zu protestantisch, denkt er, oder ist es meine alte Achtundsechzigermoral? Reichtum hab ich mir jedenfalls als größeres Vergnügen vorgestellt.

Nach dem Einräumen seiner Sachen zieht er sich um und schaut auf die Uhr an seinem Handgelenk. Daß er keine besaß, hätte ihn immer, wenn er die Zeit wissen wollte, an Anne erinnert. Die Uhr hat keinen Sekundenzeiger, kein Datum und keine Mondphase, aber dafür war sie fast zehnmal so teuer wie die alte. Das hat er nun doch umgerechnet.

Er geht wieder zum Centro Storico und kauft unterwegs den Spiegel. Im Caffè Greco liest er ihn von vorn bis hinten durch und läßt nur die Artikel aus, die von der Bonner Regierung handeln.

Ich werde jetzt ein Römer, denkt er abends in der Badewanne, während er den Geräuschen des Hinterhofs, den Stimmen von Kindern und Frauen, durchsetzt vom dunklen Scheppern gußeiserner Töpfe und dem Gekreisch aus einer Comicsendung im Fernsehen, lauscht. Er hat keine Lust, irgendwohin zu reisen. Jetzt nicht mehr. Mein Kleiderschrank ist hier, denkt er, mein fliegender Esel auch, und der Sinn des Lebens wird sich irgendwann schon einstellen. Muß ja nicht gleich morgen sein.

Sein »Tagebuch eines Toten« fällt ihm wieder ein. Als Toter bräuchte er einen falschen Paß.

Mitten in der Nacht wacht er auf und weiß auf einmal, was noch fehlt. Sein Bild. Dumm, daß er es nicht gleich in den Kofferraum gelegt hat, als er von Hamburg wegfuhr. Es zeigt ihn nackt, wie jedes von Annes Bildern, ist groß und in der für sie typischen sparsamen Farbigkeit gemalt. In der Hauptsache Grau, Blau, etwas Ocker und Braun, und um einen Teil seiner Silhouette liegt ein weißlich-oranger Lichtstreifen. Seine Pose ähnelt ein wenig der des Denkers von Rodin, trotzdem wirkt das Bild nicht wie die Arbeit einer Studentin. Nicht epigonal. Es hat was, wie man so schön und verlegen sagt, wenn die Kriterien Mangelware sind. Er wird es holen. Es gehört ihm.

Die blaue Stunde zwischen fünf und sechs Uhr nachmittags ist für sein Vorhaben die beste Zeit. Die Signora kauft ein, ihr Sohn schläft sich aus für die Nachtschicht, und die Rezeption der Pension ist verwaist. Bequem kann Martin über die Theke greifen und einen Paß nach dem anderen studieren. Ein Auge zur Eingangstür gerichtet, blättert er alle Pässe und Ausweise zuerst der deutschen und dann der übrigen Gäste durch. Außer einem Kanadier, der ihm entfernt ähnelt, ist leider nichts Brauchbares dabei.

Er will einen deutschen Paß für seine Reise nach Hamburg. Für das »Tagebuch« ist das eine gute Studie. Wie klaut man einen Paß, wie kommt man damit durch, und wann braucht man ihn? Er wird die Reise als Toter machen. Nur so. Als Test für die Geschichte. Vielleicht sollte er noch andere Pensionen durchsuchen? Aber dort kennt er sich nicht aus. Er hätte in jeder ein paar Tage wohnen müssen, um zu wissen, wie und wann.

Drei Tage später hat er Glück. Herr Werner Lohrner stellt ihm seinen eingeschweißten fälschungssicheren Ausweis zur Verfügung. Hoffentlich hat er nichts ausgefressen und ist in irgendeinem Fahndungscomputer gespeichert.

Martin ändert seinen Haarschnitt, kauft sich eine dünnrandige Hornbrille mit Fensterglas und eine Krawatte, die der auf dem Ausweisfoto ähnelt. Er ist froh, daß er sich schon in den letzten Wochen, nur so, um zu sehen, wie das aussieht, einen Bart hat stehen lassen. Lohrner trägt keinen auf dem Bild. Der Bart kaschiert das Wichtigste, die Mund- und Kinnpartie.

Das ist ein Spiel. Recherche für das Buch, weiter nichts. Den Ausweis wird er nur im Hotel vorlegen, an der Grenze wäre sein eigener Name die beste Tarnung. Wer sucht schon nach einem Toten? Aber in Hamburg, wenn die Daten der Gäste noch immer mit den Einwohnermeldeämtern abgeglichen werden, wäre es besser, nicht als Leiche auf Urlaub zu reisen. Leiche auf Urlaub? Auch ein guter Titel für das Buch.

## 32.

Er hat einen Zettel auf Rudis Küchentisch hinterlassen und daneben eine Flasche Barbaresco. *»Ich hol mir auch ein Bild, bin ca. Donnerstag wieder zurück, Gruß Martin«*, und jetzt lauscht er den langsam abnehmenden Geräuschen im Zug. Die meisten Schlafwagenpassagiere sind schon seit Bellinzona im Bett, und nur wenige stehen noch rauchend in dem schmalen Gang und stellen sich mürrisch und ergeben auf eine schlaflose Nacht ein.

In Basel sieht Martin den Perron hinauf und hinunter, ob Rudi den Frühzug nach Süden besteigt, aber da stehen nur die Zollbeamten mit müden und vom Neonlicht fahlen Gesichtern. Er hat das Abteil für sich alleine, jetzt kommt niemand mehr.

Er ist müde und ein bißchen betrunken, aber gleichzeitig voller Unruhe und weiß, er wird nicht schlafen. Freut er sich auf Hamburg? Nein, aber da ist ein Kitzel, etwas wie diebisches Vergnügen, Vorfreude auf den Bubenstreich, sich in die eigene Wohnung zu schleichen. Ein kleines, von Verbot und Heimlichkeit veredeltes Abenteuer.

Am Bahnhof Dammtor läßt er sich mit der Menge nach draußen treiben. Er fühlt sich, als wären seine Knochen geschwollen. Für einen Junitag in Hamburg ist das Wetter ungewöhnlich schön. Blauer Himmel, Sonne, Stimmen in der Luft, und die Leute machen den Eindruck, als gingen sie gern zur Arbeit. Ist das schon Nostalgie? Sein geliebtes Hamburg hat ihn wieder, wenn auch nur incognito?

Das Radisson ist zu Fuß erreichbar und für seine Zwecke das richtige Hotel. Von hier sind es nur ein paar hundert Schritte bis zum Durchschnitt, der kleinen Gasse, die von der Verbindungsbahn zur Grindelallee führt.

Er trägt sich als Lohrner ein und legt mit Herzklopfen den gestohlenen Ausweis vor. Den Koffer läßt er an der Rezeption und frühstückt, während sein Zimmer hergerichtet wird. Für den »Toten« wäre es wohl unklug, zu solch ungewöhnlicher Zeit anzureisen. Der Portier würde sich deshalb an ihn erinnern. Ist notiert, denkt er und merkt, daß er kaum noch die Augen offenhält.

Jetzt müßte er sehr vorsichtig sein. Zwar kann er davon ausgehen, daß ihn die meisten seiner Bekannten in diesem Aufzug nicht beachten würden, aber Stimme, Gang und Gestik verraten einen Menschen oft genauso wie sein Aussehen. Taxifahren wäre nicht oder nur mit größeren Vorsichtsmaßnahmen möglich, denn jederzeit könnte einer seiner ehemaligen Kollegen am Steuer sitzen und sagen: »Ich hab für deinen Kranz gespendet.«

Die Gegend um den Grindelhof war sein Kiez, alle möglichen Leute könnten ihn erkennen. Die beste Zeit, um ungesehen durch den Hausflur zu kommen, ist der Nachmittag zwischen drei und vier, denn alle Hausbewohner arbeiten tagsüber. Anne und er nahmen immer Eilbriefe und Pakete für die Nachbarn an.

Er fühlt sich frisch nach den paar Stunden Schlaf und brennt darauf, seinen kleinen Pseudo-Einbruch zu bewerkstelligen. Ob das Beil noch immer in der Tischplatte steckt? Ob Anne ihre Sachen schon abgeholt hat? Ob ihr eingefallen ist, die Wohnung zu kündigen, oder ob sie glaubt, er mache nur Urlaub irgendwo. Wenn er tot wäre, müßte sie kündigen. Was täte sie dann mit seinen Sachen?

Auf dem Weg durch den Park versucht er, anders zu gehen. Aber wer kennt schon den eigenen Gang? Er kann nicht beurteilen, ob es gelingt.

Der Hausflur ist leer, und sein Schlüssel paßt noch. Natürlich paßt er noch, er ist ja nicht tot. Und selbst dann, wegen eines Ertrunkenen wechselt niemand die Schließanlage aus. Wer sollte einbrechen? Ein Fisch?

Jemand hat das Beil aus der Tischplatte gezogen,

und die Spiegelscherben und Geldscheinschnipsel sind verschwunden. Hat Anne sie weggeworfen oder zusammengeklebt? In der Küche steht ein Blumenstrauß, und in Annes Kleiderschrank liegen Sachen, die er nicht kennt. Nichts mehr von Anne, aber Frauenkleider. Wäsche und Toilettenutensilien, ein kleiner Koffer und ein halbgefüllter Seesack. In der ganzen Wohnung ist kein einziges Bild mehr. Keine Farbtube, kein Pinsel, kein Stück Leinwand.

Kaum spürt er, wie ihm der Ärger hochkommt über diese Unverschämtheit, sein Bild mitzunehmen und dann noch irgendwen in die Wohnung zu setzen, da hört er die Türe gehen. Er drückt sich in die kleine Speisekammer im Durchgang zur Küche und zieht die Tür so weit zu, daß nur noch ein kleiner Spalt offensteht. Es ist Marlies.

Er schwitzt. Was für eine beschissene Situation. Er wohnt hier, wieso versteckt er sich? Wenn sie jetzt in die Speisekammer schaut? Sie geht, vor sich hinsummend und hier und da irgendwelche Dinge ablegend, ein paarmal an ihm vorbei und dann, nach einer kurzen Pause, nackt mit einer Flasche Shampoo in der Hand durch die Küche ins Bad. Er kann durch den Spalt nur in Richtung des Zimmers sehen und wartet, bis er die Dusche rauschen und die Tür der Kabine sich schließen hört, um so schnell und leise wie möglich aus der Wohnung zu verschwinden. Am liebsten würde er die Tür zuschlagen, so wütend ist er, aber als Toter kann er sich das nicht leisten.

Zurück im Radisson könnte er noch immer in die Möbel treten, und sein Ärger weicht nur allmählich der

Bereitschaft, gründlich nachzudenken: Sie hat sein Bild mitgenommen, wieso? Wollte sie es ausstellen? Vor zwei Monaten erst kam das Angebot. Ganz aufgeregt war sie damals, als winke hier der große Durchbruch. Eine kleine Galerie am Mittelweg, vermutlich von Volkers Renommee geblendet, war bereit, eine Einzelausstellung zu machen. Sie stotterte fast vor Freude darüber, in Pöseldorf zu hängen. Nun, das läßt sich ja nachprüfen. Er braucht nur hinzugehen und nachzusehen, ob das Bild hängt und ob es mit einem Preis oder als unverkäuflich ausgezeichnet ist.

Und die Unverschämtheit mit der Untervermietung? Wenn er nun seinerseits einfach einen Untermieter reinsetzte? Oder seinen Schlüssel einem Penner schenkte? Das wäre witzig, würde aber nur Marlies schaden. Außerdem geht das nicht als Toter. Kündigen geht auch nicht. Erst vor kurzem, bei der Verlängerung des Mietvertrags, haben sie beide als Hauptmieter unterschrieben. Er kann gar nichts machen. Als Toter hätte er vielleicht wieder ein Beil in die Kerbe schlagen können. Wäre ein effektvoller Geisterauftritt. Ich muß mal langsam mit notieren anfangen, denkt er, was die Leiche auf Urlaub alles unternimmt.

Die Galerie Renners liegt versteckt in einer Art Gartenpalais im Hinterhof. Er beobachtet den Ausstellungsraum eine Weile durchs Fenster, denn falls Anne hier wäre, müßte er später wiederkommen. Er kann ihr auf keinen Fall begegnen. Aber die junge Frau, die eben durch den Raum geht, scheint allein zu sein. Er wartet ein paar Minuten, um sicherzugehen.

Schon von außen hat er es gesehen. Er tritt ein, grüßt

und schlendert von Bild zu Bild. Er kennt jedes, denn für jedes hat er Modell gestanden. So als fange er Feuer, sieht er sich kurz darauf nach einer Preisliste um, mit der er dann seinen Weg langsam fortsetzt. Sein Bild ist unverkäuflich. Soviel Anstand hat sie immerhin.

Und wenn der Tote nun sein Bild mit ins Jenseits nähme? Das könnte Anne verstören. Überhaupt, wenn es weg wäre, das gäbe ihr eine Nuß zu knacken. Es gehört ihr nicht. Sie darf es nicht verkaufen. Und auch nicht einfach ausstellen.

Die junge Frau verschwindet im Nebenraum, wo das Telefon ausdauernd klingelt. Ohne langes Überlegen nimmt er sein Bild vorsichtig von der Wand und tauscht es gegen ein ähnliches, das als verkäuflich ausgezeichnet ist. Sein Herz schlägt bis in die Mandeln, so laut hört er das Quietschen der eigenen Sohlen und so leise die Stimme im Nebenzimmer. Als die Frau zurückkommt, sagt er, sich räuspernd, als sei er endlich zu einer Entscheidung gelangt: »Das hier will ich. Aber ich muß es sofort mitnehmen können. Bis zum Abbau der Ausstellung kann ich nicht warten.«

Die junge Frau wirkt unsicher. »Das ist aber nicht üblich.«

Er verkneift sich die freche Antwort, hier sei das Verkaufen an sich wohl nicht üblich, denn an keinem einzigen der Bilder klebt ein roter Punkt.

»Nein wirklich, ich glaube, das geht nicht.«

»Meinen Sie nicht, die Künstlerin wäre froh, überhaupt was zu verkaufen?«

»Tja, vielleicht.« Sie sieht aus, als beherrsche sie nur mit Mühe den Impuls, an ihren Fingernägeln zu kauen. »Moment mal, ich kann ja anrufen.«

Aus dem Nebenzimmer hört er sie fragen, ob Frau Boro zu sprechen sei, und dann, nach einer Pause, ob sie ein Bild direkt aus der Ausstellung verkaufen dürfe. »Danke, Herr Hanisch, und grüßen Sie Frau Boro«, sagt sie dann und kommt in den Raum zurück. »Alles klar, es geht, aber Sie müssen bar bezahlen.«

Das Taxi winkt er erst heran, als er sicher ist, den Fahrer nicht zu kennen. Er verstaut das gut verpackte Bild auf dem Rücksitz und fährt zum Hauptbahnhof, wo er es als Reisegepäck nach Rom, Stazione Termini, aufgibt. Es ist ohne Glas und Rahmen. Ihm wird schon nichts passieren. Die Pappe der Verpackung ist stark.

Im Hotelzimmer geht er auf und ab und freut sich über den Coup. Anne wird erschrecken. Was, wenn er auftauchte und sein Bild haben wollte? Dann konnte sie viel erzählen. Wieso sollte er ihr glauben, daß ein Versehen der Galerie an dem Verkauf schuld sei?

Für seine Geschichte würde er das Ganze ein wenig umbauen. Da ihn Anne ja für tot hielte, wäre das Bild wie alle anderen als verkäuflich ausgezeichnet worden. Aber immer noch gespenstisch genug, daß ausgerechnet dieses und nur dieses von irgendwem gekauft wurde. In der Geschichte stünde er jetzt im Hotelzimmer, von fassungsloser Wut über ihre Gefühllosigkeit geschüttelt, und stellte sich vor, wie er sie ohrfeigte, lustvoll und gnadenlos ihren erstaunten Kopf von einer Hand in die andere schlüge. Er muß raus hier, wenigstens große Schritte machen. Egal in welche Richtung.

Zum ersten Mal in seinem Leben spricht er eine Hure an. Ein schönes, intelligent aussehendes Mädchen in

Jeans und Sweatshirt, das wartend herumsteht, als sei es verabredet.

»Was sagt der routinierte Freier in so einem Fall?« fragt er.

Sie verzieht keine Miene, sieht ihn nur flüchtig an, um ihr Gesicht gleich wieder der Straße zuzuwenden. »Welcher Freier?«

»Ich weiß eben nicht, wie's geht.«

»Hm, er fragt: Wieviel.«

»Wieviel?«

»Kommt drauf an. Ficken zweihundert.«

»Ja bitte«, sagt er.

Sie geht voraus, biegt in einen Eingang, steigt eine Treppe hoch und bleibt auf dem ersten Absatz stehen, an einem kleinen Tisch, hinter dem ein dunkelhäutiger Mann sitzt. Sie streckt Martin die Hand hin, sagt: »Achtzig« und wackelt ungeduldig mit den Fingern. »Fürs Zimmer.«

Er legt ihr das Geld in die Hand, sie legt es in die des Mannes und schnaubt verächtlich, als Martin sagt: »Das ist was für reiche Leute.«

»Bist du doch.«

Im nächsten Stockwerk angekommen, geht sie in das dritte Zimmer auf dem Flur und hält ihm, nachdem er eingetreten ist, wieder die Hand mit den ungeduldigen Fingern hin: »Zweihundert.«

Wenn sie so weitermacht mit diesem arroganten Getue, dieser Art, an ihm vorbeizusehen, dann findet er sie gleich nicht mehr schön. Ohnehin wird ihm immer seltsamer zumute. Schon kostet es ihn Anstrengung, den Impuls, aus dem heraus er sich an sie wandte, nicht zu bereuen.

Sie zieht sich aus. Wieder ohne ihn dabei anzusehen. Dann greift sie in ihre Tasche und streckt ihm erneut die Hand hin. Diesmal liegt ein eingepacktes Kondom darin. »Wasch dich«, sagt sie zum Fenster hinaus.

Er nimmt sein Jackett von der Stuhllehne. »Ich glaub, ich laß es lieber«, sagt er. »Sei nicht böse.«

Jetzt endlich sieht sie ihn an. Aber nicht überrascht, wie er erwartet hat, sondern mißtrauisch, als rechne sie damit, daß er sein Geld wieder zurück will.

»Bezahlt ist bezahlt«, sagt er und spürt seine Unsicherheit. Höchste Zeit, sich zu verziehen, bevor er die Selbstachtung vollständig verloren haben wird.

Mit einem Schulterzucken zieht sie sich an. Er hält schon die Klinke in der Hand, als er fragt: »Muß das jeder bei dir aushalten, daß du so unfreundlich bist, oder liegt das an mir?«

»Willst auch noch geliebt werden, hah?« Jetzt liegt der Anflug eines Lächelns um ihren Mund. Aber vielleicht bildet er sich das auch nur ein. »Kostet mehr als zweihundert«, sagt sie noch, »geliebt werden kostet viel mehr.«

»Aus welchem Film hast du das, irgendwas mit Jodie Foster?« Er glaubt ihr das Theater nicht mehr. Sie riecht die Skrupel und nutzt seine Unsicherheit aus, weil er ihr die Chance dazu gibt. Einmal weniger arbeiten fürs gleiche Geld. So einfach ist das. Sie schüttelt nur höhnisch den Kopf und zieht sich ihr Sweatshirt über die Brüste.

Ihm fällt nichts Besseres mehr ein, als mit dem nutzlosen Kondompäckchen nach ihr zu werfen, aber nicht einmal das gelingt, er verfehlt sie. Sie hat recht, ihn so abfahren zu lassen. Er taugt nicht dazu.

Der Whisky aus der Minibar und der letzte Nacht entbehrte Schlaf verkürzen ihm gnädig die Zeit, die er braucht, um diese lächerliche Schlappe zu vergessen.

## 5.

Auch die Lupe half nicht. Weiter als der Playboy erlaubt, dringt niemand in die Schatten der Bilder ein. Martin fühlte sich unwohl. Das war wie Reliquienverehrung. Ersatz. Ein Stück Hochglanzpapier. Aber was blieb ihm sonst? Er begehrte sie. Er war verliebt und wollte sie nicht nur haben, sie nicht nur berühren und auf sich legen wie Mull auf eine Wunde, er wollte auch teilen mit ihr. Selbst wenn er nichts zu bieten hätte als seine Bereitschaft, zuzuhören und ihre Höhenflüge mit den Gedanken nachzuzeichnen; er wollte Teil werden ihrer Lust am Leben und Teil dieser unverhohlenen Sucht nach mehr.

Die Nachtschichten, die er jetzt fuhr, taten ein übriges, ihn aus der Wirklichkeit in eine Art Zwischenwelt zu versetzen, einen dämmrigen Zustand erstaunter Skepsis, in dem die Dinge so oder anders sein konnten, normal und seltsam zugleich. Normal war es und seltsam, nur mit ein paar Fotos und den Vorstellungen, die er sich von dieser Frau machte, zu leben und dabei nichts außer ihr zu vermissen.

Seine wenigen Bekanntschaften verliefen im Sande, denn er fuhr, wenn sich die anderen amüsierten, und hatte frei, wenn sie arbeiteten. Die Kontakte brachen sang- und klanglos ab. Anfangs noch selten und dann schon bald nie mehr hörte er den Satz, wir sollten mal wieder was zusammen unternehmen, wenn jemand, den er kannte, aus seinem Wagen stieg.

Er lernte, sich wortkarg zu geben, um Geschwätz vorzubeugen, und männlich, um die Streitlustigen in ihre Schranken zu weisen. Zum ersten Mal in seinem Leben veränderte er sich bewußt, beobachtete sich dabei und fragte sich immer wieder, wird sie das mögen, wird sie das verstehen, wenn du so bist oder so? Manchmal fuhr er extra an der Hochschule vorbei, aber der Bau war immer dunkel. Er hoffte, sie würde eines Tages hinter ihm sitzen, die Tür zuschlagen und sagen: »Zu dir.«

## 33.

Rudi hat den Fattori gekauft. Als Martin zurückkommt, ist das Bild schon auf dem Weg nach Buenos Aires. Er setzt sich an den Küchentisch, und vor ihm landet wieder mal ein Bündel Scheine.

»Tageskurs von heute«, sagt Rudi. »Besser für dich.« Es sind knapp neuntausend Mark.

Martin packt sein Bild aus und lehnt es an die Wand.

»Gut«, sagt Rudi nach einer Weile. »Guter Maler.«

»Malerin.«

»Ah?« Er beugt sich vor, um die Signatur anzusehen. »Im Geschäft?«

»Nein, überhaupt nicht.«

»Tja, als Frau.«

»Wieso, als Frau, wie meinst du das?«

»Frauen haben die schlechteren Karten«, sagt Rudi und lehnt sich zurück. »So mein ich das. Als Mann könnte die zur Zeit was werden. Hat alles, was grade beliebt ist. Figürlich, überschaubar, zitiert die klassische Moderne, ohne ihr nachzueifern – doch. Vielleicht könnte sie ein bißchen gröber malen, mehr Schmutz, mehr Zufall, weniger Eleganz und weniger Malkultur. Und weniger Mühe. Mühe ist unmodern. Ungenial. Genial ist hingehauen. Sie müßte mehr hinhauen.«

»Sag ihr das.«

»Das klingt so muffig. Bist du sauer? Soll ich so was nicht sagen?«

Martin ist verwirrt. Ein so kenntnisreiches Urteil hätte er von Rudi nicht erwartet. Das klingt ja fast wie Liebe zur Malerei. Er hatte geglaubt, Rudi sei nur des Geldes wegen mit Kunst beschäftigt. Und auf einmal klingt er wie ein weiterer Anwärter auf Annes Verführungskünste. Einer, der auch bereit gewesen wäre, den Katapult zu spannen. Auf eine indirekte Art kommt Martin sich auch abgekanzelt vor. So als wolle Rudi ihm zu verstehen geben, daß er als Fachmann einen anderen Zugang habe und besser verbriefte Rechte, ein Bild wie dieses zu genießen.

»Ja, nein. Hat nichts mit dir zu tun«, lügt Martin. »Da ist nur eine gewisse Unordnung in meinen Gedanken über die Frau und ihre Bilder.«

Und wieder überrascht ihn Rudi, denn er sagt: »Gedanken? Du meinst Gefühle, hm?«

»Stimmt«, sagt Martin verblüfft, »aber seit wann redet man unter Männern von Gefühlen? Bist du etwa psycho? Oder schwul?«

Rudi lacht laut und lange und sagt schließlich nur: »Wo lebst du denn? Im Zweiten Weltkrieg?«

Eine Zeitlang schweigen sie. Das war ein paar Grade zu intim, und jetzt fürchten sie die Konsequenzen. So gute Freunde sind sie nicht, daß sie einander solche Dinge fragen können, ohne hinterher verlegen jeder in eine andere Richtung zu schauen. Genaugenommen sind sie gar keine Freunde.

»Jedenfalls kann die Frau malen«, sagt Rudi und steht auf. »Ich muß los.«

Martin trägt das Bild in sein Zimmer und hängt es an die Wand gegenüber seinem Bett, so daß er es im Liegen betrachten kann.

Rudi ist die Treppe wieder hochgehastet und steht keuchend in der Tür. »Die schlechte Nachricht hab ich dir ja noch gar nicht gesagt. Sharon hat sich dein Auto klauen lassen. Sie war schon zweimal da und ist total zerknirscht.«

»Ach du Scheiße.«

»In Padua. Über Nacht war's futsch. Sie ist nicht zur Polizei, sagt sie, hat sich nicht getraut. Ist einfach mit der Bahn weiter.«

Martin zuckt mit den Schultern, und Rudi geht wieder. Schade. Aber kein Grund, sich zu ärgern. Siehst dir halt die Gegend alleine an. Hoffentlich sind sie nett zu dir, wer immer dich geklaut hat. Machs gut. Viel Spaß in Afrika oder Albanien.

Sollte er zur Polizei? Den Wagen abmelden? Nein. Schließlich ist er tot. Untergetaucht. Das deutsche Finanzamt und die Versicherung würden sowieso nichts mehr von ihm hören, wozu also hier überflüssige Lebenszeichen von sich geben, die irgendwann mal von

Computer zu Computer weitergereicht werden konnten. Er existiert nicht, und das ist gut. Drei Jahre gilt sein Ausweis noch, so lange braucht er sich keine Gedanken zu machen. So lange kann er nach Herzenslust tot sein.

In der Lavanderia, wo er seine Wäsche abgibt, und auf dem Weg danach zur Stadt geht der Gedanke in ihm um: Wenn ich nun Annes Bilder kaufe? Könnte ich nicht versuchen, hier in Rom, mit Rudis Unterstützung, ihre Karriere voranzutreiben? Der große Unbekannte? Geld hab ich. Geld kann einiges erreichen. Sie wird es alleine nicht schaffen. Nicht mit ihrer Künstlerarroganz, diesem stets beleidigten Warten darauf, daß die Welt sie endlich entdecken möge, anstatt selber einen Schritt zu tun. Die Bilder verdienen doch Beachtung, die sind doch gut. Und mir wird nicht langweilig. Wer weiß, vielleicht verdiene ich sogar daran? Und das Beste: Sie müßte mir dankbar sein. Was für ein wunderbarer Witz.

## 6.

Wochen waren vergangen, als er eines Nachts bei sich zu Hause vorbeifuhr, um ein neues Buch zu holen. Es lief so gut wie nichts, und er wollte weder im Wagen einschlafen noch seine Zeit mit dem Gerede der Kollegen vertun. Im Näherkommen sah er ein Häufchen Elend auf der Treppe sitzen. Das willkommenste Häufchen Elend, das er sich vorstellen konnte. Sie trug eine rote Baskenmütze und einen dünnen roten Schal. Ihre Augen waren verweint, und sie rauchte mit zittrigen Händen eine wie naß riechende Gitane. Etwas in ihm hüpfte vom Magen bis unter die Nase, doch er zügelte seine Freude angesichts ihrer offenkundigen Misere.

»Kann ich heut nacht bei dir schlafen?«

»Ja, klar«, sagte er und half ihr auf. »Was ist denn los?«

Sie antwortete nicht, ging nur mit hängenden Schultern schweigend vor ihm her, und erst als sie im Zimmer Schal und Jacke von sich warf, sagte sie leise: »Ich wußte niemand sonst.«

Nicht gerade ein Kompliment für ihn, aber er würde jetzt keine Erbsen zählen. Nicht nach den Wochen ergebnisloser Suche, da sie endlich wieder da war.

»Ich hab dich gesucht«, sagte er, und sie sah ihn erstaunt, fast zweifelnd an, als ergäbe das für sie keinen Sinn.

Er blieb in der Tür stehen. Vielleicht war sie froh, das Bett nicht mit ihm teilen zu müssen. Der Blick, den sie uneingeladen in den Kühlschrank warf, zeigte schon wieder etwas von ihrer alten, wohlbekannten Selbstsicherheit.

»Nimm, was du willst«, sagte er, »ich bin so gegen acht Uhr wieder da.«

»Ich will nur schlafen«, sagte sie.

»Willst du nicht sagen, was los ist?«

»Nur schlafen.«

Noch bevor er die Tür ganz geschlossen hatte, zog sie sich den Pullover über den Kopf. Als zählten seine Blicke nicht.

Das Buch hatte er vergessen, aber er würde auch so

wach bleiben. Hinreichend beschäftigt mit dem Zählen der Minuten bis acht Uhr.

Bevor er den Wagen abgab, hielt er bei einem Lebensmittelladen, dessen Türen gerade geöffnet wurden, und kaufte Obst, Brötchen, Milch und eine Zahnbürste für sie. Von der Zentrale hatte er es nicht weit bis nach Hause, und so stand er kurz vor halb neun im Zimmer, wo sie, wie er gehofft hatte, zusammengeringelt und noch kleiner als in seiner Vorstellung schlief.

Er wollte sie nicht wecken, sah sie nur an und fühlte sich dabei stark und gut und ritterlich. Ihre Zartheit schien durch seine Decke. Er würde sie beschützen. Gern hätte er ihre winzigen Finger geküßt oder eines dieser Mäusehändchen an sein Gesicht gehalten, aber er tat nichts dergleichen, sondern ging leise in die Küche, wo er bald, den Kopf auf die Arme gelegt, einschlief.

Das Rauschen der Dusche weckte ihn auf. Sie mußte sich direkt neben ihm ausgezogen haben, denn er sah ihre Wäsche und ein T-Shirt über der anderen Stuhllehne hängen. Durch das geriffelte Glas der Kabine war eine vage rosa Erscheinung zu sehen, und nur wenn ein Arm oder Knie dem Glas näher kam, ergab sich ein für kurze Zeit erkennbares Bild.

Er saß still und hoffte, sie würde sich der Scheibe nähern, aber als er etwas Dunkles zu sehen glaubte, erschien es ihm wie Einbildung. Sofort, als sie das Wasser abstellte, sagte er: »Morgen. Gut geschlafen?«

Die Schiebetür öffnete sich einen Spaltbreit, und ihr Arm reckte sich daraus hervor. Eine nasse, nervöse Hand schlenkerte im Leeren herum, und ihre Stimme sagte: »Handtuch.«

Er reichte es ihr, und sie zog das Handtuch in die Kabine, ohne den Spalt zu verbreitern. Zählten seine Blicke also doch.

In den Stoff gewickelt, kletterte sie aus der Kabine und setzte sich an den Tisch, während er sich daran machte, das Frühstück herzurichten.

## 34.

Die Idee, Annes heimlicher Mäzen zu werden, geht ihm nicht mehr aus dem Kopf. Wenn Rudi sich ein wenig auskennt, müßte das doch gehen. Vielleicht kann man sie aufbauen. Warum denn nicht? In Rom leben Kunstkäufer, es ist immerhin eine Metropole. Von hier aus wäre New York oder London vielleicht nicht so weit wie von Hamburg. Und womöglich sogar Geld zu verdienen mit ihrer Arbeit, das wäre ein hübscher kleiner Triumph. Weit besser als das Wegschmeißen der Uhr.

Rudi ist im Laden und poliert einen Biedermeiertisch. »Das kann man schon versuchen«, sagt er, »aber ob es klappt? Ich bin nicht Peggy Guggenheim.«

»Tja, aber versuchen ist doch schon was«, sagt Martin.

»Und Geld wirds auch kosten.«

»Geld hab ich. Vielleicht springt ja sogar noch was raus dabei. Kann doch sein.«

»Kann. Muß nicht.«

Rudi sieht eine Weile aus dem Fenster, putzt an einer Lampe herum und sagt schließlich: »Also, interessant wär's schon. Wer will nicht wissen, ob er den Markt beeinflussen kann? Ein Experiment wär's.«

»Also komm, versuchen wir's«, drängt Martin. »Ich bring das Geld und du die Kontakte.«

»Und die brillanten Ideen.«

»Ja, die auch.«

»Hälfte?« Rudi lacht ihm ins Gesicht.

»Drittel.«

»Hälfte.«

»Aber erwarte nicht zuviel«, sagt Rudi am nächsten Morgen. »Das kann auch gründlich schiefgehen. Ist eher ein Experiment als sonst was. Keine sichere Sache. Wenn wir Pech haben, dann bist du bloß dein Geld los.«

»Dann bin ich halt ihr Sammler«, sagt Martin, »ist doch auch nicht schlecht. Ich wollte schon immer ein Kunstsammler sein.«

»Aber Sammler behalten noch was von ihrem Geld für die nächsten Bilder.«

»Oh, keine Angst. Bei den Preisen, die sie bis jetzt nehmen kann, werd ich nicht arm.«

»So gestopft bist du?«

»Schwer gestopft.«

»Kannst Rudi zu mir sagen. Und meine Lieblingskuh werden.«

»Zum Melken?«

»Mhm.«

»Heh, Kuh, ich brauch noch bißchen Milch«, sagt Rudi später am Tag, als er kurz vom Laden in die Wohnung kommt. »Kannst wieder was dazuverdienen.«

Einer seiner Zuträger, ein Anwalt, den er für jeden Tip bezahlt, hat ihm die Konkursmasse eines Uhrengeschäftes angeboten, und er will ein paar alte Uhren daraus haben.

»Die könnte ich schon allein bezahlen«, sagt er, »so flüssig bin ich. Aber da liegt eine Unmenge alter Swatch-Uhren herum, die steigen immer noch im Wert. Wenn ich die ein halbes Jahr liegen lasse, bringen sie Geld. Und so lang kann ich mir kein totes Kapital leisten. Nicht bei meiner Finanzlage.« Er braucht achttausend Mark.

»Aber eins sag ich dir gleich: Mehr als ein Drittel vom Gewinn kriegst du nicht.«

»Hälfte«, sagt Martin.

Rudi grinst und stöhnt.

In einer Trattoria am Largo Chigi beraten sie abends, wie man am besten an die Bilder käme.

»Du bist der Strohmann«, sagt Martin, »und hast ihre Ausstellung in Hamburg gesehen. Du arbeitest für mehrere Sammler und bietest ihr an, ihr gesamtes bisheriges Werk zu einem Sonderpreis zu kaufen. Wenn deine Sammler anbeißen, sagst du, steigt ihr Marktwert und ihr Ruf, oder so.«

»Von dir darf sie nichts wissen?« fragt Rudi.

»Nein, ich bin tot.«

»Oh, tot? Gehts nicht ' ne Nummer kleiner?«

»Nein. Und lock sie nicht auf meine Spur. Nix von Rom. Du kommst aus irgendeiner anderen Stadt.«

»Das klingt ein bißchen kriminell. Willst du der Dame eins auswischen?«

Martin überlegt. Will er das? Er weiß es nicht. Fest steht nur, er will die Bilder und versuchen, sie bekannt zu machen.

»Nein, wo denkst du hin.«

»Ich meinte, das aus deinem Engagement irgendwie rauszuhören.«

»Na ja, insofern vielleicht, als ich so viel wie möglich an ihr verdienen will. Mehr als sie mitkriegt mindestens. Wenn mans so betrachtet, ist das ihr eins ausgewischt. Sie schuldet mir was.«

»Ihr helfen und sie bescheißen, das willst du, stimmt's?«

»Ein bißchen ruppig ausgedrückt, aber kommt in etwa hin, ja.«

»Na ja«, sagt Rudi skeptisch, »wenns klappt, machts vielleicht Spaß. Wenns nicht klappt, haust du Geld raus und dekorierst deinen Slum mit den Bildern. Ist doch auch was.«

»Eben«, sagt Martin und will sich gerade zufrieden zurücklehnen, als ihm einfällt, daß das Ganze an Hanischs Anwesenheit scheitern könnte. Wenn der sich als Beschützer und Manager aufspielt, kann man sich den Kauf wohl in die Haare schmieren.

»Professor ist der?« fragt Rudi. »Dann muß er ja auch mal was arbeiten. Man kann ihn vielleicht umgehen. Laß mich probieren. Hamburg wollte ich schon lang mal wieder sehen. Der Prof muß keine Hürde sein. Du darfst nicht gleich schlappmachen. Wenn ihre Preise dir zu hoch sind, kannst du ja mit weniger Bildern anfangen.«

»Nein, ich will alle. Zu einem gescheiten Preis.«

»Hm, na ja, dein Geld. Ich hau es gerne raus.«

»Wenn du Hanisch rumkriegst, dann bist du ein Genie.«

»Ist das der Prof?«

»Mhm.«

Auf einmal kommt ihm der Plan absurd vor. Wieso sollte Anne ihre Bilder alle auf einmal verkaufen? Zu Preisen von drei- bis fünfhundert Mark? Aber sie braucht immer Geld. Und etwa fünfzehntausend Mark sind für sie eine beachtliche Summe.

»Komm«, sagt Rudi, der den Stimmungsumschwung spürt. »Bloß kein Defätismus jetzt. Vielleicht klappts ja. Irgendwas machen wir schon draus. Du bringst mir ja schließlich Glück als Partner.«

»Dito«, sagt Martin.

## 7.

Sie kam jetzt schon seit einigen Tagen, füllte den Kühlschrank mit Bier und überließ ihm jeden Morgen sein Bett. Er versuchte, sich nicht anmerken zu lassen, wie eilig er es hatte, unter die Decke zu schlüpfen, um in ihrer Wärme einzuschlafen.

Eines Nachmittags wachte er frierend auf und sah sie mit irgendwas beschäftigt am Tisch sitzen. Er zog die Decke über sich, denn er hatte nackt geschlafen, da sagte sie: »Halt, warte. Ich habs gleich.«

Sie drehte den Block um und zeigte ihm die Skizze. Sie hatte ihn gezeichnet.

»Du warst das beste Modell im Aktsaal«, sagte sie. »Seit du nicht mehr kommst, geh ich auch nicht mehr hin.«

»Hast du etwa meine Decke weggezogen?«

»Ja.«

Er konnte nicht sprechen vor Zorn. Er stand auf, zog sich an und ging in die Küche, um Kaffee aufzusetzen. Kurze Zeit später kam sie hinterher. Sie schien seinen Ärger zu spüren, denn sie legte ihre Hand auf seinen Arm und sagte: »Komm schon. Ich bestehl dich doch nicht.«

»Und ob du das tust.« Seine Stimme klang lauter, als ihm recht war: »Du nimmst mich einfach, ohne zu fragen. Was ist das, wenn nicht stehlen?«

»Also nehmen«, sie lachte, »unter nehmen stellt man sich aber was anderes vor.«

Ihm war nicht nach Lachen zumute. »Ich werde gefragt, wenn man mich zeichnet. Normalerweise sogar bezahlt.«

Er wußte, was sie jetzt tun würde, und fiel ihr in den Arm. »Kannst du stecken lassen. Wenn du hier mit einem Zehnmarkschein wedelst, kannst du gleich gehen.«

Für einen Augenblick sah es aus, als wolle sie wütend aus der Küche rennen, aber dann gelang es ihr, sich zu fassen, und sie lachte wieder. Wenn auch ein wenig künstlich.

»Es wär ein Fünfziger gewesen, und ich bitte dich darum, mir zu sitzen. Es ist wichtig für mich. Ich brauch dich.«

»Als Modell?«

Sie nickte.

»Dann dreh beim nächstenmal die Heizung hoch.«

Sie nahm sein Gesicht in beide Hände, zog ihn zu sich herab und küßte ihn schmatzend auf den Mund. Dann half sie ihm, Spaghetti zu kochen, und schnitt alle Tomaten und Zwiebeln klein.

Später in der Nacht kam sie zum Taxistand, klopfte an sein Wagenfenster und stieg auf der Beifahrerseite ein.

»Davon hab ich wochenlang geträumt«, sagte er und legte die Hände aufs Lenkrad. Und wieder sah sie ihn an, als seien Bemerkungen dieser Art nicht vorgesehen. Sie schwieg und lehnte sich in den Sitz zurück.

Er hängte den Gebührenzähler ab und fragte, wohin sie wolle. Dann startete er den Wagen und fuhr los.

»Zu mir«, sagte sie. »Durchschnitt zehn. Weißt du wo?«

»Geht von der Grindel ab«, sagte er, stolz auf den noch frisch gespeicherten Stadtplan in seinem Kopf.

»Warte bitte«, sagte sie dort, stieg aus und verschwand in dem dunklen Mietshaus. Nach wenigen Minuten kam sie mit einer Plastiktüte in der Hand wieder heraus. »Das Arschloch ist tatsächlich ausgezogen. Bin ich froh.«

»Wer?«

»Schon vergessen. Wenn ich das neue Türschloß hab, lad ich dich zu mir ein. Aber vorher trau ich mich nicht nach Hause.«

»Ist der so gefährlich?«

»Ich will nicht von ihm reden.«

»Dann werd ich nicht weiter in dich dringen.« Nach diesem Satz hing ein so deutliches Schweigen in der Luft, daß Martin bei der nächsten Gelegenheit, die ihm der Verkehr ließ, den Kopf wandte. Sie grinste übers ganze Gesicht.

»Nicht in mich dringen, häh?«

Bei sich zu Hause setzte er sie ab, und als er den Tacho wieder anhängte, sagte sie: »Du bist ein höflicher Mensch. Und ich bin dir dankbar. Bis Morgen.«

Er wartete noch, bis oben in der Wohnung die Lichter angingen, dann fuhr er los, zurück zum Taxistand.

In dieser Nacht war viel zu tun, er stand nie länger als eine Viertelstunde, aber die Zeit verging von ihm fast unbemerkt, denn Annes »Nicht in mich dringen, häh« kreiste ihm wie Musik im Kopf. Dieser Satz schaffte, was die Lupe nicht vermocht hatte.

Die letzten beiden Male war sie wach gewesen, wenn er nach Hause kam. Wollte sie sein Bett freigeben oder vermeiden, daß er sich zu ihr legte? Es gefiel ihm, von ihr empfangen zu werden. An diesem Morgen jedoch schlief sie tief, und er setzte sich leise wie beim ersten Mal an seinen Küchentisch.

Er war auf Seite drei der Morgenpost, als er sie aufstehen und heranschlurfen hörte.

»Hallo.« Sie fuhr sich verschlafen mit der Hand durch die Haare. »Sitzt du da schon lang?«

Er schaute auf seine Armbanduhr und schüttelte den Kopf.

»Du mußt dich bitte umdrehn«, sagte sie, nahm ihn bei den Schultern und drehte ihn so, daß er mit dem Rücken zur Duschkabine saß. Diese Haltung war unbequem, aber er nahm sie gern in Kauf, denn so konnte er ihr Spiegelbild im Küchenfenster sehen. Die Tage wurden allmählich kürzer, und der Himmel war grau verhangen, deshalb brannte in der Küche noch das Licht.

Sie zog sich ihr T-Shirt über den Kopf, und als sie sich niederbeugte, um das Höschen abzustreifen, fielen ihre Brüste nach vorn, und er hielt den Atem an. Sie beugte sich noch tiefer, so daß der Tisch sie verbarg, und als sie wieder auftauchte, sah ihm ihr Spiegelbild direkt in die Augen.

»Hab ich gewußt«, sagte sie, aber es klang nicht entrüstet. Schnell verschwand sie in der Duschkabine und zog die Tür zu.

»Auch nicht mit den Augen«, sagte sie, als das Wasser zu fließen begann.

»Was nicht mit den Augen?«

»In mich dringen.«

»Sagte das Playboy-Modell mit den Heerscharen gebrochener Herzen hinter sich.«

»Fotos«, sagte sie verächtlich, »Fotos leben nicht. Ich lebe.«

Das mache es schöner, wollte er sagen, verkniff sich aber die Bemerkung. So leicht, wie es sollte, würde es nicht klingen, denn er hatte noch immer ihre Brüste vor Augen und den Blick, mit dem sie ihn eben ertappt hatte. Er stand vom Tisch auf und legte sich nebenan ins Bett. Als sie aus der Dusche kam, fragte er: »Wieso hab ich dich an der Hochschule nicht gefunden?«

»Ich studier dort schon lang nicht mehr.«

»Aber du warst doch beim Aktzeichnen?«

»Aber nicht mehr als Studentin«, sagte sie. »Mein Malereistudium ist schon lang fertig. Ich steh kurz vor dem Examen in Kunstgeschichte. An der Uni.«

Sie hantierte mit der Kaffeemaschine, raschelte mit

der Zeitung und klimperte mit Besteck. Er dämmerte langsam weg und antwortete schon im Halbschlaf, als sie ihn fragte: »Kann ich dich heut zeichnen?«

»Nach dem Frühstück. Weck mich. Halb fünf.«

Das Plätschern und Gurgeln des Kaffees aus der Maschine träumte er schon.

## 35.

Seit einiger Zeit läßt er den Stadtplan zu Hause, wenn er zu Fuß ins Zentrum geht. Inzwischen reicht sein Italienisch schon für Fragen nach dem Weg. Meist geht er jedoch ohne festes Ziel und läßt sich mit den Menschenströmen treiben.

Die Touristen beachtet er nicht, nur manchmal denkt er, als Toter müßte ich aufpassen, daß mich niemand erkennt. Alle Welt ist in Rom, mich könnte jederzeit einer ansprechen. Aber das passiert nie. Vielleicht weil er immer öfter durch die Seitenstraßen geht. Er fühlt sich schon fast als Römer, denn er kennt jetzt ihre Wege durch die Stadt.

Gestern ist Rudi nach Hamburg gefahren. Die Pläne, die sie geschmiedet hatten, kann Martin für seine Geschichte brauchen. Wie Pingpongbälle waren die Probleme und Lösungsvorschläge zwischen ihnen hin- und hergeflogen.

»Wird sie bereit sein, den Galeristen um seinen Anteil zu bescheißen?« fragte Rudi. »Sie verdankt ihm, daß ich ihre Bilder entdecke.«

»Jede Wette. Kennst du einen Künstler, der nicht über Leichen geht?«

»Und wie hab ich ihre Adresse rausgefunden?«

»Du hast im Telefonbuch nachgesehen. Der Galerist hat sie dir natürlich nicht gegeben, weil er gerochen hat, daß du ihn umgehen willst.«

»Hast du nicht gesagt, sie hat ein Pseudonym?«

»Doch, du hast recht. Aber warte mal, das Pseudonym fängt an wie ihr Familienname. Boro, Borowsky. Du hast dir deinen Teil gedacht und alle weiblichen Teilnehmer mit Boro am Anfang angerufen. Sie ist die fünfte oder so.«

»Mhm, wenn sie ein bißchen leichtgläubig ist, könnte das gehen. Da kann sie meinen Scharfsinn bewundern. Ist sie ein bißchen leichtgläubig?«

»Ach nein! Verdammt! Sie wohnt ja bei Hanisch, und den kannst du nicht kennen.«

»Moment, ich kann doch in ihrer eigenen Wohnung angerufen und nach ihr gefragt haben. Die Nachmieter haben mir die Nummer gegeben.«

»Jetzt bewundere ich deinen Scharfsinn.«

»Ich ruf da wirklich an, dann kann sie die Nachmieter fragen.«

So ging es hin und her, bis Rudi sich einigermaßen sicher fühlte. Er versprach, sich zu melden, falls irgend etwas Unerwartetes geschähe.

»Pronto?« sagt Martin in den Hörer und ist bereit, seinen gelernten Satz abzuspulen, falls die Stimme am anderen Ende Italienisch zu sprechen anfinge.

»This is Sharon, bist du das, Martin?«

»Ja. Hallo.«

»Are you mad at me? Bist du mir böse?«

»Nein. Aber nein. Dafür kannst du doch nichts. Mach dir keine Gedanken.«

»Ich wollte dich und Rudi für übermorgen abend zu Manfred einladen. Er sagt, du bist einsam. Er macht ein Fest in seiner Garten und hat mich gefragt, euch zu sagen.«

»Ja, gern. Rudi ist aber weg. Weiß nicht, ob er rechtzeitig kommt.«

»Ja. Hauptsache, du.«

»O.K. Ich komm gern.«

»Martin?«

»Ja?«

»Es tut mir wirklich leid. Ehrlich.«

»Schon gut. Ich bin nicht sauer. Auch ehrlich.«

»Martin?«

»Hm?«

»Bist du wirklich einsam?«

Er muß nachdenken, um diese Frage richtig zu beantworten. Ist er einsam? Vielleicht, ja. Irgendwas spürt er bei diesem Wort, und es ist nichts Angenehmes.

»Könnte sein. Doch. Aber vielleicht will ich es so haben.«

Sein Schweigen hat zu lang gedauert.

»See you there«, sagt Sharon und legt auf.

Er hat sie völlig vergessen. Dabei war er bei Franca Brauckner so vernarrt in sie gewesen, daß er ihr den Wagen regelrecht aufgedrängt hatte. Nun ja, jetzt, mit ihrer Stimme im Ohr, hat er auch ihr Bild wieder vor Augen. Ihm gehen Vorstellungen durch den Kopf, wie sie sich das Hemd aufknöpft, er ihr den Rock hochschiebt und sie ihm ins Ohr flüstert: »Bist du einsam?«

Er muß ausgehungert sein. Aber unter seiner Gürtellinie herrscht so lange schon diese Trostlosigkeit, daß die Vorstellungen nicht besonders wirken. Es ist, als könne die Liebe nur fade sein. Sie knöpft ihr Hemd auf, na und? Er schiebt ihren Rock hoch, na und? Sie flüstert ihm ins Ohr, das kitzelt nur und stört.

## 8.

Da war nichts zu entdecken, was nicht ihr gehören konnte, als er sich in Annes Wohnung umsah. Entweder hatte das ominöse Arschloch keine Spuren hinterlassen, oder alle waren restlos getilgt. Überall hingen oder lehnten Bilder an den Wänden, und die allermeisten stellten Martin dar. Eindeutig. Ihre Malweise vergröberte stark, und den Gesichtern war weniger Aufmerksamkeit widerfahren als den Körpern, aber er kannte die Posen und sah sich wie in einem vibrierenden Spiegel. Es waren nur Akte, und sie wirkten eigentümlich unkomponiert, so, als seien die Figuren ganz zufällig in den Bildausschnitt geraten. Aber wandte man die Augen ab, dann schien es, als sprängen diese Körper aus der Wand, jeder mit einer eindringlichen Gebärde.

»Das ist mir eine Ehre«, sagte er.

»Verstehst du was davon?« fragte sie, und es klang nicht wie ein Verbot, sich einzumischen, sondern so, als interessiere sie sich wirklich für die Antwort.

»Ich glaube nicht, nein.«

Sie stellte sich neben ihn mit einer kleinen Mappe

und blätterte Skizzen, eine nach der anderen, um. »Gefallen dir die?«

Sie wollte die Mappe wieder schließen, nachdem sie das letzte Blatt umgedreht hatte, aber er fiel ihr in den Arm, sagte: »Moment« und blätterte zurück. »Das hier«, und er blätterte weiter, »das hier und dieses, die sind vielleicht nicht so gut.«

»Du verstehst was davon«, konstatierte sie trocken, nahm die drei Blätter heraus, zerriß sie und warf die Fetzen in den Papierkorb. »Dich frag ich öfter.«

Er erschrak vor der unbeteiligten Miene, mit der sie ihre eigenen Bilder zerstörte.

Ein eigentümliches Gefühl, sich für eine einzelne Person auszuziehen. Im Aktsaal war es selbstverständlich gewesen und seine Nacktheit so normal wie früher in der Dusche nach dem Turnunterricht. Aber jetzt in diesem leeren Zimmer, in dem es nur ein Podest, eine Staffelei, einen Stuhl mit Rollen und eine Spanplatte auf zwei Malerböcken gab, war er schamhaft wie nie zuvor. Schamhaft, das Wort ist ausgestorben, dachte er, als er sich dessen bewußt wurde. Was mach ich, wenn mein Ding sich wieder regt?

Die Sorge war unbegründet, nichts rührte sich. Nach Herzenslust konnte sie an ihm herumbiegen, und keine ihrer Berührungen löste irgend etwas aus. Außer einem kleinen Gefühl des Stolzes, ihrer eindringlichen und behutsamen Aufmerksamkeit wert zu sein. Ist ja klar, dachte er, ich hab viel zuviel Angst davor, da kann es nicht passieren.

Endlich hatte sie die Pose, die sie wollte, und umkreiste ihn langsam, ihren Zeichenblock auf den Knien und Blatt für Blatt mit festen Strichen füllend. »Sag, wenn du eine Pause brauchst«, sagte sie einmal, aber es dauerte länger als zwei Stunden, bis er aus seiner Trance wiederkehrte, in der er nicht einmal das Reiben der Stifte und Quietschen der Rollen unter ihrem Stuhl gehört hatte. Nur eine Art Musik, die er nie würde beschreiben können.

»Du bist phantastisch.« Sie reckte sich, als hätte sie statt seiner stillgesessen. »Komm, wir gehn essen.«

Bis er wieder fahren mußte, blieb nicht mehr viel Zeit, und so konnte er sich in dieser neuen Vertrautheit nicht einrichten. Er hoffte, sie würde dauern, glaubte aber, daß dieser Zustand zum Zeichnen gehörte und deshalb wieder vergehen müßte.

Später im Wagen aber dachte er, es läßt sich ja erneuern. Wann immer sie mich zeichnet, wird es wieder da sein, und er begriff, was das für ein Vertrautsein war. Dasselbe wie nach der Liebe. Dieselbe wortlose Einigkeit und derselbe tröstliche Glaube, nur ein Teil von etwas Größerem zu sein.

## 36.

Rudi hat nicht angerufen. Statt dessen poltert er in der nächsten Nacht gegen elf Uhr in die Wohnung und ruft: »Es hat geklappt. Du bist um zwölftausend Mücken ärmer!«

»Erzähl«, sagt Martin und drückt ihn auf den Küchenstuhl.

»Du bist nicht ganz richtig informiert«, fängt Rudi

an, »sie wohnt in ihrer Wohnung. Durchschnitt zehn, wie's im Telefonbuch steht. Keine Spur von einem Professor. Ich hab dort angerufen und nach ihr gefragt, und da sagt sie ›am Apparat‹. Was du mir auch verschwiegen hast, ist das Kaliber.«

»Kaliber?«

»Die Frau ist doch ein Grund, sich an den Regen zu gewöhnen!«

Martin muß lachen. Auch einer, in die Sonne zu wollen, denkt er, sagt aber nur: »Weiter.«

»Ich könnt mich ernstlich verlieben.«

»Tu's nicht, das hat seine Schattenseiten.«

Rudi sieht ihn an, als frage er sich, ob von Martin Gefahr drohe, ob er eifersüchtig sei, ob man seine Worte besser wählen müsse. »Na gut. Schon klar. Ich verlieb mich nicht. Versprochen. Hör zu: Ich hab vierunddreißig Bilder von ihr, mehr, sagt sie, hat sie nicht, weil sie immer wieder die mißlungenen zerstört. Stimmt das?«

»Ja. Sie hat phantastische Bilder zerschnitten oder übermalt. Das kann man nicht mit ansehen.«

»Ich glaube, sie hat mir das mit den Sammlern nicht recht abgenommen«, fährt Rudi fort. »Sie hält mich wohl für einen Galeristen, der vielleicht ein Krankenhaus oder eine Behörde einrichtet, aber trotzdem war sie mit dem Preis zufrieden. Sie kann ja neue malen, hat sie gesagt. Und das mit dem steigenden Marktwert hat ihr gefallen.«

»Und die Bilder, wo hast du die?«

»Schickt sie mir.«

»Nach Rom? Bist du blöd?«

»Aber nein, reg dich ab. In die Schweiz. Ich komme aus Rupperswil im Kanton Aargau. Und falls sie dort anrufen sollte, sagt mein Gewährsmann, ich sei auf Reisen. Er schickt die Bilder weiter und alle andere Post auch.«

Rudi holt eine Flasche Sekt aus dem Kühlschrank, jagt den Korken durchs Fenster in die Nacht, füllt zwei Gläser und sagt: »Prost Partner. Auf deine Exfrau oder wer sie ist. Sie macht mir Eindruck.«

»Fandest du sie irgendwie bedrückt oder so?« fragt Martin und will sich im selben Augenblick auf die Zunge beißen, so klar muß Rudi sein, daß er hören will, sie vermisse ihn. Aber Rudi zeigt Stil und läßt sich nichts anmerken, kein Mitleid, keinen Spott und kein Interesse, als er antwortet: »Nein. Ein bißchen in sich selbst versunken vielleicht, aber nicht bedrückt, nee.«

Martin ist froh, um die Peinlichkeit herumgekommen zu sein, und vielleicht fühlt sich auch deshalb seine Enttäuschung wie Erleichterung an.

## 9.

Er machte keinen Versuch, sich ihr zu nähern. Ihre Zeichen, daß er Abstand halten sollte, waren deutlich, er hätte sich nur blamiert und immer weitere dieser Zeichen herausgefordert. Aber etwas Ähnliches wie Intimität entstand dennoch zwischen ihnen durch die Stunden, in denen sie ihn zeichnete. Als baute sich ein immer dichter abgeschotteter Raum um sie beide auf, in den die Außenwelt kaum noch eindringen konnte, stellten sie ihre Leben aufeinander ein wie ein Paar. Versorgt voneinander mit allem außer Liebe.

Ihr Tagesablauf geriet zu einem festen Ritual. Sie kam mit Brötchen fürs Frühstück, deckte den Tisch und machte Kaffee, während er duschte, und dann, meist gegen vier Uhr nachmittags, gingen sie durch den Park zu ihr und kauften unterwegs ein, was sie zum Essen brauchten. Dann zeichnete sie ihn, solange noch Tageslicht ins Zimmer fiel.

Später kochte er bei ihr oder ließ sich zum Essen einladen. Manchmal begleitete sie ihn dann noch zur Taxifirma, und er brachte sie mit dem Wagen nach Hause. Nachts, wenn er die Betrunkenen an ihre Haustüren lehnte, zappelige Ehebrecher mit ihren Eroberungen zu den Vertreterhotels verfrachtete oder gesittete Kulturkonsumenten in ihre Uhlenhorster Villen oder Eppendorfer Stadthäuser fuhr, dann übertrug Anne die Zeichnungen auf Leinwand, und die Zahl seiner Abbilder wuchs und überwucherte die Wände.

Beim Zeichnen schwiegen sie, und wenn sie aßen, oder auf ihren Wegen durch den Park, redeten sie wenig. Nur gelegentlich entstand ein sprudelndes Duett, das mit einem Lachen oder burschikosen Stoß an Martins Schulter endete. Als hätten sie sich darüber abgesprochen, nur in der Gegenwart füreinander dazusein und keine Vergangenheit, sei sie nun aufregend oder banal, zu zitieren, berührten ihre Reden nie ihr vorheriges Leben. Auch die Zukunft blieb tabu, mit Ausnahme der allernächsten, wenn es zum Beispiel um die Einkaufsliste fürs Essen oder andere Besorgungen ging.

Immer öfter ertappten sie sich dabei, daß sie im selben Augenblick dasselbe wollten, dasselbe Thema anschnitten oder nach demselben Gegenstand griffen. Sie ließen sich von etwas faszinieren oder verloren das Interesse daran im selben Moment, waren sich einig über ästhetische Dinge und bekamen gleichzeitig Hunger.

Er bewunderte ihre Arbeit und war stolz auf seinen Beitrag. Ihm entstand daraus ein seltsames Verhältnis zu sich selbst. Auf ihren Bildern sah er sich als Wesen und in Wirklichkeit als etwas wie einen Vorschlag. Ein Angebot. Von dem sie Gebrauch machte.

Bald war ihm auch die Nacktheit vor ihr so selbstverständlich geworden, daß ihn selbst würdelose Posen oder Perspektiven nicht mehr störten. Verharrte er auf Händen und Knien, weil sie es von ihm forderte, dann änderte sich nichts in seinem Gefühl, wenn sie bei ihrem langsamen Umkreisen hinter ihm anlangte und seinen Anus direkt vor Augen haben mußte. Es wird Kunst sein, dachte er dann, und eine andere Würde ausstrahlen. Sein Körper und sein Wesen waren der Rohstoff.

Und dann, wenn nach und nach aus den Skizzen fertige Ölbilder entstanden waren, sah er seine eigene Gestalt in beharrlicher Bewegung immer weiter in die Welt vordringen. Wie ein langsamer Tanz war das, der für jeden seiner Schritte mehrere Tage brauchte, und in jedem dieser Schritte hielt ihn Anne einmal fest und sprang er selbst wenig später aus der Wand.

Er war kein Exhibitionist, empfand keine Lust daran, sich auszustellen, doch ihm schien, als wüchse ihm durch Annes Arbeit eine Würde zu, auf die er anders kein Anrecht hätte.

# 37.

Einige der Gesichter hat er schon auf Franca Brauckners Fest gesehen. Ein Fernsehjournalist, ein Kinderbuchautor, dessen Namen ihm Rudi zuflüstert, und eine Frau, die konzentrische Wellen von Aufmerksamkeit um sich zieht, wie es typisch ist für Berühmtheiten.

Die Terrasse ist schon überfüllt, als er mit Rudi ankommt, und es dauert eine Weile, bis er endlich einen Außenposten findet, von dem aus er das Geschehen beobachten kann.

Die meisten hier kennen einander von Veranstaltungen des Goethe-Instituts, der Botschaft oder Elternabenden der deutschen Schule. Martin ist froh, teuer angezogen zu sein. Zwar müßte er in seinem verbeulten Anzug eher wie ein Spieler mit Pechsträhne oder enterbter Industriellensohn aussehen, aber die Leute hier haben ein Auge für Qualität, und vielleicht nehmen sie ihm den Schriftsteller ab, als der er von Manfred vorgestellt wurde. Ausnahmsweise ist ihm das wichtig. Er möchte sich nicht ausgeschlossen fühlen.

Immer wieder kommt Rudi her und bleibt einige Minuten bei ihm stehen, als fühle er sich für Martins Wohlergehen verantwortlich, aber die meiste Zeit scheint er Kontakte zu pflegen. Für Martin ist es, als beobachte er Rudi bei der Arbeit, wie er den Partyprofi spielt und sich routiniert hier und dort in Gespräche mischt, um nach einigen Sätzen, einem Gelächter oder Schulterklopfen wieder weiterzuschlendern. Würde er ihn jetzt erst kennenlernen, fände er ihn unsympathisch.

Sharon hat ihn eigentümlich schüchtern begrüßt. Als wäre sie mit ihrer Frage am Telefon zu weit gegangen und müsse nun für neuen Abstand sorgen. Sie trägt ein gelbes Kleid, dessen weicher dünner Stoff sich bei jeder Bewegung für einen Augenblick an ihre Haut legt. Oft, wenn er sie ansieht, wirft sie den Kopf in den Nacken und verschränkt die Arme dahinter, um ihre Brüste zu straffen. Sie benimmt sich, als wolle sie noch heute nacht aus dem Paradies vertrieben werden. Ihre ausgestellte Sinnlichkeit entspricht seinen Phantasien, die er frei und jetzt ganz ohne Langeweile streunen läßt. Immer wieder sieht er zu ihr hinüber, um die Bilder in seinem Kopf mit den richtigen Maßen auszustatten. Das Spiel gefällt ihm. Sie gefällt ihm. Er glaubt auch, sie tanzt für ihn diesen Du-kannst-mich-haben-Tanz, denn sonst ist da niemand, der sie ähnlich mit den Blicken verschlungen hätte. Er achtet darauf, sich nicht zu betrinken.

Rudi setzt sich neben ihn und deutet auf die mit dem Rücken zu ihnen stehende Berühmtheit. »Siehst du die?«

»Ja.«

»Eine Nichte von Agnelli. Sie kauft ein Bild.«

»Von Anne?«

»Von Arne.«

»Von wem?«

»Arne. Arne Boro. Dem interessanten Einsiedler, den ich entdeckt habe.«

»Das ging aber schnell mit der Geschlechtsumwandlung. Gratuliere.«

»Dir selber kannst du gratulieren. Wenn ich noch ein, zwei solche Trendsetter dazu kriege, dann rennen die uns die Tür ein.«

Schade, jetzt ist Sharon aus seinem Kopf vertrieben. Als Rudi auf ihn zukam, hatte er gerade noch ihre Brüste ausgepackt und war dabeigewesen, ihr den Rock hochzuschieben.

»Hör zu«, sagt Rudi, »wir müssen uns was ausdenken. Eine richtige Legende. Ich hab einfach ein bißchen geheimnisvoll getan, aber das kann ich nicht lang durchziehen. Wir brauchen eine richtige verkaufsfördernde Geschichte. Irgendwas, das man weitererzählt. Was Fetziges, Gesprächsstoff, verstehst du?«

»Interessant, rätselhaft und tragisch.«

»Du hast es erfaßt. Der Künstler ist die Ware, sein Bild das Etikett.«

»Warum ist Arne Boro nicht berühmt, wenn er so interessant ist?«

»Genau in der Richtung muß uns was Logisches einfallen. Da sitzt der Haken. Warum sollen die Leute ihn kaufen, obwohl ihn niemand kennt? Es muß etwas geben, das seine Unbekanntheit veredelt und erklärt.«

»Hmm. Er lebt auf einer Insel?«

»Ja und? Mehr.«

»Kann nicht sprechen? Nein, Quatsch, was ist daran toll. Ist er der Sohn von Adolf Hitler? Sein Enkel? Martin Bormann? Boro, Bormann, das paßt doch.«

Rudi lacht. »In der Richtung. Weiter. Gut. Noch nicht der Haupttreffer, aber gut.«

»Ist er tot?«

»Nein. Bringt nichts mehr. Ist was für die Kunstgeschichte, nicht für den Markt.«

»Todkrank, stirbt bald?«

»Nicht schlecht, merken wir uns. Weiter.«

»Woran, Aids?«

»Unappetitlich.«

»Geheimnisvoller Virus?«

»Denkt jeder an Aids, auch nix.«

»Und wie wär's mit dem elektrischen Stuhl oder so was? Sitzt in der Todeszelle, hat ein paar Leute umgebracht, am besten welche, denen mans gönnt, und wartet auf seine Hinrichtung?«

Rudi erschlafft, als habe Martin so danebengetroffen, daß nun alles weitere Nachdenken nicht mehr lohnt. »Nein, nein, das ist zwar sehr schlau, aber es geht ja nicht. Erstens müssen wir den Künstler irgendwann vorführen, er muß ansehnlich und begehrenswert sein, zweitens hätte man doch von den Morden gehört. Die Story platzt ja gleich.«

Martin hat genug von diesem ungleichen Spiel. Er strengt sich an, auf Ideen zu kommen, und Rudi spielt den Artdirector, der die Zensuren verteilt.

»Ist doch nicht schlecht«, sagt er, als Martin sich beschwert. »Arbeitsteilung. Du bist kreativ, und ich weiß Bescheid. Ist doch gut so. Mach weiter.«

Aber Martin hat keine Lust mehr. In seinem Augenwinkel blitzt etwas Gelbes auf, und er dreht den Kopf in der Hoffnung, Sharon zu entdecken.

Sie ist da, aber schaut nicht mehr her. Schade, sie hat seinen Ausstieg aus dem Flirt bemerkt. Rudi wartet geduldig, bis Martin wieder spricht: »Im Kloster?«

»Wo lebst du denn? Wen interessiert ein Mönch?«

Rudi denkt nach: »Aids von Clinton müßte er haben, oder von Ghaddafi. Da brauchte man nur abzuwarten, wer in nächster Zeit mager wird. Oder von Mick Jagger. Oder Pavarotti.«

»Die sind alle nicht schwul.«

»Ja eben. Aids von Schwulen ist witzlos.«

Martin muß grinsen: »Unfein ist es auch.«

»Stimmt«, sagt Rudi, »hast recht. Das ist alles Quatsch.« Er steht auf, geht ins Haus und läßt Martin sitzen.

Sharon ist verschwunden. Martin sucht das Haus nach ihr ab, drückt sogar die Klinke der Badezimmertür, aber sie ist nirgends mehr zu finden. Er verabschiedet sich und fährt mit Rudis Alfa nach Hause.

Im Bett versucht er, seine Vorstellung wiederzuerwecken, Sharon noch einmal in Gedanken zu berühren, aber alle Bilder, die er ruft, bleiben merkwürdig starr. Nach einer Weile steht er auf und holt nach, was er zu trinken versäumt hat.

## 10.

Ein Ring von aufgehängten Bildern hatte sich um das Atelier gelegt, und ein zweiter, an die Wände gelehnt, war kurz davor, sich zu schließen, da sagte sie eines Nachmittags, als Martin sich auszog: »Ich will was Neues anfangen.«

Es waren die ersten wirklich sommerlichen Tage des Jahres, gerade noch rechtzeitig, knapp nach dem Herbstanfang. Von draußen drang das Geräusch klappernder Schritte herein, und eine Frauenstimme sagte: »Geh du doch hin, wenn du sie so vermißt.«

»Was?« fragte Martin, da sie so lange schwieg und offenbar auf diese Frage wartete.

»Ich will eine Serie Aquarelle machen. In Begierde.«

»In was?«

»Begierde. Du sollst erregt sein. Eine Erektion. Ich will dich zeichnen mit einer Erektion.«

Er knöpfte seine eben geöffneten Jeans wieder zu und setzte sich auf den Rand des Sockels. Eine Zeitlang sah sie ihn schweigend an, und er versuchte, so offensiv es ging, zurückzustarren.

»Ist dir das peinlich?« fragte sie dann.

»Ja.«

»Aber wieso denn? Das muß dir doch nicht peinlich sein. Du bist der Körper meiner Ideen. Ich bin doch keine Fremde für dich.«

Da sagte sie's. Der Körper ihrer Ideen. Sarkastischer hätte er es auch nicht hinbekommen. Und nicht abgeschmackter. Der Körper ihrer Ideen. Das war der Titel, den sie seiner Nebenrolle gab. Zu seiner Unsicherheit kam auch noch Wut.

Sie setzte sich neben ihn, legte ihren Arm um seinen Rücken und die Stirn auf seine Schulter: »Komm, trau dich doch. Bitte. Vertrau mir doch. Ich hab so was noch nie versucht. Du kannst die Bilder zerreißen, wenn du willst.«

»Aber das geht doch nicht.« Wenigstens fand er die Sprache wieder. »Wie stellst du dir das vor? Soll ich an mir rumfummeln vor dir?«

»Du kannst dir doch was vorstellen. Stell dir doch was Tolles vor.«

»Wie kommst du nur auf so was?«

»Du hast mich draufgebracht.«

»Ich?«

»Im Aktsaal damals.«

»Da warst du mit von der Partie. Du hast mich angefaßt.«

»Ah, na gut«, sagte sie und kniete sich vor ihn, um seine Jeans aufzuknöpfen. Er stand auf, streifte Hose und Unterhose ab und stellte sich aufs Podest, um sie wie immer mit seiner Haltung experimentieren zu lassen. Seit langem hatte er wieder einmal das Gefühl, mehr als nur dies bißchen Haut zwischen ihm und ihren Augen wäre besser.

Sie stieg herauf zu ihm, drehte an seinen Handgelenken, gab ihm kleine Stüber in die Kniekehlen und senkte seinen Kopf. Sie betrachtete ihn prüfend, ging im Kreis um ihn herum, beugte sich vor und faßte ihn an mit ihrer kleinen kühlen Hand. Es funktionierte. Aber schon als sie an der Staffelei saß, fühlte er sich wieder erschlaffen. Sie sah es, stand auf, kam wieder her, und diesmal bewegte sie ihre Hand ein wenig. Aber kaum hatte sie den Stift ans Papier gelegt, war schon wieder alles beim alten.

»Es ist passiert, weil es nicht sollte«, sagte er, »und jetzt passiert es nicht, weil es soll.«

»Es muß«, sagte sie verbissen und versuchte es erneut, diesmal mit den Lippen und dann mit ihrer Zunge. Aber so groß die augenblickliche Erregung auch war, dem nüchternen und studierenden Blick hielt sie wieder nur für Sekunden stand. Martin spürte, daß er grinste, und war auf einmal nicht mehr verlegen.

»Gut«, sagte sie schließlich, »ich zeichne erst mal alles andere, dann muß ich eben schnell sein.«

Mit eiligen Strichen skizzierte sie seinen Körper, dann kam sie wieder her und umspielte ihn mit ihrer Zunge.

Inzwischen wollte er nicht mehr, daß es gelang, und als sie zur Staffelei zurückeilte, zählte er in der Art eines Countdowns zehn, neun, acht, sieben, sechs und grinste wieder, als sie entmutigt ihren Stift weglegte.

Seltsam, in dieser Weise Herr der Lage zu sein. Sonst war es doch genau umgekehrt. Man schämte sich, wenn's nicht ging. Und jetzt war es wie Rechtbehalten.

»Was mach ich nur falsch?« stöhnte sie und wunderte sich, daß er lachte. So beschäftigt mit ihrem Vorhaben, daß ihr das Komische an der Situation nicht aufgefallen war.

»Du meinst es nicht ernst«, sagte er.

»Ich meine es sehr wohl ernst.«

»Nicht dasselbe wie er.«

»Er?«

»Ich.«

Eine Zeitlang saß sie zusammengesunken da, so daß er schon glaubte, sie füge sich ins Scheitern des Unternehmens, da sagte sie, plötzlich wieder zum Leben erwacht, »schau her« und zog ihr Sweatshirt über den Kopf, faßte sich über kreuz an den Saum ihres Hemdchens und warf es dem Sweatshirt hinterher. Wie eine Stripperin bewegte sie die Schultern, so daß ihre Brüste träge hin und her schwangen.

»Na?« fragte sie siegessicher.

»Das reicht nicht«, sagte er schnell und hoffte, sie würde den Bluff nicht bemerken, denn diese Chance wollte er nicht verschwenden.

Sie stand auf und streifte ihre restlichen Kleider ab, dann schob sie die Staffelei ein wenig zur Seite, so daß sein Blick auf ihren Körper nicht verstellt war, hob die Schultern, öffnete die Beine und begann seitlich zum Papier gewandt zu zeichnen.

## 38.

Immer beiläufiger wirft Rudi nun die Geldbündel auf den Tisch, der warme Regen will einfach nicht versiegen. Für Martin ist nichts Besonderes mehr daran, seine Freude an Geld nur noch ein niedergebranntes Strohfeuer. Er legt die Päckchen nebens Bett und bringt sie gelegentlich zur Bank.

Drei Bilder hat die Agnelli-Nichte gekauft. Sie denken nicht mehr über eine Legende für den unbekannten Arne Boro nach. Rudi wird sich einfach in geheimnisvollen Andeutungen ergehen. Spekulationen seien das beste und brauchten wenig Futter. Laß die Leute sich ihr Gerücht selber basteln, sagte er, das tun sie nachher sowieso.

Tatsächlich tauchen nur wenige Tage später zwei weitere Käufer auf, und Rudi beginnt schon, die Preise anzuheben. Irgend etwas ist an diesen Bildern, das sie verkäuflich macht, irgend etwas haben sie, von dem sogar kunstgewohnte Leute angezogen werden, die doch sonst immer nur auf Sicherheit kaufen. Hoffentlich erfährt Anne noch recht lange nichts von ihren Chancen und der Achtung, die man ihrer Arbeit hier entgegenbringt.

## 11.

Die Erektion hielt lange an, und Martin fand sich in einem nie gekannten Zustand gleichzeitiger Versunkenheit bei höchster Wachheit seiner Sinne. Er starrte Löcher in Annes Haut, registrierte jede winzige Bewegung, die, vom Zentrum der zeichnenden Hand aus, irgendwo auf ihrem Körper als Echo reflektiert und weitergetragen wurde. Auch andere Bewegungen als die vom Zeichnen verursachten entdeckte er beim millimeterweisen Betasten ihrer Oberfläche mit den Augen. Bis hinunter in die Zehen, die sie manchmal zitternd hochbog, sah er Spannung durch sie gehen, sah in ihren Schenkeln und Hüften kleine Muskelstränge zucken und die Schultern sich bewegen wie von selbst. Ihre Augen, die zu treffen er die meiste Zeit vermied, hatten denselben Ausdruck von Konzentration wie immer, aber konnten nicht so wach sein wie sonst, wenn sie ihn studierte. Ihr Körper sandte seine eigenen Zeichen aus. Zeichen, die Martin erfaßte, ohne sie zu verstehen, denn sein Denken nahm nicht teil an diesem Spiel. Und ein Spiel war es, das die beiden Körper miteinander spielten, nur verbunden durch die Augen, seiner statuarisch und ruhig, ihrer nervös und auf dem Sprung. Das Spiel mit der Möglichkeit zueinanderzukommen, sich aneinander zu entzünden, um endlich, Rauch und Asche, zu verschwinden. Für immer oder kurze Zeit. Es dauerte nicht lange, da sah er ein Glitzern in ihrem Schoß und wußte, auch auf ihm war eine Perle solcher Art.

Als bekäme sie von irgendwoher kleine elektrische

Schläge, zuckte nun ihr Körper immer öfter und stärker, und sie rutschte hin und her auf ihrem Stuhl, da stand sie abrupt mit einer Drehbewegung auf und sagte, sich räuspernd und als kehre sie zurück aus einer anderen Welt: »Wir müssen ... ich ... ahm, jetzt ist erst mal Pause.«

Aus ihm wich langsam die Spannung, beschränkte sich für eine Weile noch auf den schwächer werdenden Puls zwischen seinen Beinen und verlor sich dann ganz. Er sah, schon wieder gelassen, zu, wie Anne ihre Kleider überstreifte. Heftig, schamhaft, denn jetzt war das Spiel unterbrochen, und die Regeln wurden wieder von woandersher diktiert.

Sie tranken Kaffee und schwiegen, sahen aneinander vorbei, und keine Normalität wollte sich wieder einstellen, so sehr waren sie beschäftigt mit den Nachbildern der Erregung in ihren Körpern. Das Klappern der Tassen und ein gelegentliches Schniefen von Anne waren für lange Zeit die einzigen Geräusche, bis Martin sich eine Zigarette anzündete und sagte: »Auge um Auge.«

Ihre Stimme klang, als erwache sie aus einem Dämmerzustand: »Ja.«

Er wußte, daß er jetzt nichts weiter sagen durfte, wollte er nicht alles wieder verjagen, was sie mit diesem Ja so unverhofft in den Raum zwischen ihnen entlassen hatte.

Eine Zeitlang schwieg sie und sagte dann: »Aber ziemlich seltsam.«

Noch beim Herabsteigen vom Podest hatte er geglaubt, er müsse sich augenblicklich einschließen, um dieses irrlichternde Ziehen von sich zu jagen, aber der Gedanke, vor Anne aufs Klo zu verschwinden, oder sie zu bitten, sie möge eine Weile ihr Schlafzimmer nicht betreten, war nicht nur absurd und peinlich, er verscheuchte auch die Spannung von der Haut. Hätte sie das ebenfalls gewollt? Sich zurückziehen und erlösen?

Daß sie einander nicht einfach in die Arme fielen, war schon selbstverständlich. Ihm fiel nicht auf, wie eigentümlich sie sich verhielten.

In dieser Nacht fuhr er Taxi wie ferngesteuert.

## 39.

Die Stadt ist überflutet von Touristen. Sie verlieren in der Hitze alle Form, aber sie machen sich nichts draus und schlurfen fröhlich und erschöpft, ihre verbrannte Haut noch weiter röstend, durch die Straßen, mit gutmütigen Schafsgesichtern ihren Führern hinterher, oder paarweise und einzeln mit verzücktem, arrogantem oder mißtrauischem Blick.

Mittlerweile hat Rudi schon acht Bilder verkauft. Es scheint, als seien die Tricks, über die er so gründlich nachgedacht hatte, überhaupt nicht notwendig. Diese Bilder wecken Besitzwünsche bei Frauen und, wie sich in den letzten Tagen offenbart, auch bei Schwulen. Warum? Martin versteht es nicht. Männliche Akte, nicht besonders originell, alle die Variation eines einzigen Themas, ein einzelner Mann, aus verschiedenen Perspektiven. Senden sie vielleicht Signale aus? Enthalten sie etwas von der Spannung zwischen

Anne und ihm? Sind sie stimulierend? Er kann es nicht beurteilen. Er sieht immer nur den eigenen Körper.

»So was hab ich noch nicht erlebt«, sagt Rudi eines Abends, als er den Laden schließt. »Daß Bilder einfach so Furore machen, ohne Schicki-Micki. Ich kanns nicht fassen.« Er hatte vorgehabt, zwei, drei Bilder im Herbst, wenn die Saison wieder anfinge, selbst zu ersteigern, um so auf sie aufmerksam zu machen. Er wollte Sammler, die er kannte, ansprechen und ihnen mit Hinweisen auf die Versteigerungserfolge diesen Maler als renditeträchtig empfehlen. Nichts davon ist nötig. Die Agnelli-Nichte zieht einen Schwarm hingerissener Kunstliebhaber hinter sich her, der alsbald in Rudis Laden stürmt und kauft. Nicht einmal der Sommer, Ferragosto, da doch alle Römer an der See sein sollen, wie die Legende weiß, bringt einen Einbruch in das stetige Geschäft. Sie verdienen schon wieder Geld und fangen an, sich Gedanken um den Nachschub zu machen.

»Bist du das eigentlich auf den Bildern?« fragte Rudi vor kurzem, als Martin in der Unterhose über den Flur ging. Martin antwortete nicht, zuckte nur die Schultern und verzog sich ins Badezimmer. Dort hörte er Rudi noch rufen: »Du hast Erfolg bei den Frauen.«

Davon wüßte ich, dachte er und drehte die Brause auf.

## 12.

Am nächsten Tag drängte sie ihn zur Eile und ging schneller als üblich, immer einen halben Schritt vor ihm, durch den Park. Ihre Tür bekam sie erst nach drei Versuchen auf, weil sie fahrig und nur wie nebenbei mit dem Schlüssel hantierte. So als müsse sie eigentlich die Tür schon längst hinter sich haben. Das nervöse Schweigen tat Martin wohl. Er fühlte sich sicher in dieser skurrilen Intimität. Es war leicht, sich darin zu bewegen, keine Worte daran zu verschwenden, sie nicht zu befragen noch in irgendeiner Weise zu erwähnen.

Im Zimmer zog sich Anne schon aus, bevor er die Tür geschlossen hatte, und wartete, nackt und ungeduldig, bis endlich auch er alle Kleider vom Leib gestreift hatte.

Diesmal hätte er ihre Hand nicht gebraucht, aber sie berührte ihn sacht mit einem nachdenklich-abwesenden Ausdruck im Gesicht, den man für Andacht hätte halten können. Wenn es Andacht in Verbindung mit Nervosität gäbe.

Wieder arbeitete sie schnell und konzentriert, und er verschwand in seinem hellen Wachtraum. Und wieder waren da diese kleinen Bewegungen auf dem Weg durch ihren Körper, wieder dieses Zucken im Spiel ihrer Muskeln. Und wieder brach sie ab, einige Zeit nachdem das Glitzern in ihrem Schoß erschienen war.

Diesmal fiel es ihm viel schwerer, aus dem hoch gespannten Zustand zurückzukehren, und er saß noch einige Zeit unbequem am Tisch und zupfte in seinem

Schoß herum, als sie schon wieder ganz in den Anblick ihres Kaffees versunken schien.

»Das halten wir nicht lange durch«, sagte sie.

»Dafür vergessen wirs auch nicht so schnell.«

Sie sah auf und direkt in seine Augen. Ernst und als forsche sie noch danach, was er gemeint haben könnte, sagte sie dann leise und indem sie den Atem einzog, anstatt ihn auszustoßen: »Gar nicht.«

Er streckte die Hand aus über die Tischplatte, hielt aber inne in der Bewegung, als sie, sich straffend, ihren Oberkörper zurücknahm. Er ließ die Hand in der Luft, und nach einem kurzen Zögern entschloß sie sich, mit ihrem Zeigefinger hineinzutippen. Eine flüchtige Berührung wie bei Kindern, die Spielgeld zählen oder ein Tier berühren, von dem sie fürchten, daß es beißt.

Am nächsten Abend, als er vorsichtig und unter Verrenkungen seine Hose anzog, schon ganz ohne Scheu und den Gedanken, daß sie beide sich außergewöhnlich benahmen, stand sie auf, nackt wie sie war, und sagte: »Ich geh nach nebenan. Bleib du hier, ja?« Sie sah ihm nicht in die Augen.

Einen Augenblick später hörte er atemlose, selbstvergessene Schreie durch die geschlossene Tür und riß die Jeans wieder auf.

## 40.

Rudi telefoniert mit Anne. Sie verspricht, weitere dreißig Bilder bis Mitte Oktober fertigzustellen. Er wolle in Basel auf die Kunstmesse, sagt er, und dort mit verschiedenen Galerien in Kontakt treten. Da er den größten Teil der Bilder an ein Tagungszentrum verkauft habe, brauche er unbedingt neue Arbeiten, um sie richtig zu präsentieren. Auf seine eindringliche Bitte hin verspricht sie ihm sogar, im selben Stil und mit demselben Modell weiterzuarbeiten.

»Sie hat Blut geleckt«, sagt Rudi.

»Sie hat noch massenweise Skizzen.« Martin rührt in einer Minestrone. »Wenn sie keinen Anfall von künstlerischer Freiheit kriegt, kann sie noch hundert gute Bilder liefern.«

»Du klingst schon wie ein richtiger Koofmich.«

»Skrupel?«

»Weiß nicht.« Rudis Stimme klingt klein, so als wehe ihn etwas Unbekanntes an und mache ihn ängstlich und scheu. »Respekt vor der Frau. Die ist was Besonderes.«

Martin nickt.

## 13.

Sechs Tage lang war das Zeichnen nun ein Vorspiel zu der Liebe, die sie sich selbst hinterher gaben, getrennt durch die geschlossene Tür, aber verbunden miteinander durch Annes immer lauter werdende Schreie. Die Tage waren für Martin zur Wartezeit geworden, so erregt, kurzatmig und aufgekratzt war er. Noch immer sprachen sie nicht darüber, aber sie wurden freier und gelassener, so daß Martin am Ende nicht einmal mehr auffiel, wenn er hin und wieder selber an sich faßte und mit kleinen Bewegungen half, die Haltung des Modells zu wahren.

Anne saß mit jedem Tag ein wenig offener da und bewegte sich bald wie eine Tänzerin, gleichermaßen selbstvergessen und extrovertiert. Mit offenen Augen, die aufmerksam den anderen in seinen kleinsten Einzelheiten erfaßten, saßen und standen sie einander gegenüber in einer Trance, die erst verschwand, nachdem die Tür zwischen ihnen geschlossen war.

»Wir müssen Pause machen«, sagte Anne am siebten Tag, als sie sah, daß Martin sich immer öfter selbst berühren mußte, und zog sich ohne Umstände wieder an. »Ich koch uns was, hilfst du mir?«

Später zeigte sie ihm die Skizzen, die sie bis dahin eifersüchtig vor ihm verborgen hatte, und wieder, nur jetzt viel skrupulöser als beim erstenmal, wies Martin auf einige, die ihm nicht gelungen schienen. Sie hatte wohl an die hundert Blätter, und er war fasziniert. »Ich wollte, ich könnte dich auch so zeichnen«, sagte er.

Sie lächelte. »Das wäre zwar gerecht, aber wozu?«

»Um die Bilder einander gegenüberzuhängen.« Martin wollte weitersprechen, wollte sagen, die Bilder lieben sich, aber ein Instinkt hieß ihn, sich zu beherrschen. Er wollte nicht, daß durch eine Bemerkung wieder alles kaputtginge.

»Ob ich die jemals ausstelle?« fragte sie ins Leere.

Während der nächsten drei Wochen verbrachte Anne die meiste Zeit an der Universität und Martin, der Tagschichten fuhr, auf den Straßen. Sie erholten sich von der Nähe, die ihre Bewegungen und Gesten gehemmt hatte. Fast jeden Abend verbrachten sie miteinander, gingen ins Kino, in Konzerte, spazierten durch den Park und fanden ihr vorheriges Erstaunen über den Gleichklang ihrer Wünsche wieder.

Während der Tage, an denen sie so atem- wie schamlos an den Skizzen gearbeitet hatten, waren sie einander mit gesenkten Köpfen ausgewichen, ängstlich darauf bedacht, daß ihre Körper nichts von dem einlösten, was die Augen längst verabredet hatten. Nun hakte sich Anne hin und wieder bei ihm unter, strich ihm wie beim ersten Abschied mit der Fingerspitze über die empfindliche Haut hinterm Ohr oder knuffte und schubste ihn, wenn er versuchte, sie zum Lachen zu bringen. Daß er sie je für humorlos hatte halten können, stritt er mittlerweile vor sich selber ab.

»Kannst auch hier schlafen«, sagte sie eines Abends, als er sich müde auf den Heimweg machen wollte. Er hatte vier Seiten ihrer Arbeit getippt, nachdem sie sich die Haare raufend und heulend wie ein mondsüchtiger Hund vor Verzweiflung über das komplizierte Schreibprogramm aufs Bett geworfen hatte.

Er legte sich zu ihr und achtete darauf, sie nicht zu berühren. Nach kurzer Zeit war sie eingeschlafen. Er lag noch lange wach und zählte die huschenden Lichter vorbeifahrender Autos an der Zimmerdecke.

»Du beklaust mich schon wieder!« Er zog die Decke über sich und wollte weiterschlafen, aber Anne, die ohne zu antworten ihren Zeichenblock hingelegt hatte, ging in die Küche und machte Kaffee. Der Geruch stieg ihm in die Nase und weckte ihn erneut, als er gerade wieder wegdämmern wollte.

»Ärgert dich das immer noch, wenn ich dich im Schlaf zeichne?«

»Nein, aber ich friere immer noch.«

»Du könntest hier einziehen.«

Wenn er nicht die meiste Zeit mit Gedanken an Anne zugebracht hätte, wäre Martin in diesen Tagen zum leidenschaftlichen Taxifahrer geworden. Er war stolz auf jede Strecke, die er ohne Blick in den Stadtplan fand, fing Gespräche mit den netteren Fahrgästen an, mischte sich sogar hin und wieder vorlaut in die albernen Dispute über Funk, mit denen die Frau in der Zentrale aus der Fassung gebracht werden sollte, und duckte sich nicht einmal mehr, wenn arrogante oder gewalttätig wirkende Leute seinen Wagen bestiegen. Gerade weil er nicht ganz da war, gerade weil Anne fünfundneunzig Prozent seiner Aufmerksamkeit band, ging er mit den restlichen fünf spielerisch und großzügig um und staunte über seine täglich wachsende Souveränität.

Wann zieht sie sich endlich wieder für mich aus, dachte er manchmal, wenn ihn irgend etwas an einer Schülerin, die er vom Tennis nach Hause fuhr, oder einer Passantin, die vor ihm die Straße überquerte, an Anne erinnerte, und dann spürte er sich lächeln, denn er wußte ja, daß er sich für sie auszog. Aber das war so unwichtig wie bei jedem guten Tausch. Er vergaß, was er gab, und war besessen von dem, was er begehrte.

Er gab seine Wohnung auf und zog bei ihr ein. Er tippte ihre Arbeit, während sie nach den Skizzen aquarellierte. Draußen vor der Tür hätte ebensogut eine Kleinstadt, ein Dorf oder auch nur ein Weiler liegen können. Hamburg, dessen Struktur Martin mit jedem Tag ein bißchen besser kennenlernte, war nur eine riesengroße Arbeitsstelle für ihn. Das Leben war hier in der kleinen Zweizimmerwohnung, Durchschnitt Nummer zehn; es hatte den Klang einer Computertastatur und kleiner Brummlaute der Konzentration, die Anne beim Malen von sich gab, und es roch nach Kaffee, Petersilie, Terpentin und Fixativ.

Für einen Betrachter hätten sie beide wohl den Anblick eines Ehepaares geboten, das geruhsam einem angenehmen Zeitvertreib nachgeht und nichts mehr zu besprechen hat. In gewissem Sinne war es auch so, nur daß Martin über vieles hätte reden mögen, wäre ihm nicht klargewesen, daß Anne das nicht wollte.

Immer wieder in der letzten Zeit hatte er behutsame Vorstöße unternommen, aber noch nicht einmal mit der Frage nach der Stadt, aus der sie kam, war mehr aus ihr herauszubekommen als ein abweisendes: »Das ist schon so lang her.«

Und geruhsam fühlte er sich nicht im geringsten. Eher so, als säße er im Auge eines Orkans, dessen erste Verheerungen schon über ihn gekommen waren. Er wartete.

## 41.

Rudi ist sofort einverstanden, als Martin ihm vorschlägt, noch einmal nach Hamburg zu fahren. »Das paßt«, sagt er, »ich bring die Uhren nach London zu Christie's.«

»Es geht um eine rote Mappe. Die will ich haben. Alles Aquarelle und alle obszön.«

»Obszön?«

»Ja. Sie wird sie dir nicht von selber zeigen. Du mußt irgendwie tricksen. Sag ihr irgendwas wie: Du hättest Sammler von Erotika, die Bilder von ihr gekauft hätten und fragten, ob es auch schärfere Sachen von ihr gäbe. Oder du stöberst in ihren Sachen, wenn sie nicht im Zimmer ist, entdeckst die Mappe, ich sag dir, wo sie ist, und erträgst ihre Vorwürfe. Hauptsache, du kriegst die rote Mappe.«

»Und was darfs kosten?«

»Egal. Ganz egal. Ich will sie haben.«

## 14.

Es dauerte noch einige Zeit, bis sie wieder anfingen. Annes Examensarbeit war fertig, abgegeben und benotet mit einer Drei, was Martin als ungerecht empfand, aber Anne schien es nicht zu kümmern. Er fuhr Doppelschichten, war zwölf und mehr Stunden täglich unterwegs, denn in der Wohnung kam er sich vor wie ein Gast, und sie tat nichts dazu, daß er heimisch werden konnte. Sie ging ein und aus, wie sie wollte, ohne sich zu fragen, was er tat oder ließ. Manchmal kam es ihm vor, als sähe sie ihn überhaupt nicht.

Gerade begann er, ernsthaft darüber nachzudenken, ob er wieder ausziehen sollte, da fand er eines Morgens, als er müde nach Hause kam, einen Strauß Blumen auf dem Tisch, zwei Gedecke fürs Frühstück und einen Zettel, auf dem stand: *bitte weck mich.*

Er setzte Kaffee auf, schnitt Brot und kochte zwei Eier. Dann ging er leise in ihr Zimmer und kitzelte sie mit dem Zeigefinger an der Schulter. Sie schlug die Augen auf, als hätte sie wach gelegen und nur darauf gewartet, und sagte: »Ich würd gern wieder zeichnen.«

Die ersten beiden Nachmittage war es wie vorher. Dieselbe Erregung, dieselbe Trance, dasselbe Verschwinden in den Zimmern hinterher, aber dann, am dritten Tag, wollte, trotz der langen Abstinenz, nichts mehr funktionieren. Es war wie beim ersten Mal. Nur daß Martin es diesmal nicht mehr komisch finden konnte. Er schämte sich, als wäre dies eine Liebesnacht, und er hätte versagt. Unter Annes aufmerksamem Blick zusammengesunken, machte er die Gebärde, die wohl Tausende von Männern, jeden Tag und jede Nacht machen, er hob die Schultern, breitete die Unterarme ein wenig aus und drehte die Handflächen nach oben. Es war ihm peinlich.

Einige Zeit verstrich, und er wollte schon wütend werden, daß Anne nichts unternahm, um seine Enttäuschung zu mildern. Warum sagte sie nicht, »macht doch nichts«, wie Tausende von Frauen, warum kam sie nicht herüber und strich ihm übers Haar?

Als er aufsah, war ihr Blick starr in seinen Schoß gerichtet, ihre rechte Hand blätterte ein neues Blatt auf, nahm dann den Stift wieder und legte sich wartend auf die Ablage der Staffelei. Die Linke lag in ihrem Schoß und kreiste dort langsam, regelmäßig und ruhig, und die Ruhe wurde hin und wieder unterbrochen durch den Mittelfinger, der alleine stand, wenn sich die anderen Finger zurückbogen, und vorstieß nach unten in den hellen und glänzenden, sich weiter und weiter öffnenden Spalt, den sie dann, mit zwei Fingern, drei Fingern und endlich der ganzen Hand anfangs streichelte, dann massierte und schließlich mit fast grob erscheinendem Hineinpressen und Krallen, Drehen des Handballens, des Daumens und schließlich der Faust, der flachen Hand, der Knöchel, mit immer neuen Aspekten der Oberfläche ihrer Hand traktierte. Schnell und fiebrig zeichnete sie unterdes, warf die Skizzen eine um die andere weg, und immer, wenn sie ihm befahl, die Position zu ändern, blätterte sie reißend und fahrig um, den Stift für die Sekunde zwischen die Zähne geklemmt, und er gehorchte willfährig und ohne sie ein einziges Mal mißzuverstehen, bis sie sich nach vorne warf, die Stirn an die Staffelei legte mit einem kleinen Klagelaut, der von tief innen aus ihrem Körper zu kommen schien, von daher, wo sich ihre Hand jetzt wie rasend gebärdete, und sie den Stift wegwarf und er die Augen schloß, weil er spürte, daß aus ihm das Fieber, vielleicht sein Leben, oder zumindest für Sekunden das Bewußtsein und sein ganzer Atem schoß.

Minutenlang saßen sie schweigend und mit gesenkten Köpfen da und horchten auf die Stille, die nur unterbrochen wurde durch das gelegentliche Knarren einer Diele, wenn sich doch etwas in ihren Körpern rührte und die neue Gewichtsverteilung an den Boden weitergab. Schließlich atmete Anne tief ein, stand auf, kam zu ihm herüber und nahm ihn ohne Umstände in die Arme. Sie legte ihr Gesicht in seine Halsbeuge, störte sich nicht daran, daß ihre Brüste sich an ihn preßten, und schnaubte kleine Küsse auf seine Schulter.

»Oh je«, sagte sie dann irgendwann und löste die Umarmung. Er hatte sich kaum bewegt, nur einen Arm ganz leicht über ihre Taille gelegt und seine Fingerinnenseiten spüren lassen, wie ihr pulsierendes Blut den Schweiß auf ihrer Haut erwärmte.

Es war noch zu früh, zu nahe an der Eruption, sonst hätte ihn der Anblick, wie sie sich jetzt streckte und bog, wieder erregt. Sie lächelte ihn an und spreizte ihre Finger: »Geh'n wir ins Kino?«

Wochenlang aquarellierte sie, und in den neuen Bildern, die sich bald wieder doppelreihig ums Zimmer legten, zeigte sich erneut dieser langsame Tanz, den Martins Körper zu vollführen schien. Ein Fruchtbarkeitstanz diesmal. Jede dieser einsamen, um sich selber kreisenden Gestalten war ein Priapos mit erigiertem Glied und irritierend archaischer Ausdruckskraft.

# 42.

Es ist seltsam. Seit Rudi nach Hamburg gefahren ist, sieht Martin die beiden als Liebespaar. Er sieht Rudi sich rasieren und Anne, wie sie ihn verschlafen und zerzaust auf den Bizeps küßt. Bizeps? Hat Rudi nennenswerte Muskeln? Martin weiß es nicht. Er sieht Anne, wie sie ihre Beine um Rudis Hüften schlingt, sich an ihn stößt und keuchend einsilbige Wörter stammelt. Er sieht Rudis Hintern auf und ab gehen und vor und zurück, sieht sie beide in obszöner Raserei aneinander reißen und zerren und sieht sich, der gefühllos und gelassen wie ein Zensor das Geschehen auf dem Fernsehschirm verfolgt.

Es tut nicht weh. All diese Vorstellungen tun nicht weh, es geht nicht um Eifersucht, er fühlt nichts dabei, außer dieser Übelkeit, von der er sich jedesmal fast übergeben muß.

Und immer öfter wird ihm die Wohnung zu eng, schnürt er ziellos durch die Straßen oder findet sich in der Badewanne liegend, ohne irgendwas zu wollen, außer endlich wieder müde sein und den Tag so wegwerfen wie den letzten, den vorletzten und alle bisher, seit Rudi gefahren ist. Eine Woche ist das nun schon her.

Im Centro Storico ist er jeden Weg schon zigmal gegangen, alles, was ihn lockte, hat er längst schon angesehen. Außer dem Forum. Aber was soll er dort? In die Macchia kotzen?

Gleichzeitig ungehalten und froh ist er dann über die Störung, als Sharon an der Tür klingelt und ihn einlädt, mit ihr in den Park bei der Villa Medici zu gehen. »Der Pincio«, sagt er, um irgendwas zu sagen. »Du siehst aus, wie du brauchst Tageslicht«, antwortet sie.

In der Via Flaminia, auf der Höhe des Automobilclubs, hakt sie sich bei ihm unter, und so sehr er diese altmodische Geste immer gemocht hat, so unangenehm ist sie ihm auf einmal, weil er spürt, daß er nichts spürt. Er will nicht. Wieso reagieren seine Nerven am Unterarm nicht auf ihre Brust? Wieso interessiert sich seine Haut nicht für ihre? Wieso fühlt er sich nur gebremst oder festgehalten, anstatt berührt? Wieso kommen ihm Sharons Sommersprossen auf einmal wie abwaschbar vor? Und, noch schlimmer: Wieso hat er Lust, sie abzuwaschen?

Sie reden belanglos, kultiviert, wie Geschwister, die sich verpflichtet fühlen, einander zu berichten, aber nicht wissen wollen, was den anderen bewegt. Irgendwann sagt sie: »Tut mir immer noch leid, wegen dein Wagen. Daß ich es hab mir klauen lassen.«

»Ist nicht schlimm«, sagt er und hört sich reden, wie durch den Kopfhörer eines schlechten Walkmans. Dünn. Kraftlos. Er versucht es nachträglich besser zu machen: »Hätte mir doch auch passieren können. Bitte vergiß es. Normales Pech.«

»Ich hätte mich schon früher wieder gezeigt«, sagt sie, »eigentlich wollte ich bei Manfred mit dir reden, aber du warst plötzlich weg.«

»Ja«, sagt er.

»Und dann war bis jetzt mein Bruder da.«

Er ist Künstler, erzählt sie, und gerade in Ligurien. In

zwei Wochen wird er wieder hier in Rom sein. »Dann kannst du ihn kennenlernen«, sagt sie, als wäre klar, daß Martin danach gieren muß. »Und dann geh ich wieder nach Brisbane.«

Eine Zeitlang bleiben sie bei den Fahrrad- und Rollbrettartisten stehen, von denen einer mit verbissener Energie an der für ihn zu hohen Latte scheitert, ohne das Bedauern der zuschauenden Mädchen und Lachen der Konkurrenten zu beachten. Jedesmal hat er diesen siegesgewissen Blick, wenn er anläuft, um sein Rollbrett auf Touren zu bringen, und jedesmal schlägt er mit den Knien die Latte vor sich weg. Und jedesmal ist er enttäuscht, aber so, als wäre es nur dies eine einzige Mal, nur zufällig schiefgegangen und dürfe man ihm solch kleines Pech nicht ankreiden. So muß man leben, denkt Martin, keinen Beweis gelten lassen und eine glorreiche Zukunft hinter jeder nächsten Straßenecke wissen.

Sie verabreden sich für den übernächsten Abend und trennen sich bei der spanischen Treppe, wo Martin noch eine Zeitlang sitzenbleibt und sich das abendliche Gewimmel der Touristen ansieht. Ich gehöre nicht hierher, denkt er irgendwann, und es kommt ihm wie eine Erleuchtung vor. Ich will nicht nach Hamburg zurück, ich will nirgendwo hin, aber wo ich bin, passe ich nicht. Und ich habe Geld und will nichts. Doch, denkt er trotzig und steht auf, ich will was. Alle Bilder von Anne. Alle. Aber eigentlich: Will er? Haben will er sie nicht. Nicht behalten. Verkaufen ja – weg von ihr sollen sie, könnten sich seinetwegen auch in Luft auflösen, in die Welt verstreuen, Hauptsache, Anne besitzt sie nicht mehr.

Die nächste halbe Stunde verbringt er damit, die Via del Babuino entlangzugehen, dann um die Piazza Venezia und zu überlegen, ob er zuerst essen soll oder sich gleich betrinken, aber die Gegend um das Forum, in der er dann landet, lädt zu nichts von beidem ein. Irgendwann findet er sich zu Hause in der Badewanne, eine überlaute Mahler-Sinfonie aus Rudis Zimmer dröhnend und eine Flasche Rotwein neben sich auf einem Stuhl. Und eine zur Reserve in Reichweite am Boden.

## 15.

Ihre Examensarbeit war noch nicht benotet, da hatte Anne schon eine Stelle als Tutorin an der Kunsthochschule. Sie schien sich nicht sonderlich darüber zu freuen, und immer, wenn sie über den Professor sprach, schwang ein verächtlicher Ton mit, als sei es unter ihrer Würde und nur durch Überwindung möglich, mit diesem Kerl zu arbeiten. Martin hütete sich zu fragen, was sie gegen den Mann habe, denn er wußte, ihre Antwort würde einsilbig sein.

Sie lebten nebeneinander her. Er stand nicht mehr Modell, denn Anne war die meiste Zeit an der Hochschule, und nachts, wenn er fuhr, arbeitete sie an beiden Serien abwechselnd. Mal übertrug sie die ersten Skizzen in Öl, und mal aquarellierte sie nach den zweiten. Sie trennte streng. Die unverfänglichen Arbeiten waren alle groß, in Öl, und die obszönen filigran in Aquarell.

Nichts von der Spannung zwischen ihnen war geblieben. Anne jedenfalls schien die Erregung der vorhergegangenen Tage vergessen zu haben, und sie lebten wieder zusammen, als ginge es um die Miete und teile man sich nüchtern den Raum, ohne mehr vom anderen zu wollen, als daß sich seine Gegenwart rentiert.

Natürlich wartete Martin wie ein Hund auf einen Knochen, aber Anne blieb gelassen und geschwisterlich; die Erinnerung an ihre Nacktheit, an ihr exzessives Gebaren vor der Staffelei, die Geräusche aus dem Nebenzimmer und die kurze Umarmung waren wie aus einer anderen Welt und Zeit.

Eines Tages, nachdem Anne das Wochenende bei ihrer Großmutter im Ruhrgebiet verbracht hatte, legte sie lächelnd eine Uhr auf den Tisch. »Für dich«, sagte sie, »ein Geschenk.«

»Wieso?«

»Weil du so ein phantastisches Modell bist und ich dir die besten Bilder verdanke, die ich je gemalt habe.«

Die Uhr war flach, vergoldet, mit einem hellbraunen Lederarmband, das noch nachdunkeln würde, römischen Zahlen, Datumsanzeige und einem kleinen Ausschnitt, in dem sich ein Mond und kleine Sternchen bewegten.

»Bist du auf einmal reich geworden?«

»Nein, meine Oma Borowsky hat mich fürs Examen belohnt.«

»Danke. Deine Oma ist toll.«

»Ja.«

Martin legte seine Allerweltsuhr ab, die er irgendwann von irgendwem für irgend etwas eingetauscht hatte, und streifte sich die neue übers Handgelenk. »Jetzt freu ich mich noch drüber, daß die Zeit vergeht«, sagte er.

## 43.

Sharons Bruder scheint seine Informationen darüber, wie ein Künstler aussieht, aus den Anzeigenkampagnen der Bekleidungsbranche zu haben. Er ist schwarz gekleidet, schiebt sich mit affektierter Gebärde immer dieselbe Strähne seines glatten langen Blondhaars hinters Ohr und übt noch an einer auf misanthropische Wirkung zielenden Stellung seiner Mundwinkel. Vergißt er dieses Theater für kurze Zeit und träumt einfach in die Leere seiner Gedanken hinein, dann sieht er aus wie ein Jüngelchen, das Popstar werden will, aber wenn er sich beobachtet glaubt, spricht oder zuhört, gibt er sich diesen abschätzigen Zug um den Mund, den er wohl für den adäquat verlebten Ausdruck europäischer Dekadenz hält. Zu allem Überfluß heißt er auch noch Roy. So heißt man als Zauberer, denkt Martin, oder wenn man, den pastellfarbenen Hemdkragen übers pastellfarbene Revers gelegt, Orgel in einem Einkaufszentrum spielt. Kleidet sich wie Zorro und heißt wie eine Glanzrolle für Ned Beatty.

Sharon jedoch scheint ihn für ein Genie zu halten. Sie präsentiert ihn mit strahlendem Lächeln und glänzt wie eine Mutter voller Stolz auf ihre Frucht. Sie erläutert sogar sein Konzept einer »Kunst der Zerstörung«, während er schon wieder an der Perfektionierung seines Überdrußmundes arbeitet. »Demolition«, sagt sie, »der konsequenteste Ausdruck von Veränderung, Metamorphose, Neuanfang; wenn du ein Brucke sprengst, dann sprengst du ein alte Ubereinkunft.«

Das klingt ja wie Anne, denkt Martin. Bin ich so weit gereist, um schon wieder Geschwafel zu hören? Aber da ist auf einmal auch ein kleiner Schimmer auf Sharon, eine Aura, die bisher nicht um sie war. Für schwärmerisch hätte er sie nicht gehalten. »Eine Brücke kann abgetreten sein und ausgelatscht«, sagt er, »man müßte einen Dom sprengen, ein Kunstwerk, man muß intakte Übereinkünfte zerstören, nicht überkommene.«

»Uberkommene?« fragt sie, »was ist uberkommene.«

»Hasbeens«, sagt er.

»Die Mona Lisa«, sagt Roy.

»Genau«, sagt Martin. »Kunst muß Kunst angreifen, nicht das Leben. Das ist nicht neu. Das Leben war schon immer der Gegner. Kennst du Arnulf Rainer? Schon was von ihm gehört?«

»Yeah«, sagt Roy. Er fühlt sich verstanden und vergißt, seine Mundwinkel unten zu behalten.

Sharons Augen machen eine flinke, kleine Bewegung zu Martin hin. Sie ist unsicher, ob er ihren Bruder auf den Arm nimmt. »Ich hab Hunger«, sagt sie, »gehen wir was essen?«

»Zu mir«, sagt Martin, »ich koche.«

Roy kommt nicht mit. Ob er wirklich keinen Hunger hat, wie er sagt, oder seiner Schwester nicht ins Gehege kommen will, diese Frage erzeugt ein kleines Kitzeln in Martins Hinterkopf, und er wünschte, er hätte

Sharons Gesicht gesehen in dem Augenblick, als ihr Bruder sich verabschiedete.

Seltsam, Sharon setzt sich ohne zu zögern auf seinen Lieblingsstuhl direkt neben der Spülmaschine. Den am wenigsten bequemen in der ganzen Wohnung. Sie legt ihre Hände in den Schoß, wie ein junges Mädchen, das sich schüchtern, der eigenen Körperlichkeit bewußt, am liebsten verstecken würde. Sie schaut zu, wie er die getrockneten Steinpilze einweicht, Wasser für die Pasta aufsetzt, eine Mehlschwitze anbräunt und sie dann mit Rotwein ablöscht. Erst als er Zwiebeln zu schälen beginnt und einen Strauß Petersilie zurechtlegt, bietet sie ihm ihre Hilfe an.

»Bleib sitzen«, sagt er, »siehst schön aus.«

»Danke.«

»Obwohl du dir den ungemütlichen Platz rausgesucht hast.«

»Ungemutlig?«

»Uncomfortable.«

»Oh. The seat is okay. Muß nicht gemutlig sein.«

Martin lächelt. Diese Antwort hätte auch er geben können. Wie kommt diese angenehme Frau zu einem so unangenehmen Bruder?

»Kann ich vielleicht ein Dusche nehmen?«

»Sogar ein Bad. Wir haben eine Badewanne.«

Er zeigt ihr das Badezimmer und ist überrascht, daß sie, als er mit zwei Handtüchern aus Rudis Kleiderschrank zurückkommt, schon begonnen hat, sich auszuziehen. Schnell verschwindet er wieder aus der Tür, denn sie scheint sich mit nacktem Oberkörper zu ihm umdrehen zu wollen. Lacht sie? Es klang so.

Er deckt den Tisch und entkorkt eine neue, bessere Flasche. Er weiß, daß Sharon seine Gedanken liest, und ist nicht erstaunt, als er sie rufen hört: »Bringst du mir ein Schluck?«

Höflich hält er beim Betreten des Badezimmers die Augen gesenkt, aber er muß ihre Hand finden, um ihr das Glas zu reichen, und sieht sie lächeln über seine Scheu.

»Bonnard«, sagt er, »die Frau in der Badewanne. Dein Bruder müßte jetzt ein Säureattentat auf dich in Erwägung ziehen.«

»In Erwägung ziehen?«

»Sorry, ich rede wie ein Beamter.«

»Ist Bonnard ein Impressionist?«

»Ja. Einer aus der Gruppe der Nabis um Gauguin.«

»Du bist ein kluger Mann.«

»Nein.«

Martin ist halb draußen, als sie noch sagt: »Bringst du mir auch ein Zigarette?«

Würde sich gar nichts mehr bei ihm regen, wäre er wirklich so abgestorben und stumpf, wie er glaubt, dann dürfte der Anblick ihrer im Wasser schwimmenden Brüste nur belustigtes Erstaunen bei ihm auslösen. Wie zwei übergroße chinesische Fahrradklingeln oder diese geschmacklosen und für humorvoll geltenden Puddinge dümpeln sie in heiterer Symmetrie nebeneinander in der spärlicher werdenden Schaumschicht auf dem Wasser. Sharon reckt ihm ein entspanntes Gesicht entgegen, damit er ihr die brennende Zigarette zwischen die Lippen stecken kann. Es wäre lächerlich, jetzt noch den Gentleman spielen zu wollen, also setzt er sich auf den Wannenrand, bereit, ihr die Zigarette aus dem Mund zu nehmen, sobald die Asche eine kritische Länge angenommen haben würde.

»Bist du das im Schlafzimmer? Auf das Bild, meine ich.«

»Ja.«

»Du hast ein schöne Körper.«

»Du auch.«

Er nimmt ihr die Zigarette aus dem Mund und stippt die Asche ins Waschbecken.

»Ist das ein Selfportrait«, fragt sie, »malst du?«

»Nein, ich war nur das Modell.«

Sie inhaliert tief und schließt dabei die Augen, er soll sie in Ruhe betrachten. Sie verführt mich, denkt Martin, wann hat mich zum letztenmal jemand verführt?

## 16.

Es vergingen Wochen über Wochen, in denen Anne malte, Martin Taxi fuhr und sich nichts tat, was es wert gewesen wäre, auch nur eine Sekunde im alltäglichen Trott dafür innezuhalten. Manchmal sah Martin auf das Ziffernblatt seiner Uhr und dachte, ein Geschenk von ihr, sie hat mir tatsächlich ein Geschenk gemacht. Aber dann sprang die Ampel auf Grün oder stieg ein neuer Fahrgast in den Wagen, und nichts weiter, kein Gedanke, kein Gefühl stellte sich dazu ein. Wie ein Mantra ohne Wirkung schrieb sich der Satz, sie hat mir ein Geschenk gemacht, über jeden Anblick, der gerade vor seinen Augen lag. Ein Untertitel ohne jeglichen Bezug zum Geschehen. Nur vage kam Martin zu Bewußtsein, daß er vegetierte, daß er ausschließlich wartete auf ein erneutes Blitzen in Annes Augen, einen Griff zum Bund ihres T-Shirts, einen Satz wie »Ich hab was Neues vor, hast du heut nachmittag Zeit?«

Ich bin stumpf, dachte er immer öfter, so wollte ich nie leben, ich spüle meine Lebenszeit gedankenlos ins Klo. Aber er glaubte auch, daß das Warten sich lohnte, daß irgendwas noch kommen mußte, denn sonst wäre Anne schon längst wieder weg. Daß sie ihn nicht liebte, hatte er irgendwann unterwegs entdeckt, ohne eigens darüber nachzudenken. Sie wußte nichts von ihm, wollte nichts wissen, sprach nicht von sich und lebte ihr eigenes Leben selbstgewiß mit katzenhafter Ruhe, ohne sich von seiner Anwesenheit in irgendeiner Weise stören zu lassen. Sie sah ihn überhaupt nicht. Oder falls doch, dann ließ sie sich nichts davon anmerken. Ebenso nebenbei war ihm aufgegangen, daß er sie liebte. Und hoffte, seine Geduld würde ausreichen, irgendwann auch in ihr ein größeres Gefühl zu erwecken. Diese Vertrautheit mußte doch zu irgend etwas führen.

Eines Nachmittags stand eine junge Frau vor der Tür und sagte: »Hallo, ich bin Marlies.«

»Du willst sicher zu Anne«, sagte er und öffnete die Tür, damit sie eintreten konnte, »sie ist noch nicht da.«

»Ich weiß, ich soll hier auf sie warten.«

Sie zog ihre Jacke aus, sah sich um wie eine Mutter, die zum ersten Mal ihr studierendes Kind besucht, oder ein Hotelgast, der sich fragt, ob es lohnt zu reklamieren. Ihre Augen fanden zielsicher die geöffnete Tür zu Annes Zimmer. »Ist da das Atelier?«

»Ja.«

Jetzt bewegte sich Marlies' Blick zwar freundlich, aber eindeutig kritisch von oben nach unten über Martins Äußeres. Sie schätzte ihn ab. »Und du bist mein Partner?«

»Partner? Bei was denn?«

»Bei der Session. Hat Anne nichts gesagt?«

Marlies hatte ihre Jacke auf das Flurtischchen gelegt und war in Annes Zimmer getreten. Dort drehte sie sich um die eigene Achse und nahm alles, die Bilder an den Wänden, das Bett, das Podest und die Staffelei in Augenschein.

»Nein, sag du's mir.« Martins Tonfall mußte ärgerlich geklungen haben, denn sie sah ihn nur stumm und forschend an, so als überlege sie, ob er vielleicht durchdrehe und man sich seiner erwehren müßte. Dann setzte sie sich aufs Podest und stützte sich links und rechts mit flachen Händen ab. »Wir schlafen miteinander.«

»Was?«

»Und Anne zeichnet uns dabei.«

»Das ist nicht wahr.« Martin fühlte sich schwindlig und hätte sich auch gern irgendwo abgestützt.

»Noch nicht.«

Marlies schaute zu Boden, vielleicht, damit er in Ruhe seine Fassung wiedergewinnen konnte. Sie senkte den Kopf bis fast auf ihre Knie und ließ die Hände auf dem Holz des Podestes neben sich liegen. Es sah aus wie eine Yogaübung. Dann schaute sie auf zu ihm. Er starrte sie nur unverwandt an.

»Du kennst mich doch überhaupt nicht.«

»Nein.«

»Und das macht dir nichts?«

»Nein, ich glaube nicht.«

»Bist du auch Künstlerin?«

Sie lächelte und schüttelte den Kopf. »Nein, Kunstgeschichte. Anne hat mich gebeten, ihr mit dir zusammen Modell zu stehen«, sie kicherte, »zu turnen, müßte man vielleicht besser sagen. Wir turnen, Modell für erotische Bilder.«

Martin schüttelte nur stumm den Kopf. Wollte man nicht die Wohnungseinrichtung oder Annes selbstgewissen Gesichtsausdruck zerschlagen, dann mußte man vor soviel Chuzpe einfach kapitulieren. »Das ist nicht zu fassen«, sagte er leise, »sie glaubt, sie kriegt alles mit einem Fingerschnippen.«

Marlies lächelte belustigt: »Scheint mir, sie hat recht.«

»Ein paar Semester Psychologie würden ihr vielleicht guttun. Menschen haben Gefühle.«

»Jetzt tust du so, als sei das ein schrecklicher Gedanke.«

»Mit dir zu schlafen?«

»Ja.«

»Entschuldige, so war's nicht gemeint, nur … ach verdammt, ich will jetzt nicht auch noch höflich sein. Man schläft doch nicht einfach mit jeder attraktiven Frau.«

»Die Männer träumen davon, nach allem, was ich weiß.«

»Quatsch.«

Eine Zeitlang schwieg Marlies, und ihr amüsiertes Lächeln verlor sich. Ihre Augen wurden schmal. »Danke«, sagte sie in sarkastischem Ton.

»Hm?«

»Dafür, daß du attraktiv gesagt hast.« Sie legte sich rücklings auf das Podest. »Daß sie dich nicht vorher fragt, ist schon blöd.«

»Kennst du sie schon lange?«

»Sehr lange«, sagte Marlies wieder in diesem leicht sarkastischen Ton, »du bist hoffentlich nicht in sie verliebt.«

Martin schwieg, und sie zog den einzig folgerichtigen Schluß daraus. »Gratuliere«, sagte sie, ohne sich aufzurichten.

Nein, ich werde kein schlechtes Gewissen gegenüber dieser netten Frau haben, sagte sich Martin, als er die Tür hinter sich schloß. Er ging los, nach links, dann den Grindelhof hinunter und weiter bis zum Eppendorfer Baum, wo er sich an ein Geländer lehnte, um ins träge Wasser eines Fleets zu starren.

Er wollte nicht nach Hause zurück. Wozu auch. Sollte er ihr sein Elend ins Gesicht schreien? Er wußte jetzt schon, wie ungerührt, erstaunt und arglos ihr Gesicht aussehen würde. Er hatte keine Freunde mehr, niemanden, zu dem er gehen und um zwei oder drei Nächte Asyl bitten konnte. Er lebte hermetisch in dem kleinen Stückchen Welt, das er mit Anne und ihrer Leidenschaft für Malerei bewohnte, und nichts mehr außerhalb, keine Freundschaft, keine Kollegialität, kein Geplänkel hatte überdauert. Er setzte sich in den Wienerwald und betrank sich.

## 44.

Sharon geht zum Herd und stellt den Knopf unter dem Pastawasser auf Null. Dann nimmt sie Martins Hand und zieht ihn mit sich in sein Zimmer. Als müsse sie noch deutlicher werden, faßt sie dort den Saum seines Polohemdes und zieht es über seinen Kopf. Wie ein Kind hält er die Arme nach oben, um es ihr leicht zu machen, läßt sich ziehen, zuerst neben sie, dann über sie, und folgsam, so als wäre dies besprochen und gelernt, läßt er das Gleiten seiner Hände von Sharon dirigieren, die sich einrichtet in seinen Bewegungen, ihre Augen schließt und sich ihm überläßt.

Ist das alles, denkt er irgendwann. Eine Frau liegt unter mir, und ich bewege mich auf und ab und warte auf ihren Orgasmus? Oder meinen? Was tu ich hier? In der Missionarsstellung wie ein Schüler auf seiner Lehrerin herumhoppeln?

»Was hast du«, fragt Sharon, nachdem er einige Zeit wie abgeschaltet auf ihrem Bauch gelegen hat.

»Entschuldige, es ist nicht wegen dir. Ich muß was verkraften.«

»Verkraften?«

»Get over something.«

»Somebody?«

»Ja. Es tut mir leid.«

# 17.

Drei Wochen lang hatte Anne sich nicht blicken lassen. Drei Wochen, in denen Martin sich an Spielautomaten, in Kinos oder Cafés die taxifreie Zeit vertrieb, bis er endlich müde oder betrunken genug in die leere Wohnung ging, um wie ein Stein ins Bett zu fallen. Man hatte ihm Tagschichten übertragen, und er wußte nichts mehr anzufangen mit den Nächten, in denen alle durcheinanderrannten, hin und her, von Altona nach Eppendorf, vom Hafen nach Sankt Georg, dort einen suchten und hier einen fanden; und er, anstatt diese aufgedrehten, fröhlichen Menschen zu befördern, irrte deplaziert und verwirrt zwischen ihnen umher und kam sich vor wie ein ausgestorbenes Tier.

In Annes Kleiderschrank schien nicht viel zu fehlen, und die Bilder hingen und standen alle noch da, also war sie nicht ausgezogen. Er legte ihren Teil der Miete aus, als der Hausbesitzer zum Kassieren kam. Er goß die Glyzinie auf ihrem Fensterbrett und achtete darauf, daß Bier im Kühlschrank war und Schokolade für ihren anfallartigen Heißhunger.

»Hallo«, sagte sie dann eines Abends, als er müde die Tür ins Schloß zog. Er hatte schon von draußen das Licht in ihrem Zimmer gesehen und erschrak deswegen nicht, als sie ihm gegenüberstand. Auch sie mußte gehört haben, daß er kam, denn sie hielt eins der großen Bilder in den Händen und streckte es ihm entgegen. »Das schenk ich dir«, sagte sie, »ich glaub, es ist eins von den besten.«

»Danke.« Er nahm es und trug es in sein Zimmer.

Sie folgte ihm auf dem Fuß und stand schüchtern in der Tür. Sie legte die Hand an den Türrahmen, wie jemand, der verlegen nach dem richtigen Anfang einer heiklen Aussage sucht. Sie wartete, bis er sich zu ihr umdrehte. »Warst du sehr verletzt?«

Der teilnahmsvolle Tenor dieser Frage verblüffte ihn so, daß er viel zu schnell nein sagte und dieses Nein sogar noch mit einer wegwerfenden Handbewegung unterstrich.

»Ich wollte dich nicht überfahren. Es war mehr so wie ein Geschenk gedacht. Ich dachte, du freust dich und findest es toll.«

»Mit einer Frau zu schlafen, während du zeichnest?«

»Ja. Sie ist doch sehr schön.«

Martin schüttelte einfach den Kopf. Was sollte er hier groß erklären? »Das war ein Quasimirgeschenk.«

»Was?«

»Quasimir. Das sind Geschenke, die man anderen macht, aber selber benutzen will. Ich schenke dir Reizwäsche, die ich in Wirklichkeit an dir sehen will, du schenkst mir einen Fick, den du in Wirklichkeit zeichnen willst.«

Sie lächelte. »Einen Fick? Wie redest du denn auf einmal, ich dachte, du bist ein Romantiker.«

»Ist ja wohl egal, oder?«

In null Komma nichts war der Dialog zum Geplänkel heruntergekommen. Martin wollte nicht plänkeln, nicht so tun, als zankten sie sich wie ein Liebespaar zum Spaß um eine Unwichtigkeit. Es war nicht unwichtig, und ihm war nicht nach Spaß zumute. Und sie waren kein Liebespaar.

»Ich will aber unbedingt einen Liebesakt studieren«, sagte Anne wie zu sich selber, während sie auf den Boden starrte und mit dem Fingernagel in den Zähnen bohrte.

Martin spürte, daß sich seine Mundwinkel zu einem kleinen Grinsen verzogen. »Im Puff gibt es Paare. Studier doch die.«

»Es geht nur mit dir«, sagte sie ernst, den Blick noch immer auf die Dielen gerichtet, »andere Männer strahlen das nicht aus.«

Martin ging in die Küche, um ihr ein Bier aus dem Kühlschrank zu holen. Er öffnete die Flasche und wollte sie ihr bringen, da stand sie schon in der Tür und sagte: »Hast du Lust, mit mir aufs Land zu fahren?«

## 45.

Rudi muß Sharon im Treppenhaus begegnet sein, so kurz nach ihrem Weggang steht er auf einmal vor Martin. »Ich hab die Bilder«, sagt er mit einer Stimme, als hätte er jemanden umgebracht. »Stör ich dich bei irgendwas?«

»Nein«, sagt Martin müde, »das hab ich schon selber getan.«

»Sharon? Ich hab sie unten getroffen.«

»Mhm.«

Rudi nimmt die rote Mappe aus seinem Koffer und legt sie auf den Tisch. Er faßt sie an, als wäre sie aus Glas oder könne seine Fingerspitzen kontaminieren. »War teuer«, sagt er. Wieder mit dieser Grabesstimme.

Martin ist zu unkonzentriert, zu sehr mit Sharons gütigem Verständnis beschäftigt, das er, wie vielleicht jeder Mann in dieser Situation, nur als Verachtung zu interpretieren vermag. Diese Verachtung allerdings berührt ihn nicht. Fast fühlt sich sein Versagen an wie ein glänzender Triumph. Und das erinnert ihn an Anne.

»Ruf die Schwulen an. Die Bilder sind in einer Woche weg.«

»Sie sind gut«, sagt Rudi leise.

»Ich weiß.«

»Zu gut für irgendwelche schwulen Schlafzimmer, mein ich.«

»Und wieso das? Seit wann ist ein Bild zu gut, um es zu verkaufen? Was würdest du sonst damit tun?«

»Ausstellen«, sagt Rudi, und es klingt wie ein Seufzer, »drucken, veröffentlichen, die Malerin berühmt machen. Das ist Klassen über Wunderlich und Bruni und all diesen Wartezimmerkünstlern. Die ist gut. Richtig gut. Der einzige Vergleich, der mir einfällt, ist Leonor Fini.«

Martin kratzt mit dem Fingernagel auf der Tischplatte. Aber er zeichnet nur eine imaginäre Linie, denn das Eichenholz widersteht seiner gedankenlosen Mühe. »Du kannst die in Rom nicht ausstellen. Du hast sofort die Polizei im Laden.«

»Aber in New York vielleicht?«

»In New York? Was willst du dort? Und vor allem: Was kannst du dort?«

»Ach, ich weiß nicht«, sagt Rudi. »Vergiß es. Ich hab nur das Gefühl, daß wir hier was verschleudern, was man nicht verschleudern darf.«

»Ich darf«, sagt Martin und hört selber, wie trotzig

und kindisch das klingt. Rudi sieht ihn lange und forschend an.

»Vielleicht«, sagt er. Und nach einiger Zeit, in der sie beide schweigen: »Aber vielleicht auch nicht.«

»Okay«, sagt Martin dann jedoch zwei Tage später, als Rudi schon halb aus der Tür ist. »Wir stellen sie aus. Ich hab sogar schon eine Idee, wer Arne Boro sein könnte.«

»Willst du einen Schauspieler engagieren?«

»So ähnlich«, sagt Martin, »einen Künstler. Das heißt, einen Typen, der sich dafür hält. Er sieht gut aus, er ist eitel, die Schwulen werden ihn mögen.«

»Gut«, sagt Rudi und geht.

## 18.

»Wovon träumen wir eigentlich?« fragte Martin, als links und rechts die Alleebäume vorbeiglitten und ein hysterischer Herbstwind letzte Blätter über die Ebene jagte. Anne fuhr konzentriert und souverän, und seit Lüchow machte sie dabei sogar ein entspanntes Gesicht. Daß sie Auto fahren konnte, überraschte ihn. Als er sich ans Steuer setzen wollte, hatte sie gesagt: »Laß mich doch fahren«, und er hatte ihr den Schlüssel gereicht. Ihr Ziel lag in der ehemaligen DDR, in der Nähe von Osterburg. Es gehörte ihrem Professor. Ein Landhaus. Sie kannte den Weg.

»Wovon ich träume?«

»Nein, wir. Wir beide. Haben wir irgendein Ziel? Irgendwas, das wir erreichen wollen?«

»Also, ich möchte«, sie unterbrach sich, als überlege sie, ob sie wirklich aussprechen sollte, was ihr auf der Zunge lag, »eigentlich möchte ich so weiterarbeiten. Dich studieren in jeder Bewegung und jeder Haltung, bis ich dich auswendig kann.«

Martin schwieg. Wäre das nicht aufs Malen bezogen, dann klänge es wie eine poetische Liebeserklärung. Und es war nur mit Mühe als gemeinsames Ziel zu interpretieren. Er kam darin nur als Lieferant von Anblicken vor.

»Und du?«

»Nichts weiter. Ist schon recht so.« Wozu sollte er ihr erklären, was er gemeint hatte? Besser, er fand sich damit ab, als die Atmosphäre durch unerfüllte Wünsche zu vergiften. Sie fragte nicht weiter, machte nur ein Gesicht, als sage sie sich: Das hab ich mir doch gedacht.

Nach einigen Kilometern nahm sie das Thema wieder auf: »An welchem Ort wärst du am liebsten?«

»Hier«, sagte er, »mit dir?«

»Wieso klingt das wie eine Frage?«

»Das weiß ich nicht.« Sie hatten die Elbe überquert und durchfuhren jetzt ein Dorf namens Ritzleben.

»Ich wär am liebsten in Rom. Auf dem Forum Romanum, um genau zu sein. Und um ganz genau zu sein, in dieser Speicherruine, kennst du Rom?«

»Nein.«

»Es ist die schönste Stadt.«

»Wieso genau in dieser Speicherruine?«

»Weil ich dort ein unglaubliches Erlebnis hatte.«

»Eine Erscheinung?«

»Könnte man so sagen. Eine erotische Erscheinung. Oder vielleicht besser, Offenbarung.«

Das wollte Martin nicht genauer wissen, also sah er auf seiner Seite aus dem Wagenfenster und schwieg. Irgendwann bogen sie ein vor ein kleines heruntergekommenes Anwesen, das in einem verwilderten Park stand und vor vielen Jahren ein Herrenhaus mit Wirtschaftsgebäuden gewesen sein mußte. Anne fuhr vor eines der kleinen Häuser am Rande und parkte den Wagen. »Wir sind da«, sagte sie, »das war früher mal eine Ballettschule.«

## 46.

Die Stimmung im Viale Vignola bleibt düster und verhalten. Martin weiß den Grund. Seit Rudi aus Hamburg zurück ist, quälen ihn Gewissensbisse, weil er Anne um den ihr zustehenden Ruhm betrügt, aber mehr noch bewegt ihn die Sehnsucht nach ihr. Man sieht ihm die Verliebtheit an. Diese verlorene Beschwingtheit im Gang, diese überraschte Unsicherheit bei den alltäglichsten Verrichtungen und dieser leere, verwaschene Blick des Erinnernden, der ihm jeden Moment den Kontakt zur Wirklichkeit entziehen kann, sprechen eine noch deutlichere Sprache, als es sein entrücktes Schweigen alleine schon vermag.

Bisher war zwischen ihnen dieses gelassene Männerschweigen üblich, ein Schweigen des Inhalts »Wir müssen nicht reden«, aber jetzt kriecht das andere, das fordernde und verzehrende Schweigen durch alle Ritzen, von keiner räumlichen Distanz unterbrochen, von keiner Tür aufgehalten und von keiner Musik übertönt. Dieses Schweigen schreit: »Ich muß dir was sagen, ich kann aber nicht.«

Meine Tage hier sind gezählt, denkt Martin, ich muß mir eine Wohnung suchen. Aber wozu eigentlich? Wieso nicht gleich eine andere Stadt? Was soll er in Rom? Er kann überall hingehen, sogar nach Hamburg zurück. Aber was soll er dort? Was soll er irgendwo?

»Wer soll das sein, der Künstler?« fragt Rudi nach einigen Tagen, in denen Martin, um dieses Leiden nicht dauernd mitansehen zu müssen, die meiste Zeit in der Stadt verbrachte.

»Sharons Bruder.«

»Ach der, den hab ich schon mal gesehen. Schick ihn in den Laden, ich will sehen, ob man ihm trauen kann.«

»Wieso trauen? Was gibt's denn da zu trauen?«

»Na, was denkst denn du? Wenn der nachher mit dem erfolgreichen Namen weitermachen will? Dann haben wir einen leibhaftigen Arne Boro am Hals, der uns womöglich erpreßt oder irgendwas in der Art.«

»Der ist ein ganz kleines Würstchen. Keine Gefahr. Sag ihm, was er tun soll, und gib ihm Hunderttausend, dann tut er brav, was ihm aufgetragen wird.«

»Hast du eine Ahnung von der Gefährlichkeit kleiner Würstchen?«

»Was denn für eine Gefährlichkeit«, sagt Martin ärgerlich, »von was für Gefahren hast du's eigentlich?«

»Ich weiß auch nicht«, lenkt Rudi ein, und seine Stimme klingt zerknirscht, als wolle er sich für eine Missetat entschuldigen, »ich finde die ganze Sache wohl einfach link.«

»Link? Was ist das denn für ein Ausdruck? Den hab ich schon seit acht oder zehn Jahren nicht mehr gehört.«

»Kann stimmen.« Rudi grinst. »So lang etwa bin ich aus Deutschland weg.«

»Hast du nie Heimweh?«

»Nein.«

»Ich auch nicht.« Martin hört seine eigene Stimme wie die eines Synchronsprechers, den man gleich ermahnen wird, das könne er noch besser.

»Also, schick mir den Mann«, sagt Rudi, und zum ersten Mal seit Tagen ist die Stimmung zwischen ihnen wie früher, als sie noch staunen konnten, was sich alles mit einem bißchen Geld und Kenntnissen bewegen läßt.

## 19.

Fast das ganze Innere des Häuschens war ein einziger Raum, der, zum Atelier mit Bett und Küchenzeile ausgebaut, durch vier Türen zum Garten und zwei verglaste Mansarden von Tageslicht überflutet wurde. Das Dachgebälk lag frei, und der Boden war mit hellroten Dielen bedeckt, die zwar schon bessere Tage gesehen hatten, sich aber in eindrucksvoller Länge, ohne Schnitt, durch den ganzen Raum zogen. An einer der Schmalseiten verbarg ein riesiger Spiegel die Wand. Die Haltestange, die einmal davor gewesen sein mußte, war abgenommen worden. Man sah im Boden noch die Spuren der Verankerung. »Mensch, das wär ein Atelier für dich«, sagte Martin begeistert und sah sich um.

»Nur zu still ist es außenrum«, sagte Anne. »Als Liebesnest geht's auch.«

Martin sah sie fragend an. Er hoffte, sie würde nicht von irgendeiner Erinnerung anfangen, hoffte, sie hätte nicht hier in diesem Raum etwas erlebt, das ihm den Aufenthalt vergiften würde, aber sie lächelte ihn an und wiederholte »Liebesnest«.

Ihm schlug das Herz auf einmal so hoch, daß er glaubte, es müsse ihm die Schlüsselbeine brechen. Er wandte sich ab, um seine Freude nicht zu zeigen, ging nach draußen und holte das Gepäck.

Sie fuhren zum Einkaufen in die nahe Stadt und kochten dann gemeinsam. Anne plapperte wie ein idyllischer Bach, aber vor lauter Phantasien drang fast nichts von dem, was sie erzählte, bis zu Martins Bewußtsein vor. Sie beschrieb ihm wohl einige Anblicke in Rom, die neuen Farben der Sixtina, das gelackte Dunkel in einem Bild von Caravaggio, an dem sie kein gutes Haar ließ; hätte es Kaufhäuser im Barock gegeben, dann hätte er wohl für die gemalt, sagte sie, und Eifer ließ ihre Stimme für einen Moment blank und grell klingen, aber für Martin war alles, was sie erzählte, nur Nebenmotiv, denn die Leitmelodie spielte in seinem Kopf und hatte nur eine Zeile Text: »Liebesnest.«

Es war kühl. Draußen zog Nebel auf und dämpfte zuerst den Glanz der virtuosen Amselmelodien, dann die Farben der Dämmerung, und irgendwann stand Martin auf, um Feuer im Kamin zu machen. Es gelang ihm auf Anhieb. Dafür, daß seine Pfadfindervergangenheit schon ein Vierteljahrhundert zurücklag und er seither nur mit Zentralheizung gelebt hatte, wußte er noch erstaunlich gut, wie man ein Feuer baut. Es knisterte und schmatzte in dem eleganten schwarzen Schwedenofen, und eine trockene Wärme erfüllte den Raum.

Mittlerweile war es dunkel, nur mehr das Licht zweier Kerzen und der rote Schimmer des Feuers erhellten mit spärlicher Milde die Szene. Sie saßen vor ihren leeren Tellern und träumten in das samtige Dunkel des Rotweins hinein, als sammle sich in den Gläsern alle Hoffnung, Erinnerung und Lust.

»Komm«, sagte sie irgendwann, viel später, als längst schon der Tisch abgeräumt, das Geschirr gespült und der zimmerlange Vorhang zugezogen war, und nahm ihn an der Hand.

Sie ging zum Bett, begann es zu ziehen, durch den Raum und vor den Spiegel. »Ich muß uns sehen«, sagte sie. Er half ihr.

Sie holte zwei weitere Kerzen, stellte sie auf den Boden, setzte sich aufs Bett, sah in den Spiegel, stand wieder auf, um den Standort der Beleuchtung zu verändern, bis das Bühnenbild für ihre Inszenierung stimmte, dann zog sie sich aus und sah sich dabei unverwandt zu.

# 47.

Es ist Herbst geworden. Die Stadt gehört wieder ihren Bewohnern. Und Martin wird einer von ihnen werden. Mit Franca Brauckners Hilfe hat er eine Wohnung gefunden, zwei Zimmer im obersten Stockwerk, nur eine Straße vom Campo Marzio entfernt. Er hat einen Computer gekauft und versucht, mit seinem »Tagebuch eines Toten« zu beginnen. Aber immer, wenn er eine Zeile getippt hat, gefällt sie ihm nicht, und er wechselt zum Ordner mit den Spielen und vertrödelt Stunden mit Mühle, Dame oder Mah Jongg. Es ist egal. Er lebt.

Erstaunlich, wie die Tage verschwinden, wenn man nichts tut außer Spazierengehen, Essen, Trinken, Schlafen, Lesen; sie vergehen schneller als jeder mit Arbeit ausgefüllte Tag. Martin wird manchmal an alte Schwarzweißfilme erinnert, in denen man das Fortschreiten der Zeit durch eins nach dem anderen vom Block flatternde Kalenderblätter symbolisiert. So mild, verträumt und verwischt wehen ihm die Tage nun zu Boden, während sein Geld sich noch immer vermehrt.

Rudi hat die Uhren sehr gut losgeschlagen, die letzten großen Bilder verkauft und legt sich jetzt ins Zeug, um aus der Ausstellung ein Ereignis zu machen. Er läßt die Drähte glühen und weckt jeden eingeschlafenen Kontakt, klaubt jedes lose Ende jeden Fadens wieder auf, um nur ja niemanden, dem er multiplikatorische Wirkung zutraut, zu vergessen. Er hat die Galerie einschließlich des Schaufensters mit grauem

Samt ausgeschlagen, vom Boden bis zur Decke ist der Raum in ein einziges warmes Grau getaucht, er hat neue Halogenstrahler installiert, die ein klares, abgegrenztes Licht auf jedes einzelne Bild werfen sollen, die Aquarelle stehen noch am Boden, ohne Glas, in schmalen weißen Leisten gerahmt, und der Anblick des Ganzen ist schon jetzt der einer hochästhetischen Installation. Auf den Einladungskarten steht »Erotika« und der Hinweis, man möge bitte keine Minderjährigen mitbringen, und Rudi hat ausschließlich persönlich eingeladen, kein Plakat gedruckt und keinen Journalisten informiert.

Noch hängt kein einziges Bild, aber Rudi sitzt fast jeden Tag stundenlang mit Roy zusammen, dem falschen »Arne Boro«, den er gründlich und geduldig instruiert. Das Modell sei sein verstorbener Zwillingsbruder, soll er sagen, ein in Australien legendärer Pornostar, mit dem er einen Sommer lang gearbeitet habe, um diesen Zyklus zu schaffen. Der Bruder habe sich umgebracht, und nur deshalb habe Roy sich entschlossen, diese Aquarelle auszustellen. Als einen Nachruf auf den toten Bruder, eine Art, dessen Asche auszustreuen.

Bis jetzt hat Roy kein Bild zu Gesicht bekommen, das reiche noch bei der Vernissage, findet Rudi. »Ich will nicht, daß der kneift«, sagt er eines Abends in einer Osteria beim Campo dei Fiori, »was weiß ich, was in seinem Kopf vorgeht, wenn er dreißig Erektionen sieht.«

»Der weiß doch, was auf den Bildern ist«, sagt Martin.

»Schon. Aber wissen ist nicht sehen.«

»Bei ihm bestimmt nicht.«

Rudi ist seltsamen Stimmungsschwankungen ausgeliefert. Mal beflügelt von der Aussicht auf die exquisite Ausstellung und mal deprimiert vor lauter Schuldgefühlen. Und manchmal ist er auch verträumt und transparent, und Martin sieht ihm wieder seine Sehnsucht an.

»Ich steig dann aus«, sagt Rudi nach einem dieser versonnenen Intermezzi. »Die Ausstellung mach ich noch, dann will ich die Frau nicht mehr hintergehen.«

»Frag sie doch mal, ob sie nicht als Arne weitermachen will. Immerhin hat sie Erfolg. Den könntest du ausbauen.«

»Vielleicht«, sagt Rudi schon wieder abwesend, »aber vielleicht bleib ich auch gar nicht in Rom.«

»Vielleicht kommt sie her?« sagt Martin in seinen Teller und quittiert Rudis erstaunten Blick mit einem kleinen Lächeln.

»Siehst du mir das an?«

Martin nickt.

»Macht's dir was?«

»Nein. Ich hab mal genauso ausgesehen.«

Rudi erschrickt vor der Traurigkeit in Martins Stimme und winkt dem Ober, um einen Espresso zu bestellen. »Bitte gib mir keine Ratschläge. Nur weil's mit euch nicht gutgegangen ist, muß es ja mit uns nicht schiefgehen.«

»Nein«, sagt Martin, »muß es nicht.«

Sie schweigen eine Zeitlang, bis Martin sich aufrafft, zu sagen, was er schon lange sagen will: »Bitte lad sie nicht ein zur Vernissage. Sie würde dir die Kränkung nicht verzeihen.«

»Ich weiß«, sagt Rudi ernst und müde. »Ich tu's nicht. Ich werde ihr das überhaupt nicht sagen. Diese ganze Arne-Boro-Geschichte.«

»Gut.« Martin hebt seine Espressotasse. »Auf die Vernissage.«

»Ja«, sagt Rudi, »Mittwoch nächster Woche.«

»Uns alle drei.«

»Ja.«

## 20.

Sie bewegte sich sehr langsam, als wolle sie sparen mit der Lust, die sie von Anfang an empfand. Martin paßte sich an und versuchte, sowenig wie möglich eigene Absichten beizutragen. Anne sollte über seinen Körper verfügen, ihren Rhythmus und ihre Fallhöhe bestimmen, er wollte sich einfügen in ihren Tanz, ein Partner, dessen Stärke man nie spürt, weil sie der eigenen nicht entgegenwirkt. Annes Augen waren starr auf den Spiegel gerichtet, ließen nie davon ab und folgten wie hungrig dem ständigen Wechsel der Lichtreflexe auf ihrer beider Haut.

Auch Martin war bald nur noch im Spiegel, denn immer, wenn er Anne direkt ansah, kam er sich zudringlich vor. Als schliefe nur die Frau im Spiegel mit ihm und sei die andere, vor seinen Augen, eine Fremde, die er heimlich belauschte. Er mied ihren Blick, als er sah, daß sie seinem auswich, und suchte nur noch ebenso wie sie den Spiegel ab nach Zeichen dessen, was er empfand. Und erlebte eine seltsame Verdoppelung. Er fühlte, was er sah, und sah, was er fühlte, und wußte irgendwann nicht mehr, ob sie Abbild waren oder Original.

Unvermittelt unterbrach Anne den Fluß ihrer Bewegung und entwand sich seiner vorsichtigen Umarmung. Auch jetzt unterschied er nicht mehr zwischen sich und dem Mann im Spiegelbild. Er kehrte nicht mehr aus dem Anblick zurück.

Sie bog und schob und drapierte ihn in eine andere Position und fügte sich wieder geschmeidig in die neue Figur. So ging es noch einige Male, und Martins geduldige Beherrschung führte dazu, daß seine Konzentration ihr Freiheit verschaffte und er sich erst in ihrer Raserei verlor. »Du kennst mich so gut«, sagte sie noch keuchend, »Wieso kennst du mich so gut?«

Es gab ihm einen Stich, als sie sich nach einigen Minuten erschöpften Ausatmens mit einem Klaps auf seinen Oberschenkel verabschiedete, zum Tisch ging, Zeichenblock und Rötel nahm und versuchte, das eben Gesehene festzuhalten. Und als sie bald darauf nach einigen Lauten der Unzufriedenheit den Block zu Boden warf und die Rötelkreide zwischen ihren Fingern zerbrach, dachte Martin: Das hätte ich dir gleich sagen können. So was gibt es nicht. Innen und außen zugleich kann man nicht sein. Aber ihm fiel ein, daß er noch vor Minuten im Spiegel gewesen war und daß Anne auch schon früher in höchster Erregung gezeichnet hatte, und er war sich nicht mehr sicher, ob er nur beleidigt und rechthaberisch daherdachte oder wirklich davon mehr verstand als sie.

Später schlief sie tief in seinem Arm, der langsam pelzig wurde, dann zu summen begann, um sich schließlich ganz aus Martins Wahrnehmung zu verabschieden. Er lag wach und folgte dem tanzenden Oval des Lichts der letzten Kerze an der Decke, bis auch sie erlosch.

Er war am Ziel seiner Wünsche angelangt. Wieso war er nicht glücklich? Weil sie die Liebe nur in Kauf genommen hatte, um das Bild zu sehen? Weil sie den Nachklang so rüde unterbrochen hatte, um geizig und eilig das Bild festzuhalten? Oder weil er nicht wußte, ob das, was vorhin geschehen war, noch einmal geschähe? Oder weil er einfach nur immer schwieg. Schon wieder schwieg, wie er immer geschwiegen hatte, alles hinnahm, nichts forderte und alle seine Träume wie Fehlverhalten oder peinliches Versagen für sich behielt, nichts in die Welt entließ und nach nichts, was er von der Welt, von Anne haben wollte, faßte?

Es geht nicht anders, dachte er, sie ist in der nächsten Sekunde weg, wenn ich anfange zu reagieren wie ein Mensch. Sie will mich nicht als Mensch, ich bin ja nur der Körper ihrer Ideen. Er schlief ein.

## 48.

Roys verschlafenes Gesicht ist noch ohne verächtlichen Zug, als er die Tür seines Pensionszimmers öffnet. Martin bleibt auf der Schwelle stehen. Mehr als unbedingt notwendig will er nicht ins Leben dieser Comicfigur eintreten. Er überreicht Roy einen kleinen Feuerlöscher und dreitausend Dollar. »Hier ist dein Airbrush«, sagt er, »paß auf, daß niemand was ins Gesicht kriegt.«

»Yeah, sure«, sagt Roy. »I know what I'm doing.«

»Gut«, sagt Martin und dreht sich um. »Mach's gut. Ich schick die Artikel an Sharon. Viel Glück.«

»See you«, hört er Roys Stimme noch hinter sich im Treppenhaus, aber die Antwort: das muß nicht sein, ist nur in seinem Kopf. Er beeilt sich nach draußen zu kommen. Ihm ist schlecht.

## 21.

Am nächsten Morgen erwachte er vom Rascheln des Zeichenpapiers und sah Anne, wie sie abschätzig ihre Arbeiten studierte.

Nach einem Blick über ihre Schulter verstand er die Enttäuschung, die sie ganz offenbar empfand. Auf den Skizzen war sein Körper in gewohnter Präsenz und Ausdruckskraft zu sehen, aber ihrer war die reinste Platitüde. Fast wie eine Modezeichnung. Floskelhaft, nicht weit entfernt von der Inhaltsleere eines Piktogramms stand der Frauenkörper in auffallendem Widerspruch zum Männerkörper. Es sah aus, als hätte ein Dilettant in den liegengelassenen Arbeiten eines Meisters herumgepfuscht. »Das geht so nicht«, sagt er, »du bist dir fremd.«

»Es geht jedenfalls nicht«, sagte sie, und die Traurigkeit in ihrer Stimme brachte ihn dazu, seine Hand auf ihrer Schulter mit tröstlichem Druck zu bewegen.

»Und wenn du Fotos nimmst?«

»Fotos sind tot. Ich kann nur vom Leben zeichnen.«

»Und wenn du dich selber vor dem Spiegel so gründlich studierst wie mich? Mich hast du gut erwischt, ich liege dir schon in der Hand. Du kannst mich aus der Erinnerung holen.«

»Dann muß ich meinen Körper ansehen. Tagelang oder wochenlang. Das ist unerträglich.«

»Dein Körper ist der schönste, den ich mir vorstellen kann.«

Sie machte ein verächtliches Geräusch und wischte seine Bemerkung weg. Immerhin, sie sah ihn diesmal wenigstens nicht an, als rede er vollkommen unverständliches Zeug. Diesmal war sie nur nicht seiner Meinung.

## 22.

Während der Rückfahrt schwiegen sie, wie sie dann über die ganzen folgenden Wochen und Monate hinweg schweigen sollten. Anfangs war das Schweigen ein höfliches von Martin und ein scheues von ihr, aber nachdem er beim Ausladen des Gepäcks vor der Wohnung fragte: »Wann warst du in Rom?« und sie antwortete: »Vor zwei Wochen. Zum ersten Mal«, verwandelte sich sein Schweigen in eines schockierter Verletztheit, denn ihm wurde klar, daß sich die erotische Offenbarung auf dem Forum Romanum nur wenige Tage vor ihrer Fahrt aufs Land ereignet haben mußte.

Sie schwiegen über Weihnachten und den ganzen Winter hindurch bis zum Frühling. Er kochte nicht mehr, sie zeichnete nicht mehr, brachte niemanden nach Hause, verreiste hin und wieder für Wochen und schien geduldig zu warten, bis er wieder schmerzfrei wäre, denn sie wußte genau, was er fühlte.

## 23.

Anfang April sah er drei Zeichnungen der Spiegelszene in ihrem Zimmer liegen. Sie waren gut. Annes Körper ebenso lebendig und pur wie sein eigener und beide in einer tänzerischen, ausdrucksstarken Sinnlichkeit erfaßt. Die Skizzen hatten eine enorme erotische Anziehungskraft. Sie waren zerrissen. Er sprach sie nicht darauf an.

## 24.

Ende April fand er in einer Buchhandlung beim ziellosen Herumblättern in Kunstzeitschriften eine Ausgabe, auf deren Titel er den Professor erkannte, der ihn so harsch hatte abblitzen lassen. Volker Hanisch. Der Mann, bei dem Anne das Tutorium machte. Mal sehen, was das Arschloch kann, dachte er und schlug das Heft auf.

Es war nicht sehr originell, was er sah, erinnerte an Horst Janssen und ein wenig auch an Hrdlicka, aber er verstand auch, weshalb Anne bei diesem Mann studierte. Er hatte Respekt vor menschlichen Körpern, benutzte sie nicht nur als Zeichen oder Füllsel, die Figuren waren Inhalt seiner Arbeit, nicht Vorwand.

In einem Kasten mit der Überschrift »Das erotische Œuvre« sah er sich und Anne! Fast erbrach er sich vor Entsetzen, und für einen Augenblick wußte er nicht mehr, ob er lag oder stand. Er mußte sich irgendwo anlehnen und stieß dabei drei großformatige Bücher um, die polternd zu Boden fielen. Den vorwurfsvollen Blick der Buchhändlerin, die gleich herbeirannte, um den Schaden zu beheben, bemerkte er nur wie durch einen Nebel. Er sah seine Fingerknöchel weiß vor Anstrengung um das Heft gekrampft und starrte auf die Gouachen. Alles, was er und Anne vor dem Spiegel getan hatten, alles, was in seinem Kopf seither wohl Hunderte von Malen aufgetaucht, verblaßt und wieder aufgetaucht war, hatte dieser Mann gemalt! Auch die drei zerrissenen Zeichnungen in Annes Zimmer waren hier fast detailgleich enthalten. Wie kam der daran? Hatte Anne für ihn skizziert? Martin riß die Seiten aus dem Heft, bezahlte und ließ es verstümmelt liegen, ohne die empörten und ängstlichen Blicke der Buchhändlerin wahrzunehmen.

Er holte den Wagen und raste zum Landhaus. Es war nicht schwierig, einzubrechen, nach wenigen Minuten war er drinnen, der marode Klappladen hatte ebensowenig Widerstand geleistet wie das Glas in der Tür.

Er sah sich um nach etwas Schwerem und griff schließlich nach dem Tisch, den er hochhob und mit Wucht gegen den Spiegel schleuderte. Die Scherben knirschten und klirrten unter seinen Schuhsohlen, als er in den schmalen Raum hinter dem Spiegel trat. Ein Büro oder Abstellraum vermutlich, dessen Tür zum

Flur führte und, nach Martins Erinnerung, verschlossen gewesen war. Da stand noch das Stativ mit der Videokamera, und es war nicht mehr nötig, eine Spiegelscherbe aufzuheben, um zu sehen, ob sie von einer Seite durchsichtig war.

## 25.

Die herausgerissenen Seiten warf er vor Anne auf den Küchentisch. Sie sah nicht auf, stützte nur ihre Stirn in die Hand und schwieg. »Ich hab es nicht gewußt«, sagte sie nach einiger Zeit so leise, daß er es fast nicht verstand, »damals nicht. Glaub mir doch wenigstens das.« Er drehte sich um und ging.

## 49.

Rudis Gesicht ist tränenüberströmt. Seine Hände vor den Schlüsselbeinen, als wolle er sie vor die Augen schlagen und bringe die Gebärde nicht zu Ende, zittern, und er starrt mit entsetztem Blick auf die sich auflösenden Bilder. Es ging alles sehr schnell. Weder Rudi noch die Gäste wußten, wie ihnen geschah, als Roy den kleinen Feuerlöscher von der Schulter nahm und die Bilder eilig und präzise eines nach dem anderen mit Säure besprühte.

Die Vernissagenbesucher, eben noch mit Plaudern, Gelächter und dem Betrachten der Bilder beschäftigt, stehen starr und weichen nur zurück, wenn Roy sie mit ausgestreckter Hand anweist, von der gefährlichen Substanz in seiner Flasche Abstand zu halten. Sie lassen es einfach geschehen. Rudi stürzt sich erst nach dem siebten zerstörten Bild auf Roy und tritt ihn so ins Kreuz, daß ein lautes Knacken ertönt und Roy, wie vom Blitz erschlagen, zu Boden geht.

## 50.

Martin tritt aus der Tür, geht über die Straße, zur Via del Corso, dann in Richtung Piazza Vittorio Emanuele, am Denkmal vorbei durch den dichten Verkehr und über die Via dei Fori Imperiali bis zum Eingang des Forum Romanum. Er stellt sich in die Reihe hinter eine Schulklasse aus dem Ruhrgebiet. Er wirft den gestohlenen Ausweis in einen Papierkorb. Er kauft eine Tageskarte. Er geht über den rötlichen Schotter. Er hat gehofft, es würde sich gut anfühlen. Das tut es nicht.

## Thommie Bayer

### *Singvogel*

*Roman. 208 Seiten. Serie Piper*

Was sucht eine junge Frau bei einem älteren Mann? Vaterersatz? Und was kann sie finden, wenn er sich von ihrem Charme faszinieren läßt? Freundschaft? Eine Affäre? Liebe? Wer jemals den Fehler gemacht hat, die Liebe für ein Spiel zu halten, wird in diesem Roman eines Besseren belehrt. Aus dem Spiel wird Ernst. Liebe ändert alles.

»Entlarvend – und spannender als mancher Krimi.«
Für Sie

05/2082/01/L

## Thommie Bayer

### *Spatz in der Hand*

*Roman. 256 Seiten. Serie Piper*

Eine heiße Sommernacht in einem Hotel: Hierher hat sich Sabine, eine attraktive Mittdreißigerin, nach einem Streit mit ihrem Mann zurückgezogen. Da fällt ihr Blick in ein anderes Hotelzimmer, wo sie einen Fremden entdeckt. Aus einer Laune heraus nimmt sie telefonisch zu ihm Kontakt auf, und er läßt sich auf das Geplänkel ein. Schon bald wird mehr daraus, aber noch ahnt er nicht, daß am nächsten Morgen ein überraschendes Treffen auf ihn wartet …

»Eine zarte, freche, melancholische Liebesgeschichte. Man verschlingt diesen Spatz in der Hand.«
Stuttgarter Zeitung

05/2083/01/R

## Thommie Bayer

### *Der Himmel fängt über dem Boden an*

*Roman. 256 Seiten. Serie Piper*

Wieder einmal hat Urs seinen Job verloren. Doch nun packt er seine Koffer und fährt nach Freiburg zu seiner Schwester Irene, die gerade eine Buchhandlung aufmachen will. Sie kann seine Unterstützung gut gebrauchen, und Urs beschließt zu bleiben. Er hilft im Laden, erkundet die Musikszene und macht neue Bekanntschaften. Doch die Beziehungen und Verhältnisse sind nicht gerade einfach: Irene ist gar nicht seine wirkliche Schwester, und dann taucht auch noch die rätselhafte Marie auf, die Irene und Urs gleichermaßen in ihren Bann schlägt. Zwischen den dreien entspinnt sich eine Liebesgeschichte, so zärtlich und leicht wie der Sommer, der am besten niemals enden sollte …

Brigitte

05/1976/01/L

## Simonetta Agnello Hornby

### *Die Mandelpflückerin*

*Roman. Aus dem Italienischen von Monika Lustig. 320 Seiten. Serie Piper*

Bittersüßer Mandelduft und rauhe Landschaft, verfallende Palazzi und elegante Herren mit schwarzen Sonnenbrillen: Das ist das Sizilien der Mennulara, einer armen Magd in den Diensten der Alfallipes. Ihr Tod bringt in das Städtchen Roccacolomba Argwohn und Mißgunst. Er zieht alle – den Arzt, den Pfarrer, Kommunisten und Lebemänner – in einen Strudel aus Gerüchten und Beschuldigungen. Hat sie das Rätsel ihres tragischen Lebens mit ins Grab genommen? Simonetta Agnello Hornbys Roman wurde in Italien als Literaturereignis gefeiert und mit Camilleri, Verga und Tomasi di Lampedusa verglichen.

»Man kann in vollen Zügen das pralle sizilianische Leben genießen.«

Buchprofile

05/1951/01/R

## Elizabeth Buchan

### *Das kann's doch nicht gewesen sein*

*Roman. Aus dem Englischen von Ursula-Maria Mössner. 320 Seiten. Serie Piper*

Fanny Savage heiratet einen Politiker und verbringt ihr Leben damit, die Tochter großzuziehen und als »Frau an seiner Seite« ihren Mann lächelnd auf endlosen Partei- und Wohltätigkeitsveranstaltungen zu begleiten. Doch als sie von einer Affäre ihres Gatten erfährt, reist sie nach Italien, der Heimat ihres Vaters, um sich darüber klarzuwerden, was sie selbst eigentlich vom Leben erwartet. Als Ehemann Will erkennt, was er an ihr hat, ist es fast schon zu spät …

»Behutsam lotet Elizabeth Buchan das tägliche Dilemma einer Frau aus, der zwischen Liebe und Pflichtgefühl die eigenen Wünsche abhanden kommen. Wer diese Situation nur zu gut kennt, findet hier brauchbare Tips für eine sanfte Revolution.«

Für Sie

05/1955/01/L

## Jakob Hein

### *Formen menschlichen Zusammenlebens*

*160 Seiten mit 30 Farbfotos des Autors. Serie Piper*

Schon mit zwölf, als er noch mit Taschenlampe unter der Bettdecke gelesen hat, wollte Jakob Hein nach Amerika, in die Heimat dicker Burger und schlechter Biere. Vom real date bis zum blind date, von New York nach San Francisco studiert er zwei Jahrzehnte später amerikanische Kühlschrankinhalte, Mitbewohner und die merkwürdigsten Formen menschlichen Zusammenlebens.

»Jakob Hein weiß, daß die Verteidigung der Naivität seine einzige Chance ist und den Charme seiner Prosa ausmacht. Er erzählt leicht, locker und mit Sinn für Skurrilität.«

Frankfurter Allgemeine Zeitung

05/1854/01/R